NOSSAS HORAS FELIZES

GONG JI-YOUNG

NOSSAS HORAS FELIZES

Tradução de
Maryanne Linz

1ª edição

Editora Record
RIO DE JANEIRO • SÃO PAULO
2017

CIP-BRASIL. CATALOGAÇÃO NA PUBLICAÇÃO
SINDICATO NACIONAL DOS EDITORES DE LIVROS, RJ

J56n
Ji-Young, Gong, 1963-
Nossas horas felizes / Gong Ji-Young; tradução de Maryanne Linz. –
1ª ed. – Rio de Janeiro: Record, 2017.

Tradução de: Our Happy Time
ISBN: 978-85-01-09667-8

1. Romance coreano. I. Linz, Maryanne. II. Título.

16-38606

CDD: 895.709
CDU: 821.521-31

Título em inglês:
Our Happy Time

Copyright © 2005, 2010 by Gong Ji-Young

Publicado originalmente na Coreia por Prunsoop Publishing Co. Ltd. em 2005

Texto revisado segundo o novo Acordo Ortográfico da Língua Portuguesa.

Todos os direitos reservados. Proibida a reprodução, no todo ou em parte, através de quaisquer meios. Os direitos morais da autora foram assegurados.

Imagens de capa:
Pássaro: TAO Images Limited / Alamy Stock Photo
Janela: Westend61 GmbH / Alamy Stock Photo
Árvore: iJacky / iStock Photo
Pegadas na neve: Alexander Chaikin / Shutterstock

Direitos exclusivos de publicação em língua portuguesa somente para o Brasil adquiridos pela
EDITORA RECORD LTDA.
Rua Argentina, 171 – Rio de Janeiro, RJ – 20921-380 – Tel.: (21) 2585-2000, que se reserva a propriedade literária desta tradução.

Impresso no Brasil

ISBN 978-85-01-09667-8

Seja um leitor preferencial Record.
Cadastre-se no site www.record.com.br e receba informações sobre nossos lançamentos e nossas promoções.

EDITORA AFILIADA

Atendimento e venda direta ao leitor:
mdireto@record.com.br ou (21) 2585-2002.

Pai, perdoa-lhes, porque não sabem o que fazem.

— Jesus, um criminoso condenado
encarando a execução aos 33 anos

Harlem está postado acolá, à guisa dum ato de anátema à cidade de Nova York e aos que vivem no centro, amealhando ouro. Os bordéis do Harlem, toda a sua prostituição e concupiscência são o reflexo dos maneirosos divórcios e dos adultérios requintadíssimos de Park Avenue; são o comentário de Deus a toda nossa sociedade.

— Thomas Merton

Anotação Azul 1

Vou contar uma história. A história de um assassinato. A história de uma família que só conseguia causar destruição, na qual gritarias, escândalos, surras, caos e xingamentos eram o pão de cada dia. E a história de um ser infeliz que costumava acreditar que não deveria estar infeliz — a minha história. No dia em que tudo começou, duas mulheres e uma adolescente morreram. Eu estava convencido de que uma dessas mulheres não tinha o direito de viver, que merecia morrer. Achava que o fato de ela ter tanto dinheiro apenas para si mesma era como vestir ratazanas em seda fina. Acreditava que, se eu, neste mundo desonesto e injusto, pudesse usar aquele dinheiro para uma boa causa, estaria fazendo a coisa certa.

E havia outra mulher. Era uma mulher que nunca teve nada dela mesma em toda a sua vida. Uma mulher que teve tudo tomado pelos outros — e ela estava morrendo. Se eu ao menos tivesse ganhado 3 milhões de wons, poderia tê-la salvado. Mas, naquela época, não havia nenhuma maneira de conseguir tanto dinheiro. Cada dia que passava, ela estava mais perto da morte, e, apesar de eu não saber se realmente existia um céu nem quanto tempo havia se passado desde a última vez em que tinha olhado para ele, presumi que o céu me entenderia e que aquilo era justiça. Justiça.

Capítulo 1

A neve que começara a cair de leve à tarde estava se transformando em chuva. Uma luz azulada e uma névoa inundavam as ruas, e o céu úmido estava carregado de nuvens baixas, confundindo os limites entre ele e a terra. O relógio mostrava que passava das cinco. Vesti o casaco e saí do meu apartamento. No estacionamento, os carros estavam silenciosos como túmulos, e as luzes amarelas que começaram a acender nas janelas do outro lado da rua reluziam como estrelas inalcançáveis. As árvores enfileiradas à margem da estrada, que tinham perdido as folhas havia tempo, pareciam uma cerca de arame farpado separando os prédios das pessoas pobres do outro lado da rua dos prédios ricos deste lado. Parei antes de entrar no carro e olhei para cima. Os prédios ficavam de costas para o céu, seus corpos pesados bloqueando a visão das nuvens. Observando dali, na fraca luz do crepúsculo, os edifícios pareciam uma muralha reta e forte. Uma chuva fina de inverno caía na rua congelada. Entrei no carro. Assim que liguei os faróis, gotas que pareciam gelo raspado apareceram no foco de luz em formato cilíndrico. O fim de tarde escuro era quebrado apenas pelos raios alegres e coloridos dos postes de rua e dos letreiros das lojas — pelo que eu estava vendo, a chuva caía apenas dentro daquela luz. Afinal, na escuridão, não tínhamos ideia do que realmente caía sobre nós.

O Dr. Noh havia ligado para dizer que tia Monica desmaiara e estava novamente no hospital, que o prognóstico não parecia bom dessa vez, e falou que era melhor eu me preparar. Isso provavelmente queria dizer que eu precisava estar pronta para me despedir de mais uma pessoa. Pensei no rosto de Yunsu enquanto dava partida no motor: óculos pretos de aro de tartaruga, pele pálida, lábios jovens ainda rosados, uma covinha discreta que aparecia apenas em uma das bochechas quando ele sorria timidamente. Eu não queria me lembrar dele. Tinha passado muitas noites sem dormir tentando tirá-lo da cabeça. Noites em que eu não conseguia cair no sono se não bebesse muito, alvoradas tristes em que acordava com um fantasma se estrangulando.

Eu costumava enterrar o rosto no travesseiro e esperar pelas lágrimas, mas tudo que saía de mim era um estranho gemido. Havia alguns dias em que pensava, *certo, é melhor lembrar, me lembrar de tudo, me lembrar de cada mínimo detalhe*, mas acabava bêbada e caída no sofá.

Depois que Yunsu se foi, eu acordava todas as manhãs sabendo que nunca poderia voltar à minha antiga vida. Tudo tinha sido virado de ponta-cabeça de novo, como era no início. Mas, depois de conhecê-lo, tive certeza de duas coisas: eu nunca mais poderia tentar me matar de novo, e que isso era tanto o último presente quanto a sentença final que ele havia me dado.

Assim como a chuva de inverno que era visível apenas no brilho dos faróis, havia muitas coisas neste mundo que eram invisíveis no escuro. Aprendi isso depois de conhecê-lo: só porque algo era invisível não significava que não existia. Depois de conhecê-lo, atravessei minha própria escuridão e entendi o que era aquela treva que respirava dentro de mim como a morte. Havia coisas que eu nunca teria percebido se não fosse por ele, nunca teria compreendido que o que eu considerava escuridão era, na verdade, um brilho ofuscante. Uma luz tão brilhante que cegou meus olhos. Eu continuaria achando que sabia tudo. Porque Yunsu me fez entender que, se conseguimos amar de verdade, é nesse instante que partilhamos a glória de Deus.

Agora ele se foi, mas ainda agradeço a Deus por ter tido a chance de conhecê-lo.

Dirigi pela rua escura na chuva. Sete anos atrás, quase não havia movimento nesta estrada onde até os letreiros de neon sentiam medo, mas, agora, as pistas estavam lotadas de carros que brotavam de todas as direções. Não havia pressa. Todos estavam indo a algum lugar. Não importava o destino, todos tinham de chegar a algum lugar. Mas será que realmente sabiam aonde estavam indo? A mesma pergunta que me fiz todos aqueles anos que se passaram me veio como uma antiga lembrança. À frente, o sinal de trânsito ficou vermelho como o sol sobre os carros que corriam pela chuva escura e nebulosa. Todos pararam ao mesmo tempo. Eu também parei.

Pobre passarinho sem patas
que perdeu a mãe,

aonde você irá
quando ventos agitados soprarem?

Querido vento, você sabe?
Querida chuva, você sabe?

O que vai levá-los
dessas matas?

— Bang Eui-kyung, na música
"Coisas bonitas"

Anotação Azul 2

Minha cidade natal... Você me perguntou sobre minha cidade natal. Mas será que alguma vez eu realmente tive um lar? Eu respondi que, se por cidade natal você se referia ao local onde nasci, então a resposta seria Yangpyeong, na província de Gyeonggi, perto de Seul, e esperei sua próxima pergunta. Mas você não me perguntou mais nada. *Era uma aldeia pobre*, falei. *Havia uma represa logo depois de uma colina relvada, e nossa casa estava sempre fria.* Parei ali. *Tudo bem*, disse você, *não precisa falar sobre isso se não quiser*. Mas não era que eu não quisesse — eu não podia. Quando desenterro essas memórias, é como se um coágulo negro de sangue preenchesse minha boca.

Meu irmão caçula, Eunsu, e eu costumávamos brincar ao sol na beira da represa. Um dia, Eunsu apanhou da vizinha. Ele tinha ido até a casa dela implorar por arroz, mas ela disse que Eunsu deixou tudo cair no chão. Então, enquanto ela e o marido estavam fora trabalhando, peguei uma grande vara de madeira e bati nos filhos deles até seus narizes sangrarem. Depois disso, nenhuma outra criança quis brincar conosco. Então sempre fomos só nós dois. Algumas vezes, se uma pessoa caridosa nos dava sobras de arroz frio, nós nos escondíamos no celeiro de um vizinho para não acordar nosso pai desmaiado de tão bêbado e nos revezávamos mordendo a bola gelada de arroz. Sempre fazia sol na represa, e, quando tínhamos sorte, conseguíamos até macarrão instantâneo com os pescadores que vinham de Seul. Em dias de mais sorte ainda, íamos até uma loja a uns oito quilômetros e trazíamos cigarros para eles em troca de algumas moedas.

Levei muito tempo para perceber que estávamos esperando por nossa mãe, que havia fugido de casa. E foi só depois de muito, muito tempo que percebi que, apesar de tudo o que eu me lembrava dela serem o rosto inchado e os machucados que cobriam seu corpo castigado pelas surras que levava de nosso pai, eu esperava que ela voltasse para casa, com hematomas e tudo, e matasse aquele homem, que começava a nos bater no instante em que acordava de seu torpor embriagado naquele quarto abafado. Eu queria que ela viesse nos salvar. Minha lembrança mais antiga na vida é a de querer matar. Mas, já que minha mãe estava em algum lugar, em algum lugar distante, aquele sentimento de espera — ainda que eu não soubesse pelo que esperava — nunca se dissipou completamente. Acho que isso aconteceu quando eu tinha cerca de 7 anos.

Capítulo 2

Tia Monica e eu éramos as ovelhas negras da família. Ou deveria dizer hereges? Ou degeneradas seria mais apropriado? Havia uma diferença de idade de quase quarenta anos entre nós, mas éramos idênticas como irmãs gêmeas. Quando eu era criança, minha mãe costumava dizer *você age igualzinho à sua tia*. Eu sabia que aquilo não era um elogio. Não importa o quão jovem você seja, sempre dá pra saber quando alguém gosta ou não de uma pessoa pela forma como pronuncia o nome dela. Por que ela odiava minha tia, de quem costumava ser amiga? Será que eu odiava minha mãe porque ela odiava a tia com quem me parecia, ou comecei a ficar parecida com a minha tia de propósito porque minha mãe a odiava? Eu era teimosa e gostava de deixar as outras pessoas desconfortáveis. Gostava de insultar as expressões tranquilas daqueles que me deixavam enjoada e costumava cair na gargalhada e demonstrar pena pelos olhares chocados em seus rostos. Mas aquilo não era vitória, como forças de ocupação cantarolando enquanto entram numa terra selvagem. Era mais como uma ferida antiga e secreta, pronta para cuspir sangue ao menor toque, o tipo de ferimento que sangraria a qualquer momento, mesmo que não houvesse dor. Em outras palavras, estava mais para desespero, uma paródia cantada por soldados sobreviventes de um motim fracassado. Mas tia Monica e eu também éramos diferentes de várias maneiras. Ela rezava muito mais do que eu pela nossa família, e nunca tirou vantagem material deles.

Já eu, sendo bem sincera, era um desastre. Vivia para mim mesma, arrastava os outros para os meus problemas em nome do amor e da amizade, não por causa deles, mas por mim. Eu existia apenas para mim mesma e até queria morrer por mim mesma. Eu era uma hedonista. Cega para o fato de que havia me perdido e me tornado uma escrava dos sentidos, ataquei as muralhas da minha sólida família. Ficava fora a noite inteira bebendo, cantando e dançando. Não percebia que esse estilo de vida superficial estava me destruindo sistematicamente, e, mesmo se tivesse percebido, não teria parado. Eu queria me destruir. Só me sentia satisfeita se a galáxia inteira girasse à minha volta. Ficava bêbada e chutava portas fechadas, sem saber quem eu era ou o que queria. Nunca cheguei a dizer isto em voz alta, mas, se alguém tivesse colocado um estetoscópio em meu peito naquela época, provavelmente teria ouvido: Por que a Terra não pode girar ao meu redor? Por que você não está disponível quando eu me sinto sozinha? Por que coisas boas continuam acontecendo àqueles que odeio? Por que o mundo continua me irritando e se recusando a me dar uma mísera migalha de felicidade?

Mais perverso que não sentir nada é não saber que você não sente nada.

— Charles Fred Alford, *What Evil Means to Us*

ANOTAÇÃO AZUL 3

Depois que comecei a frequentar a escola, meu irmãozinho Eunsu me seguia até lá todas as manhãs. Como sua entrada não era permitida, ele costumava ficar agachado no canto do muro do pátio da escola, me esperando até que as aulas acabassem. Eunsu era diferente de mim. Quando outras crianças batiam nele, nunca pegava um pedaço de pau e revidava. Se uma criança mais forte me pegasse, eu lutava até o fim, cravando os dentes no antebraço dela se precisasse, mas meu irmão não. A sina dele, como a de nossa mãe, era submeter-se às surras do destino e não fazer nada a não ser chorar. Quando a aula acabava, eu saía correndo encontrava Eunsu tremendo e todo arrepiado, encostado no muro, com os lábios azuis de frio. Nossa refeição diária era o pão de milho distribuído entre os alunos na escola. Eu costumava guardar meu pedaço e não dar nem uma mordida nele mesmo vendo as outras crianças comendo os delas e sentindo minha boca salivar por uma provinha. Em alguns dias, eu encontrava Eunsu com o nariz sangrando; em outros, com o pinto de fora porque suas roupas tinham sido roubadas por outros meninos.

Por um bom tempo depois disso, eu me perguntei se realmente havia amado meu irmãozinho. Não sei. Tudo o que eu sabia era que queria que ele fosse feliz. Acho que talvez esses momentos que passamos juntos, voltando a pé para casa e dividindo o pão de milho que eu tinha conseguido não comer, devem ter sido os mais felizes de nossas vidas.

Um dia estava chovendo. Era primavera, mas fazia frio, o céu que havia clareado pela manhã ficou escuro, e, de repente, a chuva parecia estacas de água caindo. Eu não ouvia uma palavra do que a professora dizia, só conseguia olhar pela janela. Não havia lugar fora da escola onde Eunsu pudesse se manter seco. Uma imagem dele na chuva passou diante dos meus olhos: como um filhote de pombo deixado para trás num ninho vazio, ele chorava tanto que os olhos estavam inchando. Logo que o primeiro tempo da aula acabou, corri para o pátio.

Parado lá na chuva, Eunsu ficou tão surpreso por me ver antes do esperado que sorriu de orelha a orelha. A chuva batia sem dó em seu rosto, mas ele não cabia em si de felicidade. Perdi a paciência. Como eu também não tinha guarda-chuva, não estava em melhores condições que meu irmão, e minhas roupas começavam a ficar tão ensopadas quanto as dele.

— Vá pra casa — ordenei.

— Não quero.

— Vá pra casa!

— Não.

Machucava ter de mandá-lo para casa, onde nosso pai bêbado pegaria a primeira coisa que visse quando acordasse, fosse uma vara ou um cabo de vassoura, para bater em meu irmão menor. Mas a chuva estava forte, então peguei Eunsu pela gola da camisa e o arrastei para casa. Deixei-o no beco que dava em nossa casa e me virei para ir embora, mas ele me seguiu. Virei-me, agarrei-o pela gola da camisa novamente e o arrastei de volta. Dei meia-volta e corri, mas ele continuou me seguindo. Voltei e comecei a socá-lo. E, como um bobo do planeta da submissão que não sabe o significado da palavra desobediência, Eunsu levava os golpes enquanto se agarrava à barra da minha camisa. Bati nele como se fosse um louco. O sangue jorrou de seu nariz e encharcou minha roupa junto com a chuva.

— Escute aqui — ameacei. — Se você não for pra casa agora mesmo, vou fugir também. Vou te deixar e vou fugir. Agora vá pra casa e não saia mais!

Eunsu parou de chorar imediatamente. Largou minha camisa. Minha fuga seria pior que uma sentença de morte. Ele me lançou um olhar ressentido e virou-se para ir embora. Aquela foi a última vez em que nos olhamos nos olhos. E foi a última imagem clara de mim que Eunsu viu.

Capítulo 3

Vou começar pelo início do inverno de 1996. Eu estava numa cama de hospital. Tinha sido encontrada depois de tentar me matar engolindo uma dose letal de soníferos com uísque — uma *paciente de tentativa de suicídio*, foi como me chamaram. Quando abri os olhos, estava chovendo lá fora. Algumas folhas perdidas caíam das figueiras. O céu estava tão nublado que não dava para saber que horas eram.

Pensei em quando meu tio — o irmão de minha mãe que era psiquiatra — me disse que queria que eu chorasse. Ele parecia velho para a idade que tinha, e, se não fosse por aquela situação, eu o teria provocado, dizendo: *Você perdeu mais cabelo, não perdeu? Está parecendo um vovô. Já que sobrevivi, pode me dar um cigarro?* Então eu iria rir da expressão de choque em seu rosto. Mas, em vez disso, recusei-me a responder a suas perguntas, e ele, que era tão bonzinho, acrescentou: *Como você pôde fazer isso quando a sua mãe ainda está se recuperando da cirurgia?* E eu rebati com *Você está mesmo tão preocupado com a minha mãe? Você realmente gosta dela tanto assim?* Mas ele apenas sorriu e disse: *Queria que você chorasse.* Contudo, era um sorriso triste, cheio de compaixão. Eu odiava aquilo.

Ouvi uma batida à porta do quarto do hospital. Não respondi. Quando minha mãe, que tinha passado por uma cirurgia para retirar um câncer havia pouco mais de um mês, tentara me visitar, gritei com ela e destruí meu frasco de soro. Nenhum outro parente viera me ver desde então. Estava claro que me consideravam um problema maior do que o tumor de um centímetro que havia crescido dentro da mama de minha mãe. Essa vida pela qual minha mãe tanto ansiava era tediosa para mim. Nenhuma de nós jamais havia considerado se ela, essa pessoa que eu chamava de mãe, tinha uma vida que valia a pena ser vivida. Mas gritei com ela. Se ela não queria morrer, eu morreria em seu lugar. Eu nunca teria feito uma cena daquelas se ela não tivesse vindo ao quarto de hospital onde haviam me ressuscitado e dito que não sabia por que tinha me dado à luz — algo que vinha martelando em minha mente durante minha vida inteira. Mas o que me deixou ainda mais irada foi a constatação de que nós éramos parecidas. Achei que quem estava batendo na porta era minha cunhada mais nova, Seo Yeongja, a bobalhona que só sabia dizer sim para todo mundo, trazendo uma tigela de sopa de abalone, e fechei os olhos.

A porta foi aberta, e alguém entrou no quarto. No fim das contas, não era minha cunhada. Se fosse, ela teria perguntado, naquela sua voz anasalada: *A senhorita está dormindo?* Ela havia sido atriz, mas hoje em dia agia como se devesse alguma coisa para a família Mun, como se o objetivo de sua vida fosse fazer todo o trabalho sujo por nós. Sempre que vinha ao meu quarto, esvaziava a lata de lixo silenciosamente e remexia o vaso no peitoril da janela enquanto o enchia novamente com flores frescas. Mas, para minha surpresa, não ouvi sua voz desta vez. Assim que a porta foi aberta, eu soube que era tia Monica.

Podia adivinhar pelo seu cheiro. De onde vinha aquele perfume? Quando eu era criança, toda vez que ela ia à nossa casa, eu apertava o rosto em seu hábito e inalava o perfume dela.

O que foi? Tenho cheiro de desinfetante?

Não, não de desinfetante. Você cheira a igreja, tia Monica. Tipo velas e essas coisas.

Tia Monica me contou que se formou em enfermagem e trabalhou em um hospital universitário antes de repentinamente decidir ingressar em um convento.

Abri os olhos como se estivesse acordando naquele momento. Tia Monica estava sentada na cadeira ao lado da cama e me observava em silêncio. A última vez em que nos vimos tinha sido logo antes de eu ir estudar na França, nos tempos em que era uma cantora pop que usava minissaia, cantava e rebolava o traseiro no palco como — de acordo com minha mãe — uma sem-vergonha. Ela fora me fazer uma visita rápida no camarim, o que queria dizer que quase dez anos tinham se passado. Sua idade já começava a aparecer naquela época: o cabelo que se revelava debaixo do véu negro estava grisalho, e, apesar de os ombros ainda estarem retos, as costas estavam ficando cada vez mais curvadas. Mesmo considerando a dificuldade de precisar a idade das freiras, a dela era aparente. Por um instante, quase pensei sobre o triste destino dos seres humanos de viver, envelhecer e morrer. Os olhos de tia Monica estavam fixos em mim, e dava para ver que aparentavam um estranho cansaço. Os pequenos olhos enrugados pareciam conter tanto um leve aborrecimento como uma espécie de amor maternal caloroso, algo que minha mãe nunca tinha demonstrado. Também havia algo mais naquele olhar, algo que sempre estivera ali, desde que a conheci. Era o tipo de olhar que alguém que acabou de se tornar mãe dá a pequenas criaturas, uma combinação de compaixão infinita misturada à curiosidade de uma criança travessa observando um cachorrinho recém-nascido.

Como ela continuava em silêncio, sorri e disse:

— Envelheci, não foi?

— Não o bastante para morrer — retrucou ela.

— Eu não queria me matar — respondi. — Não queria morrer. Só estava tendo dificuldade pra dormir. Beber não estava adiantando, então tomei alguns comprimidos pra dormir... Acho que estava bêbada demais pra contar os comprimidos. Tomei o que estava lá e, quando vi, tudo isso tinha acontecido. Mamãe veio me ver e disse que, se eu quisesse mesmo morrer, deveria apenas morrer e não deixá-la preocupada, e agora me sinto como uma delinquente juvenil que tentou cometer suicídio. Mas você sabe como a mamãe é. Quando encasqueta com alguma coisa, não dá pra discutir com ela. Estou de saco cheio disso! Ela sempre me tratou como se eu fosse um equipamento quebrado. Já passei dos 30...

Eu não pretendia dizer nada, mas as palavras jorraram da minha boca.

Ver tia Monica depois de tanto tempo fez com que eu quisesse agir como criança e fazer birra. Ela parecia adivinhar o que eu estava sentindo, pois ajeitou meu cobertor como faria com um bebê. Senti a alegria secreta que apenas adultos que estão sendo mimados como uma criança podem experimentar. A pequena mão calejada de tia Monica envolveu minha própria mão, e senti o calor que irradiava de seu corpo. Havia um bom tempo que não sentia o calor de outra pessoa.

— É verdade — falei. — Não tenho energia pra morrer. Você sabe que não sou esse tipo de pessoa, você sabe que não tenho desejo de morrer, ou a coragem necessária pra isso. Então não venha me dizer que, se tenho o desejo de morrer, também tenho o desejo de viver, ou que preciso ir à igreja. E não precisa rezar por mim. Tenho certeza de que só vou dar dor de cabeça a Deus também.

Tia Monica começou a falar e então parou. Minha mãe provavelmente lhe contara tudo. Aposto que o relato dela foi o seguinte: *Yujeong aceitou ficar noiva, mas agora não quer levar o compromisso adiante. O irmão dela falou que esse rapaz frequentou a mesma escola que ele e se formou em primeiro lugar no Instituto de Pesquisa e Formação Jurídica, então sabemos que é uma boa pessoa e que tem um bom histórico acadêmico. É um rapaz decente. A família dele não é lá grande coisa, mas Yujeong já passou dos 30. Onde ela pensa que vai achar um homem como esse? Fale com ela. Ela lhe dá ouvidos. Eu não aguento mais essa garota. Não acredito que ela saiu de mim. O pai dela a mimou porque é a única menina. Esse é o problema. Todos os irmãos frequentaram as melhores universidades, mas ela só conseguiu entrar naquela porcaria de faculdade. Ninguém na nossa família jamais tirou notas ruins, é por isso que não entendo como ela foi sair desse jeito...*

— Não fiz isso por causa dele — falei. — Nunca quis me casar com ele. E ele provavelmente também nunca quis se casar comigo. Ele vai encontrar outra garota, alguém de uma família boa e endinheirada. Noivas mais jovens e com perspectivas melhores vão fazer fila na frente da casa dele. Ele me falou que as casamenteiras não param de bater à sua porta.

Tia Monica não falou nada. Ouvi o vento zunindo lá fora e a janela tremer. Uma ventania estava se formando. As folhas das árvores caíam. Se ao menos as pessoas fossem como as árvores e pudessem cair num sono profundo como a morte uma vez por ano e depois despertar... Seria bom levantar, exibir novas folhas verde-claras, flores cor-de-rosa, e começar de novo.

— E sabe o que mais? A ex-namorada com quem ele morou por três anos me procurou. Ela me contou que fez dois abortos. A história dela era muito previsível. Aposto que ela lhe dava uma mesada, comprava os livros dele, cozinhava pra ele. No dia da prova pra se tornar advogado, provavelmente ela o levou pra comer costelinhas grelhadas e brindou ao sucesso dele. E então, aquele filho da mãe, depois de tudo aquilo, mudou de ideia e foi atrás de mim, a irmãzinha do promotor-chefe. Provavelmente também estava de olho na minha parte da herança. Tenho certeza de que ele gosta da nossa família porque tem muitos médicos, advogados, doutores... todos esses profissionais arrogantes. Tia Monica, sabe o que mais detesto? Clichês. Se ao menos ele a tivesse largado de um jeito menos clichê, ou tivesse intenção de se casar comigo por razões que não fossem tão superficiais, eu teria fechado os olhos e encarado tudo de outra forma. De verdade. Não aguentei o grande clichê que ele era. Foi isso! Você tem que acreditar em mim. É a primeira vez que conto isso a alguém. Não contei nem à minha mãe, nem aos meus irmãos, a ninguém da família. Ninguém sabe disso. Todos pensam que foi um capricho meu, e prefiro que seja assim. Dessa forma, não preciso explicar nada.

Na época, não tinha ideia do motivo pelo qual estava contando a minha tia coisas que não havia contado a mais ninguém. Nem entendia por que não tinha explicado a minha família o motivo pelo qual eu não ia me casar. A voz da ex-namorada dele estremecera de leve ao telefone: *Estou falando com a senhorita Mun Yujeong? Gostaria de conversar com você.* Quando nos sentamos cara a cara, fiquei surpresa de ver o quão brutas as mãos dela pareciam ao segurar a xícara de café. Seu rosto era bonito, mas o rosto e as mãos não pareciam ser da mesma pessoa, era como se servissem a dois mestres distintos. Apesar dos olhos convidativos e do contorno do rosto suave, a mulher era morbidamente pálida. *Ele é tudo para mim.* No momento em que ela abriu a boca e despejou aquelas palavras, meu coração ficou apertado. Como pode uma pessoa falar isso de outra, principalmente uma mulher sobre um homem, e como é possível dizer isso de forma tão decidida a alguém que você mal conhece? É possível que eu tenha sentido um pouco de ciúmes dela, assim como sentia ciúmes de todos que tinham fé e convicção, um senso de que o que estavam fazendo era certo. Não que eu tivesse ciúmes dela por ter um homem. Quero dizer, nunca tive alguém em minha vida por quem valesse a pena arriscar tudo, mesmo que o relacionamento tivesse acabado por um motivo bobo ou de forma imatura. A mulher tinha um ar triste, mas não chorou, e parecia estar assim porque ainda se agarrava a alguma esperança idiota que a impedia de encarar a realidade. Achei que ela morreria se descobrisse que suas esperanças eram infundadas, o que a deixava numa situação bem pior do que se tivesse entrado em desespero. Havia um ar trágico e perigoso nela. Mas, logo que acabei de contar à tia Monica sobre ela, comecei a me perguntar por que tinha mantido segredo em relação a esse assunto. Meu ex-noivo não era bonito. Não era muito alto, e o maxilar quadrado e a pele escura mostravam que sua infância não tinha sido fácil. Não havia nada de sentimental a seu respeito. Mas eu não esperava que ele me causasse um frio no estômago. Eu tinha idade suficiente para saber que, quando você decide casar em vez de continuar no jogo, é assim que as coisas funcionam. Quando nos conhecemos, apresentados pelo meu irmão mais velho, Yusik, eu lhe perguntei se ele tinha namorado muitas mulheres. Ele olhou para baixo e sorriu timidamente. Senti uma onda de prazer ao pensar que seria a primeira a conquistar um solo onde ninguém mais havia pisado. Dava para entender por que os homens procuravam virgens. Mas eu também sabia que, se cedesse e me casasse com esse trouxa por conveniência que passava o tempo inteiro com o nariz enfiado nos livros, minha família me daria um passaporte dourado para o reino que haviam construído e nunca mais traria meu passado à tona. E, quando pensava a respeito, hedonismo, sensualidade, devassidão — em outras palavras, bebida, sexo e outros vícios — estavam se tornando clichê para mim também.

    Ele me disse que tinha se apaixonado por alguém uma vez. *Não passamos do segundo encontro. Devo tê-la entediado. Depois disso, fiquei muito ocupado estudando para as provas. Levo minhas responsabilidades muito a sério. Para um homem, é importante ter um bom emprego que o possibilite sustentar a família. Casamento e amor são secundários; é preciso se estabilizar primeiro.* Ele não escondeu o fato de que queria causar uma boa impressão. Achei fofo. Eu disse *Então o que você está me falando é que, mesmo já tendo passado dos 30, essa vai ser a primeira vez que você sai com uma garota, dá uns beijos nela e levá-la pro motel? Você é um grande mentiroso.* Dei uma gargalhada. Ele pareceu chocado, como se nunca tivesse conhecido uma garota como eu antes. Mas, pelo seu olhar, também notei que não se sentia totalmente repelido por mulheres irascíveis como eu. De certa forma, ele tinha curiosidade por uma espécie diferente. Essa curiosidade tinha um traço do desejo que um caipira bronzeado de sol com cabelo escovinha e que usava regata — e nesse caso seria uma *regata*, e não uma camiseta usada por baixo da blusa social — não consegue evitar quando conhece uma garota de Seul que usa meias de renda branca e sapatos pretos chiques amarrados com laços, uma garota que não conhece o significado da palavra obediência. Provavelmente era sincero. Acho que até considerei usá-lo como uma plataforma para elevar minha vida. Era tentadora a ideia de que ele podia fazer de mim uma mulher digna. Tirar meus pés sujos de um pátio de lama e colocá-los em seu trampolim, para que eu fosse alçada a uma varanda limpa de madeira polida... ficando de pé com firmeza, equilibrada para que a flecha acertasse o alvo. Provavelmente era isso que eu queria.

Como seu sorriso era acanhado demais, supus que ele não estava me contando toda a verdade, mas eu meio que caí naquela história. Ou foi porque queria confiar nele? Será que eu estava tentando me convencer a acreditar nele, dizendo a mim mesma para confiar em alguém mais uma vez, fazer o que fosse preciso para confiar em alguém apenas uma última vez? Para ser sincera, não vi problema com o fato de ele ter morado com uma mulher, e eu não era uma virgem inocente que tinha algo a perder. Eu também havia morado com alguns homens quando estava estudando na França. Cada relacionamento durou cerca de um mês. Mas, mesmo se ele tivesse abandonado aquela mulher com mãos grandes e brutas que não combinavam com o rosto para se casar comigo, a garota rica que voltou do exterior, onde fingiu estudar arte, cuja mãe insistiu para que fizesse uma suposta exibição solo e a quem deram o cargo de professora em tempo integral — para o qual ela não era qualificada — em uma universidade metropolitana administrada pela família, eu não tinha direito de criticá-lo. Até onde eu sabia, não havia razão para seus atos parecerem estranhos ou especialmente imorais. Todos que eu conhecia se casaram da mesma forma. Mas eu não conseguiria. Ficou claro para mim que, se eu não tinha conseguido me casar com meu primeiro amor — o homem para o qual não consegui dizer *Eu te amo, eu te amo até o último dia da minha vida*, o homem cuja última lembrança de mim era eu, parada em um cruzamento lotado, chorando e gritando *Vá embora! Vá embora e não volte nunca mais!* —, então não conseguiria me casar com esse homem por quem não sentia nada.

    Desapontada com a constatação de que não seria capaz de ganhar cidadania no reino que minha família havia construído, voltei a encher a cara. Não foi por causa daquela mulher. As ruas transbordavam de gente patética, vítimas dignas de pena. Existia alguma infelicidade que não tivesse uma história por trás? Uma tristeza que não fosse injusta? Dizer que essas pessoas eram dignas de pena significava que a justiça já havia virado as costas para elas. Então, mesmo se ela estivesse arrasada por ter sido abandonada por ele, não era problema meu. Pensando bem, tanto ela quanto eu éramos um clichê. Se havia alguma semelhança entre nós, era que tínhamos tentado avançar na vida não por nós mesmas, mas por meio de um homem.

— Certo, nossa Yujeong não é o tipo que morreria por algo assim — afirmou tia Monica, acariciando meu cabelo.

— Tia Monica.

— O quê?

— Por que levou tanto tempo pra vir me ver? Liguei pro convento várias vezes depois que voltei pra Coreia, mas eles sempre diziam que a senhora não estava lá.

— É verdade, andei ocupada. Desculpe. Acho que a minha justificativa é que, como você tem mais de 30 anos agora, achei que já era crescidinha e não precisava de mim.

Quando ouvi a palavra *desculpe*, fiquei surpresa. Ela não tinha motivo para se desculpar comigo. Eu é que precisava me desculpar com ela. Desculpar-me porque já havia passado dos 30 e ainda não era adulta. Mas eu nunca fui boa em dizer coisas como *desculpe, obrigada* e *eu te amo*. Fora falar com sarcasmo, eu nunca tinha usado essas palavras quando realmente precisava delas, nunca as usei quando nada mais servia.

— Tia Monica, a senhora está tão velha. Nunca teve um rosto bonito, mas, pelo menos, na última vez em que a vi, sua pele não estava tão enrugada. A senhora envelheceu tanto.

Ela riu.

— Está certo — concordou ela. — Todos envelhecemos com o tempo. Nada dura para sempre. Todos morrem. Pode não acontecer agora, mas todos nós, no fim... morremos.

Tia Monica se levantou enquanto falava. Fez uma pausa antes da última palavra e então a cuspiu, como se fosse difícil para ela falar. Foi até o frigobar, pegou uma lata de suco e a bebeu. Devia estar com sede, porque virou a lata inteira. Ela suspirou e olhou pela janela. Do lado de fora da janela oposta à cama, os galhos do plátano balançavam ao vento. Imitei tia Monica e olhei pela janela. *Deixe-as cair, deixe-as cair,* pensei, *e deixe o vento levá-las.*

— Tia Monica, eu não queria morrer. Só estava entediada e cansada. De saco cheio de tudo. Pensei que, se continuasse viva, só acrescentaria mais um dia chato a uma vida chata. Porque vivemos um dia sem sentido após o outro, até que, como a senhora disse, no fim, morremos. Eu queria jogar minha vida inteira no lixo. Queria gritar pro mundo: "É isso mesmo, sou um lixo! Sou um fracasso! E não tenho salvação."

Tia Monica me encarou. Para minha surpresa, não havia emoção em seus olhos. Eu sempre tive medo daquele olhar indiferente e, como acontece com qualquer medo, ele estava misturado com respeito.

— Yujeong — começou ela cuidadosamente —, você estava apaixonada por ele? Pelo advogado, Kang, ou seja lá qual for o sobrenome dele?

Explodi em uma gargalhada.

— Por aquele caipira? — perguntei.

— Ele magoou você.

Não respondi.

— Você reconsideraria?

Fiz uma pausa por um momento e então falei:

— Eu não poderia perdoá-lo. Mas, pensando melhor, tia Monica, não acho que era amor. Quando é amor, o coração fica despedaçado. E isso não aconteceu comigo. Quando é amor, você quer que a outra pessoa seja feliz, mesmo que não seja com você. Mas nunca senti isso. Eu não o odiava. O que odiei foi o fato de confiar nele sem pestanejar. Odiei saber que, apesar de ter passado 15 anos me rebelando sempre que possível, eu ainda queria ser como meus irmãos e minhas cunhadas e como todos que eram como eles. E odiei que até mesmo meu próprio ódio tenha me decepcionado.

Tia Monica assentiu.

— Certo, acredito em você — afirmou. — Mas escute, Yujeong. Encontrei seu tio, o Dr. Choi, logo antes de vir para cá. Ele me contou que essa já é a sua terceira tentativa de suicídio. Ele me disse que você tem que ficar um mês no hospital para tratamento, mas falei que, em vez disso, eu cuidaria de você. Ele não se convenceu de primeira, mas então disse que, se eu realmente quisesse, ele concordaria. Tecnicamente é contra as regras, mas ele confia em mim. Então, o que você quer fazer? Ficar aqui durante um mês e fazer terapia de novo ou me ajudar em uma coisa?

Pelo tom de sua voz, eu sabia que ela não estava brincando. Não havia motivo para uma freira na casa dos 70 anos brincar com sua sobrinha que tinha acabado de tentar se matar, mas dei uma gargalhada mesmo assim. Sempre ria quando queria me safar de algo difícil. Mas, ao perceber a firmeza na voz de minha tia quando ela pronunciou as palavras *terceira tentativa de suicídio*, não pude evitar pensar que eu também era um clichê. Queria um cigarro.

— Como eu poderia ajudar a senhora? Bebo, fumo, falo palavrão, e, além de deixar as pessoas desconfortáveis, não sou boa em nada.

— Então você está ciente disso — disse ela secamente. — Há uma pessoa que quer conhecer você. Quer ouvir você cantar.

— Tia Monica... me desculpe, *irmã* Monica! A senhora não está me pedindo que cante em uma boate, não é? O convento ficou sem dinheiro, e agora a senhora precisa de uma fracassada pra cantar no seu café?

Dei uma risada. Sabia que estava exagerando, mas o hábito já estava arraigado em mim, como se eu tivesse me tornado uma atriz capaz de enganar alguém mais inocente. Tia Monica costumava me fazer o favor de fingir que caía naquele tipo de conversa, mesmo quando ficava chocada com meu comportamento. Mas, desta vez, ela não riu.

— Uma pessoa quer ouvir você cantar o hino nacional — explicou ela.

— O quê? O hino nacional?

— Sim, o hino nacional.

Dei outra gargalhada. Aquilo parecia divertido.

Se tratar alguém como um monstro, ele vai se tornar um monstro.

— Psicologia criminal

Anotação Azul 4

Depois que as aulas terminaram, fui para casa e encontrei meu pai comendo macarrão instantâneo ao lado de meu irmão. Quando encontrei Eunsu adormecido no canto do quarto cheio de garrafas vazias de *soju*, seu corpo estava febril. Tentei acordá-lo sacudindo-o, mas ele só conseguia gemer.

— Papai, Eunsu está doente. Ele está ardendo em febre.

Meu pai despejou *soju* em uma tigela de metal, tomou um gole e me encarou com olhos injetados, sem dizer nada. Olhando para trás agora, será que posso realmente dizer que nosso pai estava vivo naquela época? Ele devia estar no início dos 30 naqueles tempos. Desde meu primeiro minuto de vida, nunca consegui olhar para ele sem sentir terror e sem estremecer de medo, mas, apesar disso, já havia tempo que tinha aprendido os truques do diabo naquele inferno.

— Papai, vou comprar mais *soju* pro senhor. Seu estoque acabou. Vou correndo até a loja.

A besta do arroto puxou uma nota de 500 wons do bolso da calça suada e empapada de mijo e me entregou o dinheiro. Corri.

O remédio para resfriado que mamãe costumava tomar — o único pensamento em minha cabeça era que eu tinha de comprar aqueles comprimidos pequenos que vinham em um frasco.

A chuva havia parado, e o mundo estava inundado com a luz da primavera. Até hoje, não sei por que aquele verde deslumbrante em toda a parte me afetou tão profundamente enquanto eu corria até a farmácia. Por um bom tempo depois disso, sempre que via os diferentes tons de verde que tingiam as montanhas na primavera, era dominado por uma tristeza inexplicável. Os habitantes da vila que plantavam mudas de arroz nos campos me observaram casualmente à distância enquanto eu passava correndo. Usei o dinheiro para comprar o remédio para resfriado e voltei para casa.

Assim que meu pai viu o frasco de remédio em minha mão, seus olhos faiscaram. Ele arrancou o frasco de mim e começou a me bater. O *suju* virou, e fui agarrado por suas mãos fortes e jogado na madeira da estreita varanda. Se não fosse por Eunsu, eu teria fugido. Não sabia para onde, não sabia se havia algum lugar no mundo para onde eu pudesse fugir, mas provavelmente era o que eu teria feito. Cada vez que o punho de meu pai me acertava, chamas pareciam sair dos meus olhos. Então desmaiei. Quando acordei, a vizinha estava nos alimentando, dando uma porção de sopa para mim e para meu irmão. Ela me falou que havia guardado um pouco de um remédio feito por um curandeiro da região, com o qual medicou Eunsu. Meu pai estava desmaiado de tão bêbado, e eu podia ouvir os murmúrios preocupados dos vizinhos vindos da varanda ao lado.

Eunsu estava adormecido debaixo de um cobertor. O quarto tinha sido arrumado. Os lábios e as bochechas dele estavam corados, e meu irmão ficava murmurando algo. Eu não queria ouvir o que ele estava dizendo. Eu também queria chamar nossa mãe. Queria perguntar por que ela havia nos deixado para trás. Várias noites se passaram, e, então, a manhã veio. Acho que era o terceiro dia. Decidi ir à escola, então fui ver como Eunsu estava. Sua febre tinha cedido.

Seu cabelo escuro encaracolado estava úmido de suor e grudando na testa pálida. Depois de um momento, seus olhos se abriram, e ele falou:

— Yunsu, a casa está cheia de fumaça. Está cheia de fumaça.

Depois daquele dia, os olhos de Eunsu não conseguiam distinguir nada além de uma fraca luz. Meu irmãozinho tinha ficado cego.

Capítulo 4

Eu vi tia Monica de longe. Ela parecia brava. Eu estava quase meia hora atrasada. Quando encostei na entrada da estação do metrô em frente ao complexo da prefeitura de Gwacheon, ela entrou no carro carregando um grande pacote. Estava tão frio do lado de fora que o ar gelado que emanava de seu hábito preto me dava a estranha sensação de estar em frente a uma geladeira. Seus lábios estavam roxos.

— Eu não sabia como deveria me vestir — comentei. — Se eu soubesse que estávamos indo a uma prisão, teria comprado uma fantasia de freira. Estou atrasada porque não conseguia decidir o que usar. Você deveria arrumar um telefone celular. Até monges e padres dirigem hoje em dia. Você deveria arrumar um carro também.

Eu estava inventando desculpas por ter me atrasado. Tia Monica não disse uma palavra.

— Eu falei que passaria no convento pra pegá-la, mas a senhora é tão teimosa — argumentei, tentando jogar a responsabilidade para outra pessoa, como sempre fazia quando me sentia culpada por algo.

— Eles esperam a semana inteira por mim — disse tia Monica. — Aqueles rapazes não veem ninguém a semana toda. Por sua causa, trinta minutos do precioso tempo deles se foi. Desperdiçados em você!

Ela fez uma pausa, furiosa demais para continuar. Então engoliu em seco e começou a falar mais lentamente.

— Esses trinta minutos que você jogou no lixo sem pensar duas vezes podem ser os últimos trinta minutos deles na Terra. Eles vivem cada dia como se nunca fossem ter outro! Você consegue compreender isso?

A voz dela era baixa, mas firme e sugeria lágrimas. As palavras *jogou no lixo* ficaram presas em minha garganta. Apesar de eu usar essas palavras o tempo todo para me referir à forma como estava desperdiçando minha vida, não gostei ao ouvi-las da boca de outra pessoa. Como era verdade que eu estava atrasada para o nosso encontro, achei melhor não falar nada. De qualquer modo, era meu primeiro dia acompanhando minha tia à prisão. Mas não estava parecendo que ia ser um primeiro dia feliz. Apesar de ter sido eu a primeira a falar sobre jogar minha vida no lixo, foi a primeira vez que ela usou minhas próprias palavras contra mim com tamanha força. Eu disse a mim mesma que tia Monica só estava sentimental porque estava ficando velha.

Eu tinha lido no jornal sobre as visitas de minha tia à prisão antes de ir para a França. Meu segundo irmão mais velho, que era médico, fora até nossa casa para ver mamãe depois de ela ter lhe telefonado no meio da noite reclamando de dor de cabeça. Ele abriu o jornal que havia levado e anunciou: *Tia Monica está no jornal*. Como era um jornal liberal e normalmente não o comprávamos, se ele não tivesse nos mostrado a notícia, ninguém jamais saberia que nossa tia era famosa o bastante para sair nos noticiários. Minha mãe, que começava os dias gritando com a arrumadeira da forma como outras pessoas poderiam dizer bom-dia, tinha dado à garota seu cumprimento matinal de sempre e estava sentada à mesa. Meu irmão contou que tia Monica estava visitando presos no corredor da morte, e mamãe comentou: *Que nobre da parte dela. Esse é o tipo de sacrifício que precisa ser feito quando se é uma freira. Muito nobre. Você pode marcar uma consulta pra mim com um neurocirurgião no seu hospital? Preciso de outro checkup. Algo deve estar errado, porque minha cabeça está me matando. Não dormi nem um tiquinho ontem. Esses comprimidos que você me deu da última vez não funcionaram. Sempre que os tomo, minha maquiagem esfarela. Devo estar ficando velha, porque não consigo dormir nem posso tomar mais nenhum comprimido que seja ruim para o meu corpo. Minha pele está uma porcaria.*

Meu irmão, quieto como sempre, não falou uma palavra enquanto eu comia um sanduíche de presunto e alface com pão integral orgânico ao lado de nossa mãe hipocondríaca. Os olhos dele encontraram os meus. *Não se preocupe, mamãe*, disse ele com uma voz incansavelmente empática. *Os médicos fizeram vários exames, mas não acharam nada de errado com a senhora.*

Mamãe, ele está certo, acrescentei. *Como a medicina moderna poderia sondar um sistema nervoso tão sensível e extraordinário como o seu? Uma mulher refinada como a senhora não tem escolha a não ser suportar esse fardo.*

O café da manhã daquele dia acabou como sempre acabava, com minha mãe gritando comigo. Era uma manhã típica. Ela berrou dizendo que eu deveria parar de fazer aqueles shows horríveis de cabaré e ir estudar fora ou algo assim. Falei que ficaria feliz em fazê-lo. Àquela altura, a diversão de ser uma pop star por um ano estava perdendo a graça, e pensei que, se saísse de casa, teria a oportunidade de curtir uma manhã de silêncio, para variar. Eu estava cansada de gritar em um tom harmônico à oitava de minha mãe.

— Desculpe — eu disse à tia Monica. — Fiz besteira. Falei que sinto muito. — Render-me parecia melhor do que continuar me defendendo. Não estava certa de por que pensei daquela forma, mas fiquei com medo de que ela começasse a chorar. — Mas, tia Monica, a senhora não está me levando realmente para visitar os... isso está certo?... presos no corredor da morte? Eles não vão me pedir que cante o hino nacional, não é?

— São eles mesmos que vamos visitar. Se lhe pedirem que cante o hino nacional, cante. Há alguma razão para não fazer isso? Antes usar a sua voz para algo bom a jogá-la no lixo. Vire à esquerda naquela bifurcação da estrada.

Ela dissera aquilo de novo. Lixo. Pareceu maldade da parte dela pegar aquelas palavras sentimentais que eu havia falado no hospital e usá-las para me provocar, então comecei a ficar um pouco irritada. Quando virei à esquerda, como instruído, vi uma placa indicando o Centro de Detenção de Seul.

Será que cantar o hino nacional seria melhor do que conversar com o jovem psicólogo que meu tio levara para me visitar naquele hospital chato e responder a perguntas do tipo *Do que você tem tanta raiva?* e *Por que você ficou com raiva?* e *Você tinha pensamentos parecidos quando era criança?* Como sempre, me acalmei pensando *Quem se importa?* e *Não pense muito sobre isso.* Pelo menos o centro de detenção não seria tão chato quanto o hospital.

Mostramos nossas carteiras de identidade na entrada e passamos por uma porta com grades. Depois que entramos, a porta se fechou atrás de nós. No momento em que o som frio e vibrante de metal contra metal ressoou no corredor escuro e vazio, pensamentos estranhos vieram à minha cabeça.

A temperatura dentro daquele lugar estava sempre alguns graus mais fria do que do lado de fora — a sensação de frio permanecia por um longo tempo depois de irmos embora. E era assim não só no inverno, mas também no auge do verão. Era, como alguém disse uma vez, um lugar habitado pela escuridão. Passamos por outra porta, que também se fechou atrás de nós. Havia um grande pátio interno que não parecia ser usado por ninguém. Vários homens com o uniforme azul da prisão empurravam um carrinho de mão no outro canto do pátio, e, um pouco mais longe, abaixo de uma estátua de gesso branco da Virgem Maria, havia uma pequena árvore. Pisca-piscas em cores berrantes piscavam no sol de inverno. Quando vi aquilo, me dei conta de que o Natal estava chegando. Pensei no Terceiro Domingo do Advento em Paris. As luzes natalinas enchendo a Champs-Élysées, garotas vendendo flores na rua, vinho tinto e o charme fútil do foie gras macio e apetitoso derretendo em minha língua, terminando uma noite de bebedeira com brigas e vômito...

Fizemos várias curvas e fomos guiadas a uma pequena sala. Com apenas uns poucos metros quadrados, o cômodo tinha um crucifixo preso na parede e, ao lado dele, havia uma cópia do quadro do Rembrandt, *O retorno do filho pródigo*. Era uma sala simples, com uma mesa quadrada e cinco ou seis cadeiras. Tia Monica colocou o pacote na mesa e ligou uma chaleira elétrica. Depois de um momento, escutamos uma batida à porta. Vislumbrei de relance um uniforme azul da prisão pela janelinha de vidro na porta gradeada.

— Entre! Você deve ser Jeong Yunsu. — Tia Monica andou até o homem, que estava acompanhado por um guarda, e o abraçou.

Corredor da morte. Ele estava no corredor da morte. Uma etiqueta vermelha fora costurada do lado esquerdo da camisa dele. Só que não era o que eu esperava. Não havia nome nela. Em letras pretas, lia-se *Seul 3987*. Ele pareceu bem desconfortável com o abraço de minha tia. Parecia ter por volta de 1,75m de altura e tinha cabelo preto encaracolado e pele clara; seus olhos por trás dos óculos de aro de tartaruga eram grandes e penetrantes. Mas o cabelo encaracolado, que parecia mais macio e escuro do que o das outras pessoas, caía sobre a testa larga e pálida, diminuindo-lhe a aspereza das feições.

Para minha surpresa, a sombra escura que pairava em seu rosto me lembrava os jovens professores que eu tinha conhecido na universidade. Seu olhar era o mesmo que os deles quando reclamavam da instituição: *Droga, o que a fundação pensa que está fazendo?* Ou quando tinham de escutar o presidente do conselho de administração dizer coisas ridículas durante as reuniões do corpo docente: *Nosso objetivo principal esse ano é criar uma universidade que estude. Precisamos de alunos melhores. Nossa fundação criou essa faculdade com esse propósito.* O tipo de coisas que qualquer um em seu juízo perfeito daria risada. Por um momento, me iludi pensando que a etiqueta vermelha em seu peito significava que aquele prisioneiro era um dissidente que tinha violado a Lei de Segurança Nacional. Provavelmente foi o ar intelectual que percebi nele por um instante que me fez chegar a essa conclusão. Ele parecia o tipo de cara que seria visto em Paris usando uma camiseta estampada com o rosto severo de Che Guevara.

Como posso descrever minhas impressões? Ele era um ser que transcendia a morte, irradiando algo sinistro tido por aqueles que se prometem na juventude uma morte solitária no meio do nada. E isso parecia cair bem nele. Para ser ainda mais honesta, aquele homem não se parecia com a imagem que eu sempre tive dos presidiários. Mas gostei de ter minhas próprias ideias clichês arruinadas sem piedade. Comecei a me sentir curiosa a respeito dele.

— Vamos nos sentar. Por favor, fique à vontade. Sou a irmã Monica, que tem escrito para você.

Yunsu sentou desajeitadamente. Foi então que percebi os grilhões que prendiam os punhos na frente dele. Eles eram fixos a um anel que pendia de um tipo de cinto grosso de couro em sua cintura. Só bem mais tarde lembrei que eles eram chamados de *grilhões*, mas, quando os vi, meu coração ficou apertado.

— Por favor, oficial Yi, eu trouxe alguns doces para ele comer. O senhor poderia... seria possível retirar os grilhões? — perguntou tia Monica cuidadosamente.

O guarda chamado Yi, que foi designado ao ministério da prisão católica, sorriu desconfortavelmente e não respondeu. O olhar em seu rosto denotava que ele era um homem que seguia as regras. Tia Monica desembrulhou os doces. Sonhos de creme, pãezinhos amanteigados, bolinhos recheados com feijão vermelho. Ela serviu água quente da chaleira para fazer café instantâneo e colocou um copo em frente a Yunsu. Então pôs um dos doces em sua mão algemada. Ele o levantou em silêncio e o observou por um momento. Parecia considerar se era realmente permitido comer; ao mesmo tempo, ele emanava a tristeza de uma pessoa deslumbrando uma comida pela qual ansiava havia anos. Ele socou o doce na boca com dificuldade. Por causa dos grilhões, teve de se curvar para dar uma mordida nele. Seu corpo se enrolou como uma concha de caracol. Ele manteve os olhos fixos na mesa enquanto mastigava.

— Isso mesmo, coma. Tome um pouco de café também para ajudar a descer. E me diga se há algo que você gostaria de comer da próxima vez. Não tenho filhos, então você pode pensar em mim como uma mãe. Faz trinta anos que venho aqui. Todos vocês são família para mim.

Yunsu parou de mastigar para dar um sorriso forçado quando tia Monica disse que não tinha filhos. Apesar de eu ser a única que provavelmente notou, havia um sinal de zombaria em seu sorriso. Assim como eu lidava com conflitos rindo das pessoas, imaginei que sua arma usual era um olhar de desprezo. Claro que pode ser só uma coisa da minha cabeça, mas, desde o instante em que o vi, senti como se fôssemos da mesma família, pelas características que compartilhávamos. Raramente meus instintos estavam enganados, apesar de eu me sentir um pouco estranha em pensar que poderia ter algo em comum com um condenado à morte. Eu estava louca por um doce, já que havia pulado o café da manhã por dormir além da hora, mas vê-lo comer com o corpo curvado e as mãos juntas como um esquilo me fez perder o apetite. Senti pena. Imaginei o que tinha acontecido para levá-lo a esse ponto. Tia Monica insistiu para que eu e o guarda pegássemos um doce, mas ela mesma só bebeu café.

— E, então, como estão as coisas por aqui? — perguntou ela. — Está se acostumando?

Ele estava enchendo a boca de comida, mas parou imediatamente. Um silêncio tenso se estabeleceu entre nós quatro; na sala onde estávamos, a luz do sol de inverno se inclinava pela janela. Ele terminou de mastigar lentamente.

— Recebi sua última carta — comentou Yunsu. — Eu não ia vir hoje, mas achei que deveria falar com a senhora pessoalmente. O oficial Yi me contou que a senhora vem aqui de metrô ou de ônibus há trinta anos, faça chuva ou faça sol. Se ele não tivesse me dito isso, eu provavelmente não viria. Então é por isso que estou aqui.

Ele levantou a cabeça. Em um olhar de relance, seu rosto era muito tranquilo. Mas, depois de uma inspeção mais cuidadosa, essa tranquilidade parecia tão dura quanto uma máscara.

— Certo — disse tia Monica.

— Por favor, não venha mais me visitar. Não vou ler as suas cartas. Não sou digno delas. Por favor, apenas me deixe morrer.

Ele cerrou os dentes ao pronunciar as últimas palavras. Pelo jeito que o queixo dele tremeu, parecia estar apertando com força os dentes de trás e rangendo-os. Era assustador. A pele em volta de seus olhos tinha um tom azulado. Senti um medo súbito de que Yunsu me agarrasse pela garganta e me fizesse refém, e me lembrei de ver seu nome no jornal. Ele tinha matado alguém e fugido, e então invadido uma casa e feito uma mulher e uma criança reféns. Eu só conseguia me lembrar das informações gerais. Encarei o guarda e minha tia. Os grilhões grossos em seus punhos eram, de alguma forma, tranquilizadores.

— Yunsu... Tenho mais de 70 anos, então posso chamar você pelo primeiro nome, não é? — Tia Monica não estava nem um pouco perturbada e falou lenta e calmamente. — Quem nunca cometeu um pecado? Mesmo que você procurasse bastante, quem seria digno? Só quero passar um tempo com você. Podemos nos encontrar de vez em quando, lanchar, falar sobre o seu dia. Isso é tudo que quero, mas...

— Eu não quero — interrompeu Yunsu. Ele usava aquele tom calmo incomum de alguém que havia pensado por um bom tempo no que ia dizer. — Não tenho a esperança nem o desejo de continuar vivendo. Se a senhora tem forças pra gastar com esse tipo de coisa, então guarde-as pra outra pessoa. Sou um assassino. Faz sentido que eu morra aqui. Isso é tudo o que vim dizer à senhora.

Yunsu se levantou como se indicasse que não tinha mais nada a falar. O guarda também se levantou; ele não parecia surpreso. O apelo apaixonado do prisioneiro parecia dizer *Posso até ter que me curvar para comer como um animal que se alimenta de comida jogada no chão, mas ainda sou um homem.*

Pensei estupidamente comigo mesma *Acho que até os condenados no corredor da morte têm orgulho.*

— Espere um minuto, Yunsu! Espere! — chamou tia Monica, ansiosa.

Ele se virou para olhar para ela. Lágrimas encharcavam os olhos de minha tia. Ele também deve tê-las visto, porque notei que um dos lados do rosto dele parecia contorcido. Não era uma careta, mas um tipo de distorção, como se um lado de sua máscara dura tivesse sido arrancado. Mas então a expressão desapareceu, e seu olhar de zombaria voltou. Tia Monica tirou algo do pacote que tinha trazido e entregou a ele.

— O Natal está quase chegando; então eu lhe trouxe um presente. É frio aqui, não? Eu lhe trouxe algumas ceroulas. Já que você se deu ao trabalho de se encontrar comigo, não posso mandar você embora de mãos vazias. Isso só vai levar um instante, então poderia se sentar um momentinho? Eu lhe disse, sou muito velha, e minhas pernas doem.

Yunsu encarou o pacote nas mãos dela. Um músculo tremeu em seu maxilar. A testa estava franzida, e ele parecia irritado. Provavelmente estava pensando *Por que diabos ela está me dando um presente de Natal?* Mas ele se sentou como se dissesse que daria uma chance a ela por ser idosa e mulher.

— Não estou lhe dando um presente de Natal para fazer você se sentir constrangido. Não estou dizendo que vá para ir à igreja. Não estou aqui para falar de religião. Quem se importa se você acredita em alguma coisa ou não? O importante é que você viva cada dia como um ser humano. Tenho certeza de que não odeia a si mesmo, mas, se você se odeia, então é exatamente a pessoa para quem Jesus veio. Ele veio para lhe dizer que ame a si mesmo, para lhe dizer o quão precioso você é, para lhe dizer que, se no futuro se sentir querido por alguém e pensar *Ah, então isso é amor*, essa pessoa é um anjo enviado por Deus. Eu acabei de conhecer você, mas sei que tem um bom coração. Não importa quais sejam os seus pecados, eles não são tudo o que você é!

Quando tia Monica terminou seu discurso, ele sorriu. Era um sorriso de escárnio. O olhar em seu rosto mostrava que era ridículo dizer a uma pessoa que havia tirado a vida de alguém, e que poderia ser enforcada no dia seguinte por esse crime, que ela era preciosa. Mas, então, uma energia nervosa, que só aqueles que têm emoções fortes possuem, passou por seu rosto. Para meu espanto, era como se eu o entendesse. Toda vez que eu recebia um telefonema de tia Monica depois de mais uma briga estúpida com minha família e ela falava comigo naquele mesmo tom que estava usando com ele, eu ficava com raiva. De certa forma, era como se meu corpo estivesse rejeitando uma transfusão de sangue. Seja um sangue diferente ou emoções diferentes, só estamos em paz quando há só um tipo presente. Certo ou errado, a vida só faz sentido quando os bandidos são bandidos, e os rebeldes são rebeldes.

— Não faça isso comigo — pediu Yunsu. — Senão não serei capaz de morrer em paz. Digamos que eu me encontre com a senhora e vá à missa e faça tudo o que os guardas me pedem pra fazer pra deixá-los felizes, e também cante hinos e reze de joelhos e me torne um anjo. A senhora vai me salvar então?

Aquilo foi inesperado. Ele arreganhou os dentes brancos como um animal e cuspiu as últimas palavras. O rosto de tia Monica empalideceu.

— Então, por favor — completou ele —, não venha me visitar.

— Está bem, você tem razão, eu quero salvá-lo, mas isso não está sob meu poder. Mas, só porque não posso impedir que seja executado, não quer dizer que eu não precise me encontrar com você. Não sei como se sente a respeito disso, mas todos nós estamos no corredor da morte. Ninguém sabe quando vai morrer. Então por que é errado que alguém como eu, que não sabe quando vai morrer, se encontre com você, que também não sabe quando vai morrer?

Tia Monica não era fácil. Yunsu a encarou, aturdido.

— Por quê? — repetiu ela.

— Porque não quero ter esperanças — respondeu ele. — Isso seria o inferno.

Tia Monica não disse nada.

— Não sei quanto mais aguento — continuou ele. — Vou acabar enlouquecendo.

Tia Monica começou a dizer algo e então parou. Um instante depois, perguntou calmamente a ele:

— Yunsu, o que mais o incomoda no momento? Do que você mais tem medo?

Ele a encarou. Um momento se passou. Seus olhos estavam cheios de animosidade.

— As manhãs.

Yunsu parecia estar sendo forçado a confessar um crime diante de alguma prova final conclusiva descoberta por um promotor público implacável. Sua voz estava calma. Ele se levantou como se não precisasse ouvir mais nada, despediu--se dela com uma reverência e saiu. Tia Monica, que estivera imóvel como uma estátua de gesso, o seguiu.

— Espere um segundo! Desculpe. Não fique bravo. Se for difícil para você, então não precisa se encontrar comigo. Pode ir.

Não tem problema se você for, mas pelo menos leve isto. Os doces não são chiques, mas eu os trouxe para você. Eles não são tão ruins. Oficial Yi, sei que estaria infringindo as regras, mas, por favor, deixe-o esconder uns dois embaixo da roupa.

Tia Monica ofereceu alguns pãezinhos para Yunsu. O oficial Yi lançou um olhar para ela que dizia que não deveria fazer aquilo. Mas a teimosia de tia Monica era grande, como a vontade do Pai sendo feita tanto na terra como no céu.

— Ele deve ficar com fome o tempo inteiro, sozinho lá na cela. Um homem jovem e saudável como ele provavelmente precisa comer muito. Por favor, oficial Yi!

Era absurdo: quem era o criminoso e quem era o reabilitador? Quem estava implorando e quem estava rejeitando os apelos? Vi Yunsu olhar diretamente para tia Monica pela primeira vez. Seu olhar parecia tremer com a ansiedade de ser incapaz de compreender quem ela era ou o que estava fazendo. Tia Monica chegou mais perto dele e empurrou um doce para dentro de sua camisa.

Ele pareceu chocado. Jogou a cabeça para trás como se para mantê-la o mais longe possível de minha tia.

— Tudo bem — disse ela. — Estou feliz que tenhamos nos encontrado hoje. Yunsu, estou muito feliz por ter conhecido você. Obrigada por ter vindo me ver!

Ela acariciou o ombro dele. Yunsu pareceu aflito, como se estivesse sendo torturado. Enquanto ele se afastava rapidamente, eu o analisei com mais atenção e percebi que mancava. Tia Monica ficou observando da porta até ele desaparecer no longo corredor. Ela parecia tão solitária quanto uma cabra parada à beira de um despenhadeiro sobre o mar. Apertou a testa com as mãos. Parecia exausta.

— Tudo bem. Eles são sempre assim no início. É aí que a esperança começa. Foi um bom começo ele ter dito que não era digno.

Tia Monica não estava falando comigo exatamente, e sim resmungando para si mesma. Parecia que minha pequena tia ia definhar e desaparecer ali mesmo. Era como se precisasse renovar a própria confiança. Distraidamente, olhei para a imagem de *O retorno do filho pródigo* pendurada na parede. Na história do filho pródigo, o mais novo de dois irmãos exige impetuosamente sua parte da herança do pai. O rapaz então esbanja sua fortuna e, após ser rebaixado a fazer um trabalho degradante em uma fazenda de porcos, volta para casa, apesar de saber que já não é mais merecedor do lugar como filho de seu pai. Ao chegar, ele diz: *Pai, pequei contra o céu*. Ele deve ter sido sincero. Era uma história bíblica. A pintura representava o amor do pai perdoando o filho, e o filho ajoelhado, arrependido. Eu me lembrava de ter aprendido na aula de história da arte que Rembrandt desenhou as mãos do pai diferentes: uma era a mão de um homem, e a outra, a de uma mulher, o que representava a ideia de que Deus personificava tanto a feminilidade quanto a masculinidade. Mas o porquê de aquele quadro estar pendurado nesta sala era bem óbvio.

— Ele ainda está causando muitos problemas? — perguntou tia Monica ao guarda.

— Ele vai ser a minha morte. No mês passado, começou uma briga no pátio. Pegou a tampa de um braseiro de carvão que estava em um canto e ameaçou matar um dos líderes da gangue. Passou duas semanas na solitária e só saiu ontem. E também se comportou mal o tempo todo em que esteve lá. Se não o tivéssemos contido, ele teria voltado ao tribunal. Não que faça diferença. Ele já está condenado à morte — não dá para aumentar sua pena. Não sei por que estou lhe contando isso, mas esses presos do corredor da morte acabam comigo. Para eles, não faz diferença matar mais uma pessoa enquanto estão aqui, porque sabem que a pena não vai mudar. Estão no corredor da morte, então não faz diferença *como* morrem. Os outros presos têm medo deles, então eles agem como reis. Não há execução desde agosto passado, eles sabem que uma está chegando. Provavelmente é por isso que ficam mais violentos no final do ano. É quando as execuções normalmente acontecem. Depois disso, sossegam por alguns meses. Mas Yunsu é o pior de todos.

Tia Monica ficou quieta por um instante.

— Mesmo assim — observou ela —, ele veio me ver hoje. E, apesar de não me escrever com muita frequência, ele escreve.

Tia Monica parecia um detetive se agarrando desesperadamente à menor pista. O guarda sorriu de modo malicioso.

— Sendo sincero, fiquei surpreso com o fato de ele ter vindo vê-la. No mês passado, o pastor lhe deu uma Bíblia. Ele a rasgou e tem usado as páginas como papel higiênico. Acho que já gastou três Bíblias desse jeito.

Explodi em uma gargalhada. Se tia Monica não tivesse olhado para mim, eu teria continuado rindo, mas me controlei e tentei parecer séria. Foi o suficiente para ela. Senti como se Yunsu tivesse se vingado em meu nome pela forma como tia Monica ficara mencionando a palavra *lixo* no caminho para cá. Ele tinha rasgado o objeto preferido dela, a Bíblia, e o transformado em algo ainda pior do que lixo. Mas eu não podia demonstrar o quanto era satisfatório ouvir aquilo. Ambos pareciam muito sérios.

— Essa manhã, fui até a cela dele, avisei que a senhora estava vindo e perguntei o que ele queria fazer. Ele pensou por um instante e então perguntou quantos anos a senhora tinha. Falei que tinha por volta de 70. Ele hesitou novamente e então, por alguma razão, falou que iria recebê-la.

Uma expressão de alegria se espalhou lentamente pelo rosto de tia Monica.

— É mesmo? Dizem que coisas boas acontecem quando se envelhece. Acho que é verdade. Mas alguém já veio visitá-lo?

— Não, ele deve ser órfão. Acho que disse que a mãe está viva em algum lugar, mas ninguém o visita.

Tia Monica tirou um envelope branco do bolso.

— Por favor, junte isso à conta dele na loja da prisão. E, por favor, oficial Yi, não pense tão mal dele. Os guardas também deveriam ajudar a reabilitar os presos. Você não está tentando matá-lo mais rápido, está? No fim das contas, não somos todos pecadores?

O oficial Yi pegou o envelope mas não disse uma palavra. No caminho de volta para a estação de metrô, tia Monica recusou terminantemente minha oferta de levá-la de carro até o convento. Não entendia por que ela insistia em usar o transporte público em um dia tão frio, mas provavelmente era a teimosia sem sentido que nós duas compartilhávamos.

Enquanto esperávamos o sinal abrir em um cruzamento, perguntei:

— O que ele fez?

Não havia mais nada sobre o que conversar. Ela parecia perdida em pensamentos e não respondeu.

— Eles colocaram aqueles grilhões nele porque ele ia nos encontrar?

— Não, ele usa aquilo o tempo todo.

Meu coração ficou apertado, exatamente como aconteceu quando o vi se curvar para comer o doce. No antigo conto popular Chunhyangjeon, quando a personagem principal Chunhyang se senta algemada em um instrumento de tortura chamado canga, ela parece melancólica e pensativa, talvez até cheia de dignidade. Mas aquele era apenas um truque narrativo — quanto mais trágico, melhor — para estabelecer uma virada dramática da justiça quando seu amado Mongnyong volta como um inspetor real secreto e a salva do magistrado local libidinoso que a prendeu por recusar suas investidas. Atualmente, a ideia de manter alguém preso a grilhões era chocante.

— E quando ele dorme?

— Fica com eles enquanto dorme também. O único desejo dessas pessoas é dormir com os braços esticados apenas uma vez. Alguns presos já até sofreram fraturas rolando por cima dos braços enquanto dormiam. Depois que recebem a pena de morte, passam até dois ou três anos com os grilhões antes de morrerem.

— Como eles comem?

— Eles não podem usar hashis, então levantam a tigela para comer, ou, se há muitos prisioneiros em uma sala, outra pessoa mistura o arroz para eles para que possam comer com uma colher. E o guarda ainda disse que ele esteve na solitária por duas semanas. Quando ficam na solitária, eles não veem nem a sombra de outra pessoa. Suas mãos ficam presas atrás das costas, então precisam baixar a boca até a tigela para comer. É por isso que chamam de "comida de cachorro". Como ele esteve lá por duas semanas, não deve estar em seu juízo perfeito. Às vezes, não podem nem usar o banheiro. Fazem tudo nas calças. Duas semanas...

Suspirei e resisti a perguntar se eles realmente precisam viver daquela maneira. Eu não fazia ideia de nada daquilo antes, mas era diferente agora que eu sabia e tinha visto algumas coisas com meus próprios olhos. Senti uma espécie de preságio, como quando você sem querer vai parar em uma vizinhança onde não gostaria de morar.

— Yunsu matou alguém, certo? Ele mesmo confessou. Quem ele matou? E por quê?

— Não sei.

A resposta de tia Monica foi tão simples e direta que, por um segundo, duvidei de meus próprios ouvidos.

— Como foi que aconteceu? Quantas pessoas ele matou? Ele saiu nos jornais, não foi?

— Já disse que não sei!

Seu tom foi firme. Eu me virei para olhar para ela. Minha tia me encarava como se houvesse algo incomum em minhas perguntas.

— Como a senhora não sabe? Vi que é membro do ministério da prisão. Não se deu ao trabalho de olhar os registros quando começou a escrever pra ele?

— Eu o encontrei pela primeira vez hoje, Yujeong. Hoje foi nossa primeira reunião. É isso. Quando as pessoas se conhecem, não perguntam "Então, que tipo de coisas ruins você fez?". Se ele falar sobre o assunto, então escuto. Mas nunca o vi antes. Para mim, o que vimos de Yunsu hoje é tudo que existe dele.

Ela soou decidida. Era como se cada palavra tivesse sido um golpe em meu peito. Fui lembrada mais uma vez de que ela era uma freira.

— O sinal está verde. Encoste perto da entrada daquela estação na esquina. Eu ligo para você mais tarde.

Então ela saiu do carro.

Ó, Rei! Não chore. Não há ninguém que não tenha ansiado pela morte mais de uma vez nesta curta vida.

— Heródoto, *Histórias*

Anotação azul 5

O azar nos encharcou como um repentino banho de chuva. Um dia, cheguei cedo da escola e encontrei Eunsu branco como a parede e chorando. Perguntei a ele qual era o problema, mas, de repente, ele começou a ter ânsia de vômito.

Ele disse *O papai me fez beber algo estranho. Não paro de vomitar.* Fui até a sala, e um cheiro esquisito atingiu meu nariz. O odor vinha de uma garrafa de pesticida que nosso pai havia derramado enquanto tentava dar para Eunsu. Gritei para nosso pai: *Morra! Se alguém deveria morrer, é você!* Não sei se foi a força da minha ira, mas ele fez uma pausa no meio da bebida e se virou silenciosamente para olhar para mim. Para minha surpresa, ele não tentou me bater. Só me encarou com seus olhos injetados — olhos que exibiam um estranho lampejo de escárnio. Pode ter sido um sorriso ou talvez um olhar de agonia amargurada. Eu não sabia se ele ia mudar de ideia e vir atrás da gente com uma vara, então agarrei a mão de Eunsu e nós fugimos. Fomos ao mesmo lugar de sempre, um celeiro atrás de uma casa abandonada perto da entrada da vila, e passamos a noite lá. Quando voltei para casa pela manhã, a pessoa que eu costumava chamar de pai estava morta. A garrafa de pesticida que ele tinha bebido estava vazia ao seu lado.

Capítulo 5

Naquela noite, após voltar daquele lugar, não dormi muito bem. Eu tinha encontrado com ele, olhado para ele. Ele foi embora, e eu deixei tia Monica no metrô. Mais tarde, fui ao centro da cidade, onde comprei algumas coisas de que precisava para o Natal, e estava voltando para pegar o carro no estacionamento da loja de departamentos quando a imagem me atingiu: as mãos de Yunsu algemadas. Foi como um comprimido tomado pela manhã mas que só faz efeito à noite. Será que foi porque a garagem gelada me fez procurar por luvas dentro da bolsa? Imaginei as pontas das orelhas dele vermelhas pelo frio, as escoriações inflamadas nos punhos onde os grilhões machucavam sua pele e a forma como seus lábios firmes abriam aquele sorriso de escárnio toda vez que falava. Quando ele disse que não tinha mais o desejo ou a esperança de continuar vivendo, o nervosismo em sua voz me pareceu familiar. Eu provavelmente soava daquela forma o tempo todo também. Tinha dito as mesmas palavras para minha família, gritado-as, na verdade: *Apenas me deixem morrer!*

A loja de departamentos estava lotada. Homens e mulheres com mais sacolas do que conseguiam carregar enchiam os carros com as compras e iam embora enquanto mais e mais carros continuavam chegando. O Natal estava próximo. Lembrei-me de como tia Monica havia argumentado com ele: *Se você se odeia, então é exatamente a pessoa para quem Jesus veio. Ele veio para lhe dizer que ame a si mesmo, para lhe dizer o quão precioso você é.* Engoli em seco. Eu não queria admitir o fato de que Yunsu não era o único que precisava ouvir aquilo. Se eu o tivesse conhecido na loja de departamentos, tia Monica teria dito, de brincadeira: *Jesus não veio à Terra para lhe mandar fazer compras.* Lembrei que costumava ir à igreja quando era mais nova. Naquela época, eu era uma boa menina. Usava as roupas de babados que minha mãe colocava em mim, ajudava a professora e nunca perdia um dia de escola dominical. Memorizava cada passagem da Bíblia e ganhava prêmios em competições no catecismo. E então veio o dia em que tudo mudou. O sol escondeu sua luz e nunca mais brilhou gloriosamente sobre a minha vida. As manhãs iam e vinham, mas era sempre noite para mim. Não sei por que fui lembrada disso quando estava no estacionamento iluminado de uma loja de departamentos depois de ter conhecido Yunsu. Mas, após aquele fatídico dia muito tempo atrás, fui para a faculdade, apesar de não ser uma boa universidade, me apresentei no Daehak Gayoje e venci. Era um concurso nacional de cantores universitários e ganhá-lo foi o pontapé para o início da minha carreira. A glória foi rápida, mas eu me apresentei em shows no país inteiro. Então fui embora para estudar arte em Paris sem nenhuma preocupação com dinheiro e, quando voltei, fui nomeada professora. Apesar do fato de eu ser bastante desqualificada para dar aulas ser um segredo conhecido apenas por mim e pela minha família, eu era, todavia, um membro decente da sociedade e, à exceção de minha idade avançada, boa o bastante para um advogado esnobe querer se casar comigo, mesmo que ele fosse um mentiroso. Pelo menos era essa a impressão que eu passava para as pessoas. Como era fácil enganar os outros!

Saí com o carro da garagem. As ruas estavam congestionadas de carros. Luzes natalinas chiques piscavam de cada árvore, dando a impressão de que flores douradas haviam brotado dos galhos nus. Durante os sete anos que eu tinha ficado fora, a Coreia havia mudado. Parecia glamorosa, rica e cheia de gente. Mas, se eu andasse por trás dos prédios que subiam quase alto o bastante para bloquear o céu, o vento continuava tão forte e frio como sempre.

Quando voltei para casa, procurei o nome dele na internet.

Jeong Yunsu. Assim que pesquisei esse nome, surgiu uma reportagem atrás da outra. Considerando a data, tinha acontecido havia um ano e meio, enquanto eu ainda estava em Paris. Ele era o principal acusado do chamado caso Imun-dong. Ele e um cúmplice mataram uma conhecida deles chamada Bak, estupraram e mataram a filha dela de 17 anos, que dormia no quarto ao lado, e depois assassinaram a empregada, que chegou do mercado nesse meio-tempo.

Quando li que ele tinha estuprado uma adolescente de 17 anos, perdi o fôlego. Um gosto ácido, metálico, como sangue penetrando por entre os dentes, encheu minha boca. Era essa pessoa que eu tinha de visitar com tia Monica pelo próximo mês? Senti-me humilhada por ter pensado que eu tinha algo em comum com ele. Perguntei-me por que o governo não podia matar logo essas pessoas quando elas pediam para ser mortas. E pensei que preferiria encarar a terapia novamente a visitar aquele canalha ingrato que exigia, sem nenhuma vergonha, ser morto. De repente, detestei tia Monica por ter levado ceroulas e comida para ele e falado *Você tem um bom coração. Não importa quais sejam os seus pecados, eles não são tudo o que você é.* Levantei, fui à cozinha, botei uma dose dupla de uísque e a bebi de uma vez só. Meu coração acelerado pareceu se acalmar um pouco. Voltei ao computador, como se estivesse atraída por algo, e me sentei. *Estuprou uma adolescente de 17 anos...* Os gritos dela ecoaram em meus ouvidos. O terror e a vergonha que ela sentiu eram tão claros para mim como se eu os estivesse visto em uma tela de cinema.

Depois que ele e o cúmplice pegaram o dinheiro e os objetos de valor e fugiram, seu comparsa se entregou, enquanto Yunsu invadiu a casa de outra família e os fez reféns. Então a polícia atirou em sua perna.

Havia mais matérias. Editoriais, até mesmo colunas sociais, ainda falavam do caso: "Caso de assassinato fica mais bárbaro: O criminoso Jeong Yunsu matou uma mulher que o vinha ajudando, roubou seu dinheiro e seus objetos de valor, estuprou e assassinou a filha dela e depois matou a pobre e inocente empregada, e ainda assim não demonstra qualquer remorso." A tela do computador se encheu com o blá-blá-blá de sociólogos, psiquiatras e jornalistas que, naturalmente, entendiam todos os problemas da sociedade e, consequentemente, tinham uma infinidade de comentários a fazer quando colocavam um microfone em sua frente. Continuei clicando em tudo.

O artigo sobre os reféns incluía uma fotografia.

Na foto, ele chorava, com o braço em volta do pescoço de uma mulher de classe média que parecia ter cerca de 30 anos. Olhei com mais atenção. Suas feições eram as mesmas, mas Yunsu parecia completamente diferente. Não estava usando os óculos de aro de tartaruga e o cabelo estava bem curto. Durante o cerco que persistiu por metade de um dia, a polícia tinha enviado um monge budista que fazia visitas a prisões. Uma entrevista com o monge estava incluída em uma caixa de texto.

"Eu disse a ele que meu nome era Beomnyun, que eu era um monge e que iria entrar. Pedi que libertasse a mulher e perguntei 'O que ela fez? Se quer matar alguém, então me mate'. Então ele disse 'Mas quem é você?'. Repeti 'Meu nome é Beomnyun, sou um monge', e ele falou 'Bom, prazer em conhecer o senhor. Vocês monges, pastores e padres... foram babacas como vocês que me trouxeram para esse caminho. Vem então, se quer morrer! Vem! Eu mato você também, e depois me mato!'. Foi o que ele disse. No momento em que ouvi isso, meu coração disparou. Eu estava pronto para entrar lá, mas o policial me segurou."

Esqueci tudo que tinha pensado sobre ele ser um canalha e ri sozinha. Já havia enxugado metade da garrafa de uísque. Mesmo sendo um canalha, fiquei intrigada pelo que disse. *Ele pensa da mesma forma que eu!* Eu nunca seria capaz de perdoar meus parentes, que ignoravam um milionésimo do que passei, por terem virado as costas para mim. Minha mãe, que mentiu e disse *Ela deve ter tido um pesadelo*. Meu pai, que não queria ouvir mais nada a respeito daquilo. Meus irmãos. Os padres e as freiras, que ouviram minha confissão e me pressionaram para perdoar. Deus, que ignorou minhas preces desesperadas para ser salva. Graças a eles, fui falsamente acusada do pecado de mentir e de não perdoar. A única pessoa que não falou nada na época foi tia Monica. Cliquei na matéria seguinte. Depois que Yunsu foi preso e levado para o hospital, foi questionado pelos repórteres e disse "Eu me arrependo de não ter matado mais. Todas essas pessoas ricas em suas casas chiques... me arrependo de não ter matado mais delas!".

Os repórteres culparam o abismo entre ricos e pobres e a extravagância e autoindulgência da riqueza em nosso país. Ao mesmo tempo, disseram que tamanha raiva era errada. Todos pareciam chocados com a audácia com a qual ele declarou descaradamente que se arrependia de não ter matado mais pessoas. Os estudiosos e os experts sabe-tudo deram suas opiniões, comentando que alguém como ele deveria receber a punição mais severa possível — tinha de ser a pena de morte — para mandar uma mensagem aos criminosos que ficavam mais desavergonhados a cada dia. Servi o resto do uísque no copo. Imaginei-o segurando uma faca. O que eu faria se ele me pegasse como refém e tentasse me estuprar e me matar? Os pelos dos meus braços ficaram arrepiados quando levantei o copo de uísque. Provavelmente eu pegaria a faca e o mataria. Apesar de não ter tido pensamentos como esses desde aquele fatídico dia há alguns anos, percebi que eles sempre estiveram no fundo da minha mente. Mas será que eu pegaria a faca e pensaria *Ih, se fizer isso, vou receber pena de morte, então talvez eu não devesse agir dessa forma*, como todos os conhecedores de tudo o que está errado com a nossa sociedade parecem pensar que as pessoas fariam? É claro que não! Eu faria o que fosse preciso para tirar a faca dele e matá-lo. Juro. Eu o mataria da forma mais cruel que pudesse bolar. O antigo eu não seria capaz de fazer isso, mas o novo eu sim. Naquela época, eu era uma criança ingênua, mas agora me tornara alguém que havia parado de se importar com a morte fazia tempo.

O telefone tocou. Era tia Monica. Ela me perguntou se eu tinha chegado bem em casa e sugeriu que voltássemos ao Centro de Detenção de Seul depois das festas. Não respondi. Queria perguntar por que tínhamos de visitar, de todas as pessoas, alguém que havia estuprado uma adolescente. Será que ela realmente não sabia o que ele fizera?

— E, Yujeong, me prometa mais uma coisa.

— O que é agora? — perguntei asperamente.

A bebida que eu tinha virado tão rapidamente estava subindo para minhas narinas e me fazendo soluçar. Se não fosse tia Monica do outro lado da linha, eu provavelmente faria uma grosseria, dizendo *Ora, mas você não é uma santa? Vá para o céu sem mim!*

— Você está bebendo de novo? — perguntou ela.

Respondi que não.

— Certo, isso é bom. Já que você concordou em me ajudar por um mês, tem que prometer que não vai se matar antes disso. Não foi fácil convencer seu tio a concordar com esse plano. Pode fazer isso por mim? — continuou ela.

Eu queria dizer *Não, não posso*. Queria dizer que estaria melhor em uma clínica psiquiátrica. Mas sempre havia algo nas palavras de tia Monica que vinha de algum lugar familiar. Algo que me desarmava. Seria o amor que ela sempre demonstrara por mim? Ou era a tristeza de uma tia que tinha me envolvido em seus braços e chorado? Quando a tristeza é revelada, ela contém algo misterioso, sagrado e urgente, uma coisa completamente pessoal e, ao mesmo tempo, uma chave que abre as portas trancadas do desconhecido. Eu sabia que fazia tempo que tia Monica rezava por mim. Por medo de que eu morresse — ou melhor, por medo de que eu tentasse me matar novamente. Era por isso que ela vinha me ligando todas as noites e todas as manhãs nos últimos dias.

Quando refleti sobre o fato de que alguém realmente me queria por perto, senti uma dor no coração. Ardeu como sal grosso salpicado em peixe podre. Eu não queria admitir, mas me ocorreu mesmo assim: a razão pela qual eu não conseguia me matar, a razão pela qual eu era incapaz de terminar o serviço e continuava fracassando nesse objetivo, a razão pela qual nunca escolhi algo realmente fatal entre os vários métodos de suicídio, como me jogar do 15º andar do nosso prédio, era tudo por causa de tia Monica. Eu ia dizer para ela que não, mas estava tentando segurar o soluço, e a palavra não saía.

— Certo — finalmente falei. — Prometo. Mesmo que decida me matar, vou esperar até o mês terminar para não decepcionar a senhora. E então tomo uma atitude.

— Claro, é assim que todos vivemos, um mês de cada vez, até que morremos. Eu morro, e então você morre.

Fiquei sem palavras. Percebi que nunca tinha pensado na possibilidade de que ela morresse. O que eu faria sem tia Monica? Era estranho que eu nunca tivesse pensado sobre aquilo nem uma vez, mesmo que ela já tivesse passado dos 70. Eu não iria suportar. Se ela partisse, a única pessoa que me queria de verdade por perto teria ido embora. Em outras palavras, a única coisa em minha vida que me dava esperanças teria partido. Aquilo que me impedia de pular do 15º andar teria partido. A pessoa que tinha sido a primeira a correr até mim e me abraçar quando tentei me matar pela primeira vez, no ensino médio. Ela me abraçara, chorara, e dissera *Coitadinha, coitadinha*. Mas, se eu estiver por aqui para vê-la morrer, ainda acho que não serei capaz de chorar.

— Reze por mim, tia Monica. Reze para que eu não queira morrer — pedi.

— Eu rezo. Rezo todas as manhãs e todas as noites. Estou velha agora, Yujeong, então você tem que parar de me deixar preocupada. Entendeu? Você tem que perdoar. Não pelos outros, mas por você.

Foi a primeira vez que ela mencionou o perdão. Deve ter sentido o quão tensa eu estava, porque pareceu hesitar antes de falar de novo.

— O que quero dizer é que você tem que parar de deixar o que aconteceu ditar a sua vida. Você tem que liberar o lugar que ele ocupou dentro do seu coração. Saia daquele quarto. Já faz 15 anos, tudo está nas suas mãos agora. Você já passou dos 30.

Tia Monica pronunciou *trinta* como se dissesse a palavra para uma adolescente de 15 anos. Não falei nada.

Aquele que nunca seu pão em lágrimas comeu, que nunca noites aflitas passou sentado, aos prantos, em seu leito, não vos conhece, ó poderes celestes.

— Goethe

ANOTAÇÃO AZUL 6

Eunsu e eu fomos mandados para um orfanato. Daquele dia em diante, tive de lutar como um guerreiro errante, e minhas noites eram tão insones como as de um guarda em uma zona desmilitarizada. Eu voltava da escola e descobria que a comida do Eunsu, cego, tinha sido roubada por outras crianças e seu corpo estava coberto de machucados. Eu ia atrás dos que tinham batido no meu irmão e o atormentado e os punia até que seus narizes sangrassem, e então eu era espancado pelo diretor até que o meu nariz sangrasse. Eu era um delinquente juvenil, a ovelha negra do orfanato. Enquanto eu estava na escola no dia seguinte, Eunsu virava o alvo das minhas vítimas, e, quando eu voltava, me vingava novamente. E então o diretor me batia ainda mais forte. Nenhum de nós — nem eu, nem as outras crianças, nem o diretor — se cansava daquilo, e cada dia era um novo ciclo de punição e vingança. Havia momentos em que eu botava para fora toda a minha raiva e usava todo o sangue, violência, gritos, mentiras, rebeldia e ódio que tinha herdado de meu pai e que corriam em minhas veias. Eu era um bicho. Não teria sabido como sobreviver de outra forma. Se não tivesse sido no mínimo um animal, não teria sido nada. E então, um dia, nossa mãe nos encontrou.

Capítulo 6

*P*ercebi *que não mantive minha promessa.*
Uma carta de Yunsu chegou ao convento de tia Monica na semana seguinte, antes da nossa segunda visita ao Centro de Detenção de Seul. Tia Monica teimava em ir, não importava se ele tivesse concordado em nos ver ou não. O ano velho tinha acabado; era 1997.

Tia Monica parecia eufórica quando me mostrou a carta. Quanto a mim, estava começando a pensar que queria encará-lo por uma razão diferente. Seria porque sentia que a pessoa que realmente queria encarar era eu mesma? Ainda não sei dizer.

> *Eu tinha esquecido completamente que escrevi uma carta há muito tempo para a irmã Monica e disse a ela que queria conhecer aquela cantora, a que ganhou o Daehak Gayoje e cantou o hino nacional na cerimônia de abertura de um jogo de beisebol em 1986. Meu irmãozinho, que não está mais entre nós, adorava a voz dela. Ele era fã do hino nacional. Achei que, se eu pudesse lhe contar que a conhecera, ele se sentiria feliz lá em cima no céu. Mas não a reco-*

nheci quando ela veio aquele dia. Quando saí da solitária, estava me sentindo desesperado novamente e queria destruir tudo e acabar com tudo. Depois que voltei para minha cela, no entanto, pensei que meu irmãozinho não teria gostado de me ver agindo de forma tão grosseira. Eu costumava pensar que tudo acaba quando morremos, mas agora acho que posso estar errado quanto a isso. Desculpe. E a ceroula que a senhora me deu é bem quente.

Era uma carta curta. Tia Monica estava com pressa para chegar ao centro de detenção. Ela não poderia aparecer sem mim — a cantora aposentada, aquela de quem o irmão dele gostava, a motivação por trás da carta. Aguardamos até que o oficial Yi viesse nos buscar à porta, e nós três entramos juntos no centro de detenção.

— Na última vez que nos encontramos — comentou o oficial Yi —, não tinha certeza de que era você. Estou feliz em conhecê-la. Eu era um grande fã seu na escola. Quando estava levando Yunsu de volta à cela, ele me falou que você era a famosa cantora de *A caminho da terra da esperança*. É uma grande honra conhecê-la.

De vez em quando, andando pela rua, ao solicitar um cartão de uma loja de departamentos ou ao embarcar em um avião, as pessoas reconheciam meu nome ou meu rosto. Há uns dez anos, cantava uma música chamada *A caminho da terra da esperança*. Os discos voaram das prateleiras como se tivessem criado asas, e apareci em todo e qualquer lugar para o qual era convidada. Agora, dez anos depois, não me importava em ser reconhecida. Mas não tinha certeza se gostava de ser reconhecida em um centro de detenção.

— Contei à minha esposa que você veio com a irmã Monica. Ela ficou muito impressionada, disse que você é uma pessoa muito boa e comentou que sabia que você era chique, mas que não tinha ideia de que também fazia boas ações.

Até onde eu sabia, nunca mais voltaria àquela prisão depois que o mês acabasse, e estava longe de ser uma boa pessoa, mas, ainda assim, não consegui me forçar a dizer *Bem, foi isso que realmente aconteceu*. Eu não sabia o que falar. Se ele ia insistir naquilo, então eu não teria escolha a não ser agir como uma boa pessoa. Levaria muito tempo para explicar por que eu não era o que ele achava.

— A propósito — observei, mudando de assunto —, por que alguns presos usam um uniforme azul-claro e outros, azul-escuro? O azul-escuro parece frio.

— Os uniformes azul-escuros são fornecidos pelo Estado, mas eles podem comprar os azul-claros para si mesmos.

— Está tão frio. Por que eles não compram os mais quentes? São caros?

Já que não havia mais assunto durante nossa caminhada pelo longo corredor, continuei fazendo perguntas.

— Custam 20 mil wons.

— Não é tão caro.

O oficial Yi olhou para mim como se tivesse sido tomado de surpresa.

— Temos quatro mil presos aqui — declarou. — Checamos as contas deles da loja da prisão periodicamente. Geralmente, há uns quinhentos que passam metade do ano sem um único centavo.

Parei e o encarei.

— Faz sentido — comentou ele. — Eles construíram suas vidas no crime, então agora não têm nada. Nesses casos, temos que presumir que também não têm família. Ou que as famílias viraram as costas para eles.

— Quinhentos homens sem nem um centavo?

— Muitos passam seis meses com menos de mil wons. Mas pense numa coisa: por que pessoas endinheiradas acabariam aqui?

Pensei em quanto eu tinha gastado em bebidas na loja de departamentos alguns dias antes. Tive vontade de dizer *Mas quando eu estava em Paris, as praças ficavam mais lotadas de turistas coreanos a cada dia que passava, e todo verão outros estudantes coreanos e eu brincávamos que tínhamos de ir para o campo para escapar deles. Presumi que a Coreia era rica porque todos aqueles turistas se recusavam a ficar em qualquer outro lugar que não hotéis cinco estrelas...* Mas mantive a boca fechada. Quinhentas pessoas passando seis meses ou mais com menos de mil wons. Como eles compravam papel higiênico ou ceroulas? Conforme seguia tia Monica pelo corredor, era como se meus pés não estivessem tocando o chão.

Passamos por um homem baixo e careca, que usava o uniforme azul-claro e andava sob a custódia de um guarda da prisão. Assim que notei que também havia uma etiqueta vermelha em seu uniforme, ele parou e disse:

— Irmã Monica.

Tia Monica falou:

— Veja só quem é! — E o abraçou.

Os dois pareciam parentes se cumprimentando depois de um longo tempo sem se ver.

— Soube que a senhora encontrou Jeong Yunsu.

— As notícias circulam rápido por aqui. Como tem passado?

— Por aqui não há segredos entre nós. Minha irmã veio me visitar. Estou indo encontrar com ela. Mas como está Yunsu? Ele não deve estar nada bem depois da solitária. Ele está lhe dando trabalho? Não desista dele, irmã. Pense na primeira vez em que a senhora me viu, em como eu costumava gritar e xingar a senhora.

O preso riu timidamente.

— É verdade — declarou tia Monica. — Você me deu trabalho.

— Irmã, me disseram que Yunsu foi incriminado pelo cúmplice. Ele deve ter feito uma falsa confissão. Soube que esse cara é de família rica. Ele só pegou 15 anos e agora foi transferido para Wonju. Nenhum dos guardas gosta de Yunsu, mas achamos que ele é um bom garoto. Sabe aquele dinheiro que a senhora colocou na conta dele? Yunsu deu tudo pra um senhor de idade avançada que está cumprindo prisão perpétua aqui. O velho não tinha nada na conta, por isso não conseguia nem comprar remédios. Mas Yunsu falou que ele podia usar o dinheiro pra conseguir remédios fora da prisão, se fosse necessário. Também é difícil para Yunsu passar sem dinheiro nenhum.

— É mesmo? — O rosto de tia Monica se iluminou.

— Esbarrei com ele ontem no pátio da prisão, e ele me perguntou se eu tinha uma Bíblia. Então eu lhe emprestei a minha na mesma hora. Fiz bem, não fiz, irmã?

— Fez, sim. Você realmente fez bem, meu rapaz.

Tia Monica lhe deu tapinhas nas costas, e o homem sorriu orgulhoso, como uma criança. Observei-os a alguns passos de distância e pensei *Esse é mesmo um homem condenado à morte que matou alguém?* Não havia fim para o inesperado e o surpreendente. Não neste lugar.

— Aliás, o padre Kim fez aquela cirurgia?

— Sim, fez. Foi o que me contaram.

Os olhos redondos do prisioneiro ficaram sombrios.

— Eu e os outros rapazes do corredor da morte estávamos falando sobre isso na última vez em que estivemos juntos. Decidimos rezar. Rezamos pra Deus levar aqueles de nós com mais pecados antes, em vez dele. O que o padre Kim fez para merecer isso? Também decidimos não almoçar até que ele fique curado do câncer. Queríamos fazer um sacrifício. Descobrimos que ele continuou vindo aqui nos oferecer as missas até o dia da cirurgia. Nunca nos disse nada a respeito.

Assim que ele terminou de falar, seus olhos estavam molhados de lágrimas. Tia Monica mordeu o lábio.

— Isso seria um enorme sacrifício para vocês. Comer deve ser o único prazer aqui... Um grande prazer e uma distração... Obrigada. Vou contar ao padre Kim. Deus também vai olhar com bons olhos para vocês por abrirem mão de suas refeições. Mantenham sua promessa a Ele, mas assegurem-se de conseguir uns petiscos de fora. Posso levar a culpa por isso e pedir perdão a Ele.

O preso deu uma gargalhada. O guarda que o acompanhava pareceu desconfortável.

— É melhor eu ir — disse ele, então começou a andar, as mãos algemadas e as pontas das orelhas vermelhas de frio como as de Yunsu, mas virou-se de repente e falou: — Oficial, espere! Irmã, sinto sua falta. Às vezes sinto mais falta da senhora do que da minha irmã de verdade. Até mais do que tenho saudades da minha mãe, que morreu quando eu era garoto. Venha me visitar. Vou escrever pra senhora.

Não havia o menor traço de pretensão em suas palavras. Seria esse o poder de alguém encarando a morte iminente? Quando vi como ele pronunciou aquelas palavras de maneira tão fácil, como uma criança, as palavras que eu ficava com vergonha de dizer, fui golpeada pela sensação de que ele, e não eu, era o verdadeiro parente de tia Monica. E, para minha surpresa, senti um pouco de ciúmes. Por um momento, me perguntei com quem teria me importado mais, comigo ou com eles, se eu fosse a tia Monica? Será que eles receberam o amor que eu deveria ter recebido enquanto desperdiçava minha vida nos últimos trinta anos? Quando eles choravam, implorando para serem deixados em paz para morrer, tia Monica chorava também e os abraçava, da forma como fez comigo, e dizia *Coitadinhos, coitadinhos*?

O prisioneiro foi levado pelo guarda. Tia Monica fez uma pausa na caminhada e suspirou pesadamente, como se aquilo fosse demais para ela, e murmurou consigo mesma:

— Quem me dera ter três corpos ou simplesmente poder me mudar para cá e morar com eles.

Esperamos por Yunsu novamente na sala de reuniões católica. Ao contrário da minha desconcertante primeira visita, desta vez senti como se tivesse vindo armada com uma faca. Quando pensei sobre o fato de que eu estava visitando um homem que havia estuprado e matado uma jovem de 17 anos, o desejo de morrer se foi e uma estranha vontade de lutar brotou em mim. Todo o meu corpo tremia, mas não liguei para a sensação. Mesmo se fosse apenas ódio, e que minha visita para observá-lo fosse mal-intencionada, já fazia um bom tempo que qualquer tipo de desejo brotara dentro de mim. Quando acordei naquela manhã, blasfêmias que jamais tinha proferido estavam zunindo em minha boca. Um prazer desconhecido parecia ter aumentado minha temperatura corporal em um grau. Sentia que estava ansiando por este dia como o coração de um caçador esperando para capturar um animal. Talvez finalmente tivesse começado a entender que o impulso assassino que eu direcionava para mim mesma por todo esse tempo era, na verdade, destinado a outra pessoa.

— Eles são sempre assim no início — comentou tia Monica. — Mas Yunsu é um pouquinho melhor. Tinha um aqui chamado Kim Daedu. Ele era conhecido como o serial killer da sua geração. Rasgou dez Bíblias diferentes que ganhou de um pastor. Mas, quando morreu, virou-se para Deus e se foi como um anjo. Então houve o caso de assassinato Geumdang. Como era o nome dele? Aquele passou os últimos anos vivendo como Buda. E o homem que você acabou de ver no corredor xingava feito doido e se recusou a entrar na sala na primeira vez que o guarda o trouxe.

— Não me admira que a senhora venha aqui — declarei.

Devo ter soado mordaz. Tia Monica olhou para mim com incredulidade, como se tivesse sentido a alfinetada.

— A senhora gosta quando os pecadores se transformam em anjos. A senhora e os outros membros do clero bradam a palavra de Deus como uma varinha mágica e observam como ela transforma as pessoas. Isso faz com que vocês se sintam mais piedosos, não é? Não há nada de estranho nisso. Do ponto de vista dos prisioneiros, eles podem morrer a qualquer momento, então é claro que estão com medo. Não sentiram medo quando mataram outro ser humano, mas agora que é a vez deles morrerem, estão apavorados, então ficam bonzinhos o mais rápido que podem. Acho que a pena de morte é uma coisa boa. Todo mundo fica um pouco mais amável quando encara a morte. É como a senhora disse ao guarda na última vez, essa realmente é a melhor forma de reabilitá-los.

Tia Monica me fitou com os olhos apertados. Encarei-a também a princípio, sem vontade de recuar o olhar. Mas os rostos das pessoas, especialmente os olhos, contêm tantas histórias. Eles dizem muito mais do que qualquer palavra. Tia Monica parecia falar *Pense no seu pai quando ele morreu. Pense no escândalo que sua mãe arrumou logo antes da operação dela. Acima de tudo, pense em você quando decidiu cometer suicídio e acabar com a própria vida. Ser humano não quer dizer que mudamos ao encarar a morte,* me diziam os olhos dela, *mas, por que somos humanos, podemos nos arrepender de nossos erros e nos tornar novas pessoas.* Eu não conseguia mais encarar aqueles olhos — tão pequenos e enrugados, ainda que escuros e impenetráveis — e desviei o olhar.

Por causa da nossa discussão, acabei ficando perturbada e despreparada quando Yunsu entrou atrás do guarda. Enquanto tia Monica o pegava pela mão e lhe dava boas-vindas, eu tentava me lembrar do fato humilhante de que um assassino que estuprou uma jovem tinha ficado fascinado ao me ver cantar o hino nacional em um jogo de beisebol. Pensei em como havia passado a noite rangendo os dentes porque não tinha razão para uma escória como ele não ter se masturbado vendo fotos minhas nas revistas em meus tempos de estrela. Mas algo aplacava minha raiva. Eu não conseguia tirar aquelas histórias da cabeça: quinhentos homens sem nem um centavo e a mesma quantidade com menos de mil wons nas contas; viver por seis meses com menos de mil wons; um homem no corredor da morte fazendo jejum até que um padre se curasse; suas palavras de que Deus deveria levar aqueles com mais pecados primeiro; Yunsu oferecendo todo o dinheiro que tia Monica lhe dera para um prisioneiro idoso que cumpria prisão perpétua... Todas as sílabas daquelas palavras rolaram em minha direção como uma bola de neve se formando, encobrindo as palavras *estupro e assassinato de uma adolescente de 17 anos.* Elas se enfrentaram dentro de mim: de um canto, um boneco de neve deitado de lado; de outro, touros preparando os chifres.

Seu rosto parecia mais pálido que da última vez. Um sorriso fraco, mas sem jeito, apertou os cantos dos olhos, que ainda não haviam perdido completamente o lampejo assassino. Eu não tinha nenhuma intenção de cooperar nessa lenga-lenga de suposta reabilitação a que tia Monica se dedicava nos últimos trinta anos, mas também não queria sofrer com isso. Depois desta, só havia mais duas visitas, e então eu nunca mais voltaria ali. Eu tinha prometido um mês a ela. Depois, procuraria meu tio e diria a ele que eu tinha me encontrado com os presos do corredor da morte, de acordo com o plano de tia Monica, e me libertado da neurose da morte enquanto ajudava a divulgar o Evangelho. Então meu tio ficaria feliz. Porque ele era um bom homem. E porque era muito fácil enganar boas pessoas. Quanto menos eles enganam os outros, mais eles se convencem de que os outros nunca vão enganá-los. Mas eu não estava certa de que meu tio iria me encarar novamente e falar *Queria que você chorasse*. Se ele o fizesse, então eu lhe diria que sentia muito. Sentia muito porque, de qualquer forma, meu tio era um bom homem.

Como da última vez, nós quatro, incluindo o guarda, nos sentamos na sala de reuniões católica. Tia Monica pegou os doces que havia trazido e os arrumou em cima da mesa. E, como da última vez, colocou um nas mãos de Yunsu, e ele se curvou para dar uma mordida. Como ele estava sempre com as mãos atadas daquela forma, fosse dormindo, comendo ou na hora de ir ao banheiro, imaginei que não era difícil pensar que a morte poderia ser preferível.

— Você conseguiu ficar longe da solitária dessa vez? — perguntou tia Monica.

Ele parou de mastigar e hesitou. O oficial Yi respondeu:

— Ele pegou leve essa semana.

Ambos deram risadas. Yunsu riu também, porém rapidamente.

— Graças a Deus. Não volte para lá, Yunsu. Isso não ajuda em nada você ou qualquer outra pessoa. Porém, mais do que tudo, é algo que lhe faz mal.

Ele comeu o doce sem falar nada. Seu olhar transmitia a ideia de que o encontro seria muito difícil de encarar se não fosse pela comida. Tia Monica sentou ao lado dele e tocou sua orelha congelada. Ele fez uma careta de dor.

— Pobrezinho. Eu trouxe dois cobertores para que você possa se esquentar bem à noite. — Tia Monica estalou a língua e murmurou para si mesma: — Esses juízes e promotores deveriam passar algumas noites nessas celas sem aquecimento. Devem ser tão frias.

Yunsu engoliu um pedaço do doce e tossiu. Tia Monica pegou o café e levou aos lábios dele. Ele inclinou a cabeça para trás timidamente.

— Beba. Está tudo bem. Se eu tivesse me casado e tido filhos, você teria a idade do meu mais novo. Queria que pudéssemos tirar os seus grilhões, mas não podemos. Deve ser tão difícil. Mas você está se saindo bem. Se consegue suportar esse lugar, consegue sobreviver em qualquer outro.

Para minha surpresa, Yunsu respondeu obedientemente:
— Sim, senhora.

Tia Monica lhe serviu o café com bastante cuidado, como se estivesse dando leite a um bebê. Yunsu bebeu o café que ela oferecia exatamente como uma criança o faria. Mas ele parecia estar sofrendo. Não acho que poderia parecer mais aflito se eu estivesse segurando um pedaço de carvão em brasas sobre sua cabeça.

— Recebi os livros que a senhora mandou — comentou ele.

— Recebeu? Você os leu?

— Sim. Quero dizer, eu não tinha mais nada pra fazer e fiquei feliz por não serem Bíblias.

Tia Monica soltou uma gargalhada. Ela não parecia ter a intenção de contar a ele o que o outro prisioneiro lhe relatara.

— Está certo — comentou ela, consideravelmente mais relaxada do que na última visita. — Não leia a Bíblia. Fique longe dela.

— Essa é... a primeira vez que alguém me diz *isso*.

— Sei que você não vai ler, mesmo que eu fale para fazer isso, então para que desperdiçar saliva? Mesmo que se sinta tentado a fazê-lo, resista ao impulso!

Tia Monica riu. Yunsu também. O doce pela metade ainda estava na mão dele.

Depois de um momento, ele disse de forma hesitante:

— O juiz me mandou um cartão de Natal.

— O juiz? Você quer dizer o juiz Kim Sejung? O que presidiu o seu caso?

— Sim.

— É mesmo?

— O cartão dizia "Como juiz, eu o condenei à morte, mas, como ser humano, rezo por você".

Ele limpou a garganta. Fiquei pensando se alguns juízes eram realmente tão bons assim. Parecia uma coisa bondosa de se dizer.

— O que você achou disso? — perguntou tia Monica, com a expressão radiante.

— Quando recebi o cartão, pensei... Pra ser sincero, pensei "Por que todo mundo está sendo tão amável de repente?".

Ele deixou escapar uma longa gargalhada que soava como um pneu se esvaziando. Parecia zombar da situação. Eu pensei que aquilo fazia perfeito sentido e não era, de forma alguma, um clichê, mas tia Monica mordia o lábio e o encarava.

— É estranho — observou ele. — Logo antes do juiz me condenar, ele me perguntou como eu me sentia. Então respondi que me sentia bem. Podia ouvir os repórteres e as outras pessoas na sala de audiência começarem a cochichar sobre aquilo. Falei que sabia que ia receber pena de morte, e que estava feliz pelo governo me matar, já que nunca tive a coragem de fazer isso eu mesmo em todos esses anos, e disse que ninguém nunca tinha prestado atenção em mim em toda a minha vida, então era bom ter todos eles examinando cada movimento meu agora. Depois que fui colocado no corredor da morte, o escrivão me pediu que escolhesse entre: P, B e C. Perguntei a ele o que aquilo queria dizer, e ele me explicou que a prisão tinha que designar um membro do clero a todos os presos do corredor da morte. P, B e C queriam dizer protestante, budista e católico. Ele comentou que outros prisioneiros escolhem a igreja ou o templo e comparecem às cerimônias por mais ou menos um ano, mas eu me recusei a escolher. Disse que religião não deveria ser como separar o lixo em plástico, vidro ou metal.

— Está certo! Não deveria! — concordou tia Monica.

Yunsu a encarou, surpreso por um momento, e então continuou.

— Depois que a senhora me disse que encontrá-la não queria dizer ter que me converter, pensei bastante. Para ser franco, não preciso de religião. Não acredito em nada também. Vivi bem até agora sem isso. Bom, não, não vivi bem. Vivi como um cachorro, na verdade. Mas, se realmente existisse um Deus, um Deus do amor e da justiça, então eu não teria virado um assassino.

Ele engoliu em seco e continuou.

— Durante um tempo, fui adepto do catolicismo. Foi depois que meu irmãozinho morreu, quando voltei à cadeia pela terceira vez, acho. Provavelmente há cinco anos. Eu disse que queria ser batizado e estava fazendo aulas de catecismo. Eu gostava porque as moças que eram voluntárias lá nos tratavam muito bem. Elas escreviam cartas pra gente e nos davam Bíblias. Traziam até torta de chocolate com marshmallow e nos davam coisas gostosas pra comer nos feriados. Um dia, depois que a missa acabou, um idoso no corredor da morte que estava sentado ao meu lado pegou a mão de uma das voluntárias. Ele fez isso antes que os guardas pudessem detê-lo. Eu vi o olhar no rosto dela quando aconteceu. Aquele olhar dizia *Vou alimentar você, vou lhe dar um pouco de dinheiro, virei a esta prisão no auge do inverno e celebrarei uma missa para você, mas não vou pegar na sua mão*. Ela não disse as palavras em voz alta, mas o olhar em seu rosto era claro para mim, para aquele preso e para todos à nossa volta. Ela olhava como se estivesse fitando um inseto ou uma besta imunda que nem sequer era da mesma espécie que ela. Naquela noite, escutei aquele velho chorando como um bicho e gritando na cela ao lado da minha.

Ele sorriu desdenhosamente de novo.

O oficial Yi o interrompeu:

— Eles não têm tantas oportunidades de ver outras pessoas, então são muito mais sensíveis a visitantes.

— Aquela criatura, aquela suposta *irmã*, provavelmente ia pra casa e contava pra todo mundo que fazia trabalho voluntário ajudando os desafortunados. Ela provavelmente achava que era uma ótima pessoa. Mas não fazia ideia do quanto pecara terrivelmente na presença daquele senhor. Ele pode ter tirado a vida de alguém, mas ela estraçalhou a alma dele. Ele está morrendo lentamente aqui, dia após dia. Depois daquilo, não consegui mais ir a outra missa. Coloquei na cabeça naquela época que, se alguém não é um de nós, então é melhor não falar conosco nem fingir que se importa. Isso me dá mais nojo do que ser considerado inferior ou apanhar. Desde então, parei de confiar em pessoas que têm dinheiro. Vivemos em dois mundos diferentes. E, mesmo que exista um deus, esse deus só olha pelos ricos. Ele não mora aqui com a gente e não olha pra pessoas como nós. Sempre que eu via outro devoto, queria vomitar. São todos hipócritas.

Ninguém falou por um momento. Eu o estudei cuidadosamente para não perder as expressões que passavam pelo seu rosto. Ele parecia ter se acalmado bastante desde a última vez. Imaginei-o segurando uma faca. Então tentei visualizá-lo levantando a saia de uma adolescente esquelética de 17 anos e estuprando-a. Mas os atores em minha cabeça não desempenhavam seus papéis como deveriam, ficavam apenas sentados, com olhares vazios. Eu não conseguia ficar com raiva.

— Sinto muito — disse tia Monica, segurando as mãos algemadas dele.

— Irmã, não era a senhora — respondeu Yunsu, e tentou puxar as mãos.

— Não, mas poderia ter sido. Não importa quem aquela mulher era, ela ainda era eu. Foi minha culpa. Yunsu, peço perdão por ela. Desculpe-me também pelo outro homem. Quando penso em como o seu coração deve ter doído ao ouvi-lo chorar a noite toda, o meu também dói. Perdão por não ter prestado atenção em você todos esses anos, onde quer que estivesse no mundo, e por ter demorado tanto para ter vindo visitá-lo.

Ele a fitou de forma incrédula por um instante e então afastou o olhar.

— Não sei se está fazendo isso de propósito — disse ele —, mas está me deixando muito desconfortável. Isso vai ficar na minha cabeça o dia inteiro, mesmo depois de eu voltar para a cela. Então, por favor, não faça isso comigo.

Ele franziu os lábios e lutou para libertar as mãos do aperto dela. Mas tia Monica segurou-as teimosamente, com lágrimas nos olhos. Ele não seria o único que permaneceria incomodado aqui. Eu estava furiosa. Resmunguei para mim mesma:

— Que belo jeito para reabilitar uma pessoa. Vamos hastear a bandeira, jurar lealdade a ela e então cantar o hino nacional.

Não conseguia mais olhar para eles, então virei a cabeça para o outro lado. Lá estava o Rembrandt novamente. Quando o vi, me lembrei de uma passagem de meu escritor favorito, Jang Jeong-Il: "Devemos matar o filho pródigo. Ele traz coisas ruins. Nada nos faz sentir tão pequenos quanto o filho que retornou. O verdadeiro filho pródigo tem de ir embora, sem nem uma gota-d'água ou migalha de pão, sem nem mesmo um camelo, ele tem de seguir até o fim do deserto e morrer por lá. E não apenas lá, mas em todo lugar!"

Ele estava certo. Eu detestava pessoas hipócritas. Era melhor que Yunsu continuasse sendo um assassino orgulhoso até seu amargo fim. Eu queria que ele morresse zombando de todo mundo, assim como Gary Gilmore antes de sua execução em Utah. Gary Gilmore... Quando eu estudava na França, o presidente Mitterrand havia abolido a pena de morte, apesar de as pesquisas de opinião pública mostrarem que a maioria dos cidadãos gostaria de mantê-la, e as consequências políticas foram sentidas por um bom tempo depois. Todo mundo na minha escola em Paris falava disso, e foi assim que acabei lendo textos de Victor Hugo e Albert Camus, que se opunham vigorosamente à pena de morte, e que fiquei sabendo de Gary

Gilmore. Ele havia atirado em dois completos desconhecidos e os matado e, em entrevistas à imprensa, sorria de modo malicioso e dizia calmamente *Se me matarem, estarão me ajudando com meu último assassinato*. Ele estava além do alcance do sistema. Zombava da incompetência e da contradição de trocar um simples assassinato por toda a violência que ele tinha cometido. Muitos jovens escreveram músicas e fizeram filmes em sua memória depois que ele morreu, pelo que representava. Como se eles não fossem um clichê. O choque de sua execução nos emocionou e nos fez refletir. Mas aquela pequena cena se desenrolando à minha frente mal teria nos entediado e, para ser sincera, teria nos incomodado um pouquinho, lá no fundo. Eu queria levantar e ir embora.

Diga-me que tipo de pessoa você é, e lhe direi que tipo de deus você idolatra.

— Nietzsche

Anotação azul 7

Havia dois outros garotos na casa da minha mãe, três e quatro anos mais velhos que Eunsu e eu. Nosso padrasto era calmo na maior parte do tempo, mas, sempre que bebia, a casa era virada de cabeça para baixo. O que tinha de errado com nossa mãe que não a deixava se libertar das algemas da violência e do álcool? Seu rosto estava roxo, como sempre. A única coisa boa era que nosso padrasto levantava todas as manhãs, prendia rolos de papel de parede na traseira da bicicleta e saía para colocá-los nas casas dos outros. Mas esse foi apenas o começo. Estava claro como o dia que os dois garotos, aqueles que moravam desde sempre naquela casa e que agora eram enteados da nossa mãe, não gostavam de nós. E eu já era como um porco-espinho ferido, meu corpo eriçado pela eletricidade, espinhos de ouriço encrespando-se ao menor toque, como espigas de arroz em um campo de outono. Nossa mãe começou a nos bater também. Mesmo quando eles batiam em Eunsu, ela nos batia, e, quando eu os socava, ela batia em nós dois mais ainda. Um dia, nosso padrasto empacotou nossas coisas. Fomos jogados de volta no orfanato.

Fomos aceitos de volta, tão esmagados como caixas vazias de papelão. Na manhã em que partimos, observei o jeito como minha mãe empurrou Eunsu em minha direção e voltou para a cozinha quando ele chorava chamando por ela, balançando os braços, tentando encontrá-la com seus olhos cegos. Fomos abandonados novamente e, desta vez, era diferente. Era, em uma palavra, irreversível. Agora não tínhamos nada pelo que esperar. Toda luz no universo se apagou, não apenas para Eunsu, mas para mim também. O sol nunca mais nasceria para nós.

Capítulo 7

Eu estava tomando um café da manhã tranquilo quando o telefone tocou. Era tia Monica. Com um tom de voz urgente, disse que tinha de ir a um lugar e me pediu que a pegasse. Olhei no relógio. Ainda não era nem meio-dia, então havia bastante tempo antes de qualquer compromisso que eu tivesse naquela tarde. Busquei-a no convento em Cheongpa-dong, guardei no carro uma porção de costelas que ela havia comprado, e juntas fomos para Samyang-dong. Não tinha onde estacionar, então deixei o carro em um estacionamento pago perto da entrada do mercado, e fomos a pé. Como não podia pedir à minha tia idosa que carregasse as costelas, em poucos minutos eu estava ofegando. Andamos por um bom trecho do mercado, mas não conseguíamos encontrar o endereço que ela me deu. Em cada ruela, a neve que caíra alguns dias antes havia perdido o brilho e estava escura; em alguns lugares, estava misturada à cinza bege de briquete de carvão usado.

Dava pra ver que aquela era uma vizinhança pobre. Será que isso realmente era Seul — parte da mesma cidade com a qual eu tinha ficado maravilhada ao voltar da França, que achava ser até mais bonita que Paris? Mesmo para um lugar que parecia ter ficado parado nos anos 1960, ainda havia uma multidão de pessoas. Eu não me sentia totalmente indiferente àquele lugar, ao mesmo tempo que, sendo sincera, também não sentia nada, e ainda que tivesse sentido qualquer coisa, aquela era apenas uma parte de algo muito maior.

Tia Monica explicou que estávamos indo visitar a família da empregada que Yunsu assassinara. Ela havia tentado ir até a casa várias vezes depois do incidente, mas os parentes se recusavam a recebê-la. Ela comentou que pareciam um pouco mais dispostos a conversar agora, e então queria levar um pouco de carne, já que o ano-novo chinês se aproximava. Era por isso que estava com pressa.

Eu estava usando uma saia curta, pois ia a uma festa mais tarde naquela noite com amigos da época da escola, e subia a ladeira carregando uma porção de costelas, então não gostei dos olhares que recebi dos homens que passavam. Não conseguia evitar me perguntar o que diabos estávamos fazendo. Parecia que todos os assassinos e as vítimas de assassinatos eram pobres.

— Por que eles fazem isso, tia Monica?

— Por que eles fazem o quê?

— Por que eles sempre falam em matar os ricos quando todas as vítimas são pobres? Não estou dizendo que tudo bem matar pessoas ricas, mas por que fazem isso? — perguntei, ofegando. — Que tipo de justiça é essa? Se querem fazer o que pregam, então deveriam carregar caminhões com bombas como os árabes fazem e ir explodir vizinhanças ricas.

Tia Monica fez uma pausa enquanto subia os degraus estreitos e olhou para mim, horrorizada.

— Carregar bombas e explodi-las? Então você será a primeira a morrer. Você, sua mãe e seus irmãos.

— Não foi isso que eu quis dizer. Esses homens alegam ser apóstolos da justiça que fazem o que outros não podem, mas, na verdade, só estão matando pessoas que são tão pobres quanto eles. Isso me irrita.

— Você conhece o termo "área de alta criminalidade"? É assim que chamamos os bairros pobres. Bairros ricos têm seguranças vigiando.

— Mas os seguranças não vivem nesses bairros? Enquanto estão vigiando os ricos, suas esposas e filhas, que trabalham até tarde, são atacadas nesses becos escuros e estreitos a caminho de casa. Odeio aquele Yunsu, mas concordo com ele em uma coisa. Mesmo que haja um deus, ele não mora aqui e só se importa com os ricos. Penso a mesma coisa. O que Yunsu diz faz sentido. É por isso que odeio o clero. E a Igreja também.

— Meu Deus do céu, você está cheia de motivos para não ir à igreja, não é? Realmente acha que vocês dois estavam falando da mesma coisa? Essa comparação é ridícula. Espere um pouco. Aqui é o 189-7?

Tínhamos acabado de descer uma passagem que mal era larga o bastante para uma pessoa passar. Tia Monica parou em frente a uma construção e bateu à porta antes que eu tivesse a chance de esclarecer se ela queria dizer que era ridículo eu compará-lo a mim ou eu me comparar a ele. A porta se abriu e avistei uma cozinha apertada e diversos utensílios domésticos espalhados pelo local. Estava frio lá dentro e cheirava mal. O cheiro era de peixe podre ou *kimchi* velho. Fomos cumprimentadas por uma senhora idosa. Mal restava um punhado de cabelos em sua cabeça, mas os fios estavam puxados para trás em um coque preso por palitinhos. Ela não era muito baixa, mas era tão magra que eu poderia ter fechado a mão em volta de sua cintura. Seus olhos estavam inchados como se de tanto chorar, e os lábios estavam rachados. Entreguei as costelas a ela desajeitadamente, e seus olhos brilharam.

O cômodo estava escuro. Talvez tivesse 35 metros quadrados e estava cheio de papéis descartados que ela amarrava em lotes. Uma pilha de cobertores dobrados no canto parecia que ia desabar a qualquer momento, e uma janela bem lá no alto, mais ou menos do tamanho da palma da minha mão, estava coberta por fita adesiva verde, como se estivesse mantendo o frio do lado de fora a qualquer custo. Mas, mesmo assim, era uma janela, e um tímido raio de luz conseguia entrar por ali. Embaixo dela havia uma cômoda velha e gasta com uma estatueta da Virgem Maria em cima. Como em todas as estatuetas da Virgem Maria nas casas de gente pobre, seu rosto era feio. De verdade. Não era o tipo elegante de estatueta que uma parte de mim queria comprar quando morava em Paris ou quando viajei para a Itália, apesar de já ter perdido minha fé fazia tempo, e sim um tipo horroroso, aquele que você espera que ninguém nunca lhe dê de presente, com um rosto tão sombrio quanto o lugar ao seu redor.

— Querem que eu acenda a luz? — perguntou a velha senhora.

— Não, está bom assim — respondeu tia Monica. — Está bom.

A senhora riu e disse:

— Eletricidade custa caro, irmã.

Sua risada continha um tipo de abjeção que parecia acompanhá-la havia um bom tempo. Nós nos sentamos no escuro, como as pessoas no quadro de Van Gogh, *Os comedores de batata*.

— Os tempos têm sido difíceis, não? — perguntou tia Monica.

A velha senhora tirou um cigarro barato do bolso e o colocou na boca.

— Ainda estou viva. A igreja ajudou por um tempo, no início. O ano-novo chinês está chegando, então eles provavelmente vão me trazer um saco de arroz. Mas o que a traz a essa humilde casa?

A mulher baforou uma longa fumaça de cigarro. Tia Monica olhou para a estatueta feia da Virgem Maria, e a velha senhora ficou perdida em seus pensamentos por um momento.

— Minha filha era católica — contou ela. — Mas nunca tentou nos converter e quase nunca conseguia ir à igreja, já que tinha que trabalhar todos os dias, até aos domingos. Mas todas as manhãs ela se sentava ali e sussurrava para si mesma antes de sair. Depois que ela morreu, coloquei um pano preto sobre o rosto da Nossa Senhora e o deixei ali por um tempo. Logo que aconteceu, eu queria quebrá-la em pedaços. Mas meus netos me impediram, e não consegui criar coragem pra fazer isso. Então, em vez disso, eu a cobri, e só tirei o pano há alguns dias.

Nós três ocupávamos todo o espaço do cômodo. A fumaça do cigarro se dissipava como partículas de poeira na nebulosa luz do sol que entrava pelas frestas. A Virgem Maria estava lá sentada, como se dissesse que suas mãos estavam atadas.

— Entendo. E o que a fez retirar o pano? — indagou tia Monica.

— Eu tinha umas contas a acertar com ela.

A velha senhora riu, revelando dentes tortos e manchados pelos cigarros. Tia Monica também riu, mas parecia perplexa.

— E a Nossa Senhora lhe deu uma resposta?

A velha senhora riu de novo e até pareceu ligeiramente tímida.

— É preciso ter fé pra receber uma resposta. Dizem que a fé pode mover montanhas, então a fé também deveria conseguir fazer uma Virgem Maria falar, certo? Isso seria mais fácil do que mover uma montanha. Ninguém ficaria surpreso com isso, e não haveria inconvenientes para o dono da montanha. Foi por isso que comecei a fazer aulas de catecismo.

— A senhora tem muito senso de humor — comentou tia Monica, achando graça. — Sei que passou por muita coisa, mas é bom ver que consegue falar sobre isso agora.

Tive de concordar com ela. Lembro-me de ter aprendido a mesma coisa na escola dominical quando criança. Será que eu acreditava nisso naquela época? Quando diziam que a fé podia mover montanhas? Porém, quando eu estava me debulhando em lágrimas nas garras daquele homem, Deus não ouviu minhas preces suplicantes. Sei que eu tinha fé naquela época. Acreditava em céu e inferno, em anjos e demônio. Mas, naquele dia, o único ao meu lado foi o diabo.

— Não estou brincando, irmã. Estou indo à igreja porque acho que isso pode me dar uma resposta se eu fizer o catecismo e for batizada. E, dessa forma, vou sentir menos culpa pelos sacerdotes que têm me ajudado. Aliás, ouvi dizer que o padre está com câncer?

— Sim. A cirurgia correu bem, e agora ele está convalescendo.

— Coisas como essa me fazem questionar se realmente existe um deus. Por que todas as pessoas boas ficam doentes e só as ruins vivem bem? Quando penso nisso, vejo que a religião não faz sentido.

A velha senhora deve ter notado a expressão no rosto de tia Monica, porque parou de falar tudo o que estava pensando e mudou de assunto. A subserviência de alguém que havia passado a vida toda sobrevivendo de migalhas, pisando em ovos ao lidar com os outros, como uma escrava sensível ao menor dos gestos do senhor, voltou ao seu rosto.

— Aquela doce menina perdeu o marido quando tinha apenas 23 anos e trabalhou até não poder mais todos os dias depois daquilo, dormindo não mais que três horas por noite, fazendo tudo, exceto vender o corpo, pra se certificar de que as crianças e eu teríamos o que comer. Mesmo se ela tivesse que morrer, por que teve que ser pelas mãos daquele homem? É isso que quero perguntar a Nossa Senhora. E Jeong Yunsu... Nunca vou esquecer esse nome. Quero matá-lo, despedaçá-lo com minhas próprias mãos, fazer com que seja mais doloroso do que o que ele fez com o meu bebê, mais chocante, muito pior. Irmã, não vou dormir em paz até que eu o mate com minhas próprias mãos. Não ligo se isso me fizer ir pro inferno. Vou dormir bem no inferno. Estou fazendo tudo isso porque planejo pedir permissão a Nossa Senhora para matá-lo. Se Deus tiver consciência, então Ele vai dizer a ela que me responda. Se Deus tiver consciência...

Sua voz estava ficando agitada, e sua mão tremia enquanto apertava o cigarro. Suas mãos eram como dois ancinhos, escuras e ásperas. Aquela atitude servil havia desaparecido e fora substituída por algo como a dignidade de um animal rugindo. Tia Monica parecia triste.

Eu sentia pena de tia Monica. Não tinha percebido isso, nem quando fomos ao centro de detenção e ela se jogou aos pés de Yunsu para se desculpar, mas me compadecia dela. Da última vez, ela implorara o perdão em nome dos burgueses hipócritas, e hoje ela era como a capitã do time dos assassinos. Ela continuou com a cabeça curvada, como uma emissária especial de um deus cruel e injusto. De acordo com minha mãe, se tia Monica ficasse apenas quieta, poderia se tornar a dirigente do convento e passar seu tempo rezando em um jardim transbordando de hinos belos e elegantes, ou poderia virar a chefe de um hospital católico. Eu mesma pensei em perguntar à Mãe Sagrada por que minha tia precisava ser tão irascível naquela idade.

— A senhora tentou fazer contato comigo diversas vezes, mas foi por isso que não quis vê-la. Sempre que ligava, eu não conseguia dormir depois. Não conseguia parar de pensar naquilo. A polícia me fez olhar no rosto dela para identificá-la. Não havia um único lugar no seu corpo que não estivesse cortado. Eu ficava me lembrando daquilo e pensando no quanto deve ter sido dolorido e no quão aterrorizada ela deve ter ficado. Foi tão injusto. Só de pensar nisso, já fico com muita raiva.

Suas lágrimas eram quase secas, mas ela enxugava os olhos com força, como se elas estivessem incomodando.

— Não sei o que fizemos de errado, eu ou ela ou meus netos, que tipo de pecados cometemos em nossas vidas passadas pra que Deus nos punisse dessa forma. Era apenas o terceiro dia de trabalho dela naquela casa. Ela costumava trabalhar para uma família rica, mas aqueles desgraçados disseram que estavam falidos e não pagaram nem um centavo a ela, nem mesmo o salário que já deviam. Então ela não teve escolha a não ser trabalhar em um canteiro de obras, aplicando papel de parede. Deu um jeito nas costas fazendo isso e não pôde trabalhar por vários meses. Então alguém a apresentou àquela viúva. Era um ótimo trabalho. A viúva tinha um gênio ruim, mas, ainda assim, era melhor que aplicar papel de parede. Na noite anterior ao acontecido, ela não pregou o olho, reclamando que as costas doíam. Eu sugeri que ficasse em casa apenas um dia, mas ela disse que precisava ir, e saiu pra trabalhar. E então aquilo tudo aconteceu. Ela devia ter faltado ao trabalho para poupar as costas, e, em vez disso, acabou morrendo de uma forma que não fazia sentido.

As lágrimas voltaram a cair dos olhos da velha senhora. Ela as enxugou com dedos amarelos da nicotina.

Tia Monica esperou um momento e então perguntou:

— Como estão seus netos?

Ela parecia estar tentando acalmar a velha senhora. A mulher suspirou e apagou o cigarro cuidadosamente em um cinzeiro de metal. Pelo cuidado com que ela firmou o toco do cigarro na borda, eu sabia, apesar das lágrimas, que planejava fumar o restante dele mais tarde.

— O mais novo, meu neto, está estudando. Ele foi à biblioteca logo depois do café da manhã.

— A mais velha está com quase 20 anos agora, não é? Uma menina?

O rosto da velha senhora se tornou sombrio. Seus lábios tremeram quando falou.

— Depois que a mãe morreu, a menina saiu de casa. Ela me manda dinheiro uma vez por mês. Não pergunto o que está fazendo. Mesmo se eu soubesse, o que poderia fazer a respeito? Ela estava indo tão bem na escola, mas, depois que perdeu a mãe, largou os estudos. Provavelmente está trabalhando num bar agora.

Tia Monica suspirou. A velha senhora pegou a guimba do cigarro que tinha guardado tão cuidadosamente na borda do cinzeiro e voltou a acendê-la.

— Irmã, quero te pedir um favor.

— Então peça.

— Aquele filho da mãe. Quero encontrar com ele.

Foi um pedido inesperado. O rosto de tia Monica endureceu.

— Me leve até ele. Estou falando sério.

— Senhora, ele também está passando por tempos difíceis no momento. Não vou pedir que o perdoe. Deus vai entender. Mas, por favor, dê algum tempo a ele, mais um tempo, até que vocês dois estejam um pouco mais calmos.

Tia Monica parecia estar implorando, mas a velha senhora continuou falando como se não a tivesse ouvido.

— Já faz quase dois anos. O padre que costumava visitá-lo na prisão veio aqui em casa uma vez e me falou sobre ele.

Ficamos em silêncio por um instante.

— O padre me contou que ele era órfão. Disse que tinha um irmão mais novo que era cego e que morreu na rua, e que perdeu a mãe e o pai quando era jovem, então os dois cresceram em um orfanato. Isso quer dizer que ele não tem família. Depois que as pessoas da igreja foram embora, pensei sobre isso por um bom tempo. Pensei e pensei, e então refleti um pouco mais. Os filhos da minha filha agora também são órfãos. Sei que, mesmo que eu fale para as pessoas que minha neta trabalha em um bar porque é órfã, elas não vão ser mais compreensivas. Sei o quanto estamos sozinhos nesse mundo. Eu também sou órfã. Aquele homem cresceu sem mãe. O irmão mais novo era tudo o que ele tinha. Irmã, tenho separado um pouco de arroz sempre que cozinho. Já que estamos no período de festas, quero fazer um pequeno bolo de arroz e levar pra ele.

Parecia que tia Monica estava tentando encontrar algum lugar onde pudesse se esconder naquele cômodo minúsculo. Eu também não conseguia acreditar naquilo. No rosto dela, eu podia ver uma expressão que demonstrava que o que a mulher lhe pedia era difícil de satisfazer. A velha senhora pegou a mão dela.

— Irmã, não estou planejando fazer nada de ruim. Só quero encontrá-lo antes que seja tarde demais e ele seja executado. Não tenho estudo e não sei nada, mas quero ir até ele e dizer "Sou a mãe da mulher que você matou!". Eu quero perdoá-lo.

O rosto de tia Monica parecia cinza. Provavelmente o meu também estava dessa cor.

— Quero encontrá-lo, perdoá-lo, por tudo. Eu cresci órfã também. Não tinha carne e sangue pra chamar de meu. Não tinha sequer um marido. Éramos só as crianças e eu, então sei como ele se sente. Eu sei como a época de festas pode fazer as pessoas se sentirem solitárias. É assim até mesmo pra um assassino. E esse pode ser o último Natal dele. Ninguém sabe se vão matá-lo hoje ou amanhã. Quando lembro que ele pode morrer a qualquer minuto, penso: *Bons ventos o levem!* Se matá-lo fosse trazer minha filha de volta, eu mesma o mataria, mesmo que isso significasse ser condenada à morte cem vezes. Se matá-lo significasse que os corações machucados dos meus netos pudessem sarar, eu não teria medo de nada. Mas não é assim que funciona. É por isso que quero encontrá-lo. Odeio a ideia dele morrendo em paz, mas, ainda assim, se ele pudesse, mesmo que ele fosse o único que pudesse...

— O problema do perdão — disse tia Monica — é que ele não é tão fácil quanto a senhora pensa.

Nunca tinha visto minha tia tão agitada. Nunca a tinha visto hesitar na hora de escolher as palavras. Parecia que ela ia começar a balançar os braços. A velha senhora a fitou com uma expressão que não consegui decifrar. De repente, ela levantou a voz.

— Não foi o que Jesus nos falou pra fazer? — gritou ela.
— Foi o que o padre me falou pra fazer. E as freiras. E todas aquelas pessoas que continuam vindo me ver e me entregam

Bíblias e cantam hinos. Elas sabem tudo, e elas escutam Deus, e foi isso que me disseram pra fazer. Foi isso o que todos vocês me falaram pra fazer! "Perdoe! Perdoe os seus inimigos!" Sete vezes ou setenta vezes, se tiver que ser. Foi o que disseram!

    Tia Monica fechou a boca e apoiou a mão no chão como se tivesse perdido o equilíbrio. Fui até o seu lado para ajudá-la, mas ela empurrou minhas mãos. Estava chorando.

Eu disse para minha alma: seja forte e aguarde sem esperança
Pois esperança seria esperança pela coisa errada; aguarde
[sem amor,
Pois amor seria amor pela coisa errada.

— T.S. Eliot, *Quatro quartetos*

Anotação Azul 8

Abandonado mais uma vez no orfanato com Eunsu, eu continuava sendo o mais violento, continuava sendo um encrenqueiro, mas não tinha mais problemas por causa do meu irmão. Isso porque eu era grande e havia me juntado a outros garotos maus, o que significava que, enquanto estivesse na gangue e fosse forte, eles não mexeriam comigo — ou melhor, não mexeriam com Eunsu. Cheirar cola era minha Bíblia, e me masturbar era o meu hino. Os ombros de meus companheiros de gangue eram minha lei e minha pátria. Aos 13 anos, eu já estava pegando garotas que tinham fugido de casa e colocando-as em quartos com garotos. Eu ficava vigiando enquanto os meninos mais velhos se revezavam estuprando-as. Mas, um dia, um garoto mais velho e mais forte começou a implicar comigo e tentar me expulsar da gangue porque eu não roubava coisas para ele no supermercado. Eles eram muito fortes, e eu não conseguia proteger Eunsu nem a mim mesmo. Nós estávamos famintos e cada vez mais éramos o alvo das piadas dos outros garotos. Então, um dia, eu me decidi. Quando todas as outras crianças estavam dormindo, bati no garoto mais velho até que ele quase apagou, peguei Eunsu pela mão e fugi.

    Na noite em que saímos do orfanato, vagamos pelas ruas de Seul. Estávamos com fome, com frio e sem esperanças. Eu tinha parado ao lado de uma lata de lixo perto de um mercado e estava remexendo nela procurando algo para comer quando Eunsu disse que estava com medo. Ele falou que queria voltar. Fiquei bravo, mas mordi o lábio e sugeri que, em vez disso, cantássemos algo. Ele gostava de cantar. Já que era cego e nunca chegou a ir para a escola, a única música que sabia era o hino nacional. Isso porque costumávamos cantá-lo durante a reunião da manhã no orfanato. Então cantamos o hino. *Até que o mar do Leste seque e o monte Baekdu fique plano, Deus nos guarde e proteja nosso país...* Eunsu sabia todos os quatro versos. Eu lembro como, naquela noite fria, as estrelas flutuavam no céu como pipoca fria quando levantamos nossos rostos e cantamos o hino. Quando terminamos, Eunsu riu e pensou alto *Esse é um país maravilhoso, não é? Sempre que canto essa música, é como se fôssemos boas pessoas.*

Capítulo 8

Quando acordei, minha cabeça estava explodindo. Raios de sol amarelos passavam pela cortina de renda branca e atravessavam os lençóis. Por um momento, me perguntei onde estava. Vi uma magnólia alta do lado de fora da janela. Mas a primeira coisa que me veio à mente não foi o que eu estava fazendo em meu antigo quarto na casa de minha mãe, e sim, que sentia sede. Pensei na primeira vez que tentei me matar: eu tinha cortado os pulsos neste mesmo quarto. É claro que sabia que o que estava fazendo era errado. Frequentava a igreja desde jovem e nunca hesitei em marcar *católica* nos questionários que entregavam na escola. Quando fui batizada na igreja onde meu pai me carregou nos braços assim que nasci, me deram o nome Sylvia além de Yujeong. Naqueles tempos, a Igreja Católica ainda era muito rigorosa e não permitia a celebração de uma missa em homenagem aos suicidas. As pessoas que cometiam suicídio eram vistas como assassinas que não entendiam que não cabia a elas decidir pôr fim à vida que Deus lhes dera. Durante a aula de catecismo, a freira nos explicou por que suicídio era assassinato.

Levante a mão se você decidiu nascer, foi como ela começou a lição. *Levante a mão se você decidiu se seria homem ou mulher. Levante a mão se você acha que pode morrer quando quiser.* No auge da puberdade, eu era categórica sobre suicídio. Havia chegado à minha própria conclusão sobre o assunto, a de que eu não poderia me suicidar. Acima de tudo, minha vida não havia sido criada por mim. Eu não sabia por que os hormônios sobre os quais tinha aprendido na aula de biologia eram liberados em certas ocasiões e iam embora em outras, ou por que meu estômago tinha dificuldade em digerir comida ou por que eu precisava ficar menstruada. Não sabia por que tinha diarreia ou por que o estômago doía ou o motivo pelo qual meu coração batia. O território que eu governava era menor que meu próprio cérebro. Naquela época, eu tinha uma pasta com uma citação de Descartes na capa que dizia que a única coisa em nós mesmos que podemos controlar são nossos próprios pensamentos. Então também cheguei à conclusão de que, já que eu não era dona de mim, seria assassinato me suicidar. Mas depois cortei os pulsos neste quarto. Naquela época, só senti uma coisa: o conhecimento não podia afastar o desespero. E percebi algo mais: Descartes estava errado. Nem mesmo meus próprios pensamentos estavam sob meu controle, e eu tinha ainda menos controle sobre eles do que tudo o mais em minha vida.

 Levantei e fui para o andar de baixo em busca de água ou suco para beber.

 Quando comecei o ensino médio, meu pai comprou terras neste bairro, que agora estava dominado por arranha-céus, e construiu uma casa aqui. Naquela época, não havia tantos prédios ainda e a área ficava mais afastada, com motéis baratos ostentando nomes antiquados pelas redondezas. Yusik, meu irmão mais velho, tinha ido morar com a esposa. Era perto do ano-novo chinês, então minha mãe pedira que eu fosse à casa principal da família, onde o irmão mais velho de meu pai morava. Fui sozinha. Aquilo não seria nada de mais hoje em dia, mas, naquela época, eu já tinha a altura que tenho hoje e era muito alta para minha idade. Uma vez, até havia sido abordada na rua por um homem. Era verão, e eu usava um vestido. Acho que estava na sétima série. Um oficial do Exército uniformizado veio até mim. Seu hálito cheirava a álcool, e ele disse: *Com licença, senhorita, gostaria de tomar algo comigo naquele café?* Eu respondi que estava na escola, e ele pareceu desconcertado por um instante e depois olhou para o céu e riu, estupefato. Eu também ri. Quando voltei para casa, contei à minha mãe *Uma pessoa flertou comigo. Mas ele era um soldado.* Não lembro o que minha mãe falou. Tenho certeza de que não foi nada agradável. Meus irmãos me provocaram *O sujeito devia estar muito bêbado mesmo. Ele estava desmaiado, não estava? Talvez ele tenha desertado do posto e queria fazer uma criança refém para não ter que voltar.* Quando olho para trás agora, percebo que era tão alta quanto uma mulher adulta. Meu quadril chamava atenção e, apesar de não estarem completamente formados, meus seios já apareciam. Como eu não era mais uma criança, e sim uma jovenzinha, não liguei de ser abordada por um homem, mas me senti estranha por ter sido por um soldado bêbado. Será que esse era o meu destino?

Ao descer as escadas, continuei pensando no homem que me fizera querer me matar. Toda vez que eu descia aqueles degraus, costumava pensar em todas as formas pelas quais poderia morrer. E se fizesse assim? E se fizesse assado? Quando cheguei ao final da escada, o telefone estava tocando.

— Yujeong? Acho que ainda está dormindo. Ah, não, ela está aqui.

Minha mãe me viu descendo as escadas e estendeu o telefone em minha direção com rispidez. Era meu irmão Yusik. Quando o cumprimentei, ele deixou escapar um longo suspiro. Não pude evitar um suspiro também.

— Você se lembra do que aconteceu ontem à noite?

Ele soou como se tivesse esperado um bom tempo para me perguntar aquilo.

— Sim, eu pretendia dizer obrigado.

Yusik suspirou de novo.

— Na verdade, eu queria te dar uma bronca, mas, como hoje é aniversário da mamãe, vou me segurar. Faz só um mês e meio desde que ela operou, e tenho medo de que o câncer volte. Não falei nada para ninguém da família.

— Obrigada.

— Além disso, uma vez que nós dois somos adultos... não queria falar nada para você... mas vamos conversar mais tarde, perto da hora do jantar? A mamãe está doente, então não dê outro chilique. Tente se segurar até a hora do jantar. Liguei para a tia Monica. Acho que você não deve mais visitar esses prisioneiros no corredor da morte, ou seja lá o que for. Pare de ir ao presídio.

— Do que você está falando?

Yusik desligou sem me responder. Apesar de ter de lhe agradecer, eu realmente não me lembrava do que tinha acontecido na noite anterior. Quando me servi de um pouco de suco, tentei evocar todos os circuitos da minha memória. Fui encontrar meus amigos da época da escola para uns drinques, e passamos a noite indo de um bar a outro. Lembro-me de entrar em meu carro e de insistir que eu podia dirigir, apesar de alguém ter tentado me impedir. Então me lembrei da delegacia e de gritar feito uma doida. Um detetive, um homem baixinho que parecia ter mais de 50 anos, falou para mim assim: *Que tipo de mulher fica por aí bebendo no meio da noite? Garotas como você deveriam ser mortas por um pelotão de fuzilamento.* Foi aí que perdi o controle. Acho que devo ter gritado com ele *E daí? Sim, desobedeci à lei, mas pelo menos eu tenho caráter. Você quer atirar em mim? É isso que um policial do "Governo Civil" da República da Coreia deve dizer? Leve meu sangue! Leve meu sangue!* Eu me lembro de me esgoelar na delegacia. Tudo voltou à memória: devo ter ligado para o meu irmão. Então ele apareceu e eu lhe perguntei como ele sabia que eu estava lá. As outras pessoas olhavam com ar de reprovação para o meu irmão pelas costas e diziam que eu era maluca, então fiquei furiosa com elas. Ao me lembrar dessas coisas, não pude acreditar que eu havia feito tudo aquilo. Por mais que gostasse de reclamar, eu não era do tipo que ficava bêbada e fazia cena em público, muito menos em uma delegacia. Nunca mais conseguiria dar as caras em Itaewon. Conforme o álcool em meu sangue recuou como a maré, em seu lugar vieram as lembranças, tão duras quanto as pedras no litoral.

    Já devia ser perto do amanhecer quando ele foi me buscar. Acho que chorei... Disse que *acho* que chorei porque tudo de que conseguia me lembrar era de ter ouvido uma mulher chorando no carro. Meu irmão e eu éramos os únicos ali e, como ele não é mulher, o choro deve ter vindo de mim. Será que aquilo se encaixava na definição de choro que meu tio queria de mim? Não sei se as lágrimas ajudaram a me deixar sóbria, mas escolhi aquele momento para armar uma briga com Yusik. Acho que comecei a balbuciar, sem nenhum tipo de preâmbulo, sobre prisioneiros que tinham de sobreviver por seis meses com menos de mil wons, sobre como eu estava ficando louca. Eu lhe disse *Eles estão me deixando maluca, Yusik. Me ajude! Estou morrendo por causa deles!* Meu irmão não deve ter ficado satisfeito por ter de buscar sua irmãzinha na delegacia — sua irmãzinha que tinha quase sido autuada por dirigir bêbada, que tinha terminado o noivado com um colega dele mais jovem e que tinha tentado se suicidar não muito tempo antes. Depois de meu pai, Yusik era o que mais se importava comigo. A diferença de idade entre nós dois era tão grande que ele me idolatrava como se eu fosse sua sobrinha; quando eu era pequena, ele costumava me carregar nas costas. Ainda consigo me lembrar de suas costas quentes, fortes e jovens.

Sempre que me deparo com esses caras no trabalho, dissera meu irmão, *caras que estupram crianças e matam idosos e não demonstram nem mesmo o menor sinal de arrependimento no tribunal, não suporto a ideia de ter que respirar o mesmo ar que eles! A pena de morte é muito boa para esses caras! Olho para eles e me pergunto se sequer são humanos ou se são apenas animais. Pode ser um pensamento ruim, mas parece que há realmente um diabo vivendo neles, e essas pessoas são marcadas ao nascer. Elas não merecem viver. Elas são animais.*

Foi apenas uma inferência, mas, conforme eu bebia o copo de suco gelado e olhava para fora da casa de minha mãe, para o jardim iluminado pelo sol, percebi que meu irmão havia dito aquelas coisas porque sua irmãzinha que nunca chorava de repente tinha desmoronado e berrado que estava ficando louca por causa dos presos no corredor da morte. Ele provavelmente estava preocupado que eu entrasse em choque enquanto acompanhava tia Monica e morresse de verdade. Eu disse que os homens no corredor da morte estavam me matando, e Yusik, por sua vez, para tentar conter minha bebedeira e indignação, disse que tia Monica estava acabando com ele.

Entendo o que ela sente, afirmou ele, *mas tia Monica continua indo me procurar para perguntar por que aquele sujeito não pode ter outro julgamento e fica me pressionando para enviar uma petição ao ministro da justiça para atenuar a pena dele. Ela está acabando comigo.* Eu sabia que ele só estava dizendo aquilo para me acalmar.

Yusik também era um bom homem. Promotor público meticuloso, era famoso por nunca aceitar favores de nenhum tipo. Fez seu nome mais rápido que todos os colegas. Apesar de eu ter consciência de que estava sendo influenciada pelo efeito do álcool, a forma como ele chamou os prisioneiros de animais pesou em meu coração.

— Quando eu estava na faculdade — comentei —, visitei você um dia no trabalho, no escritório da promotoria pública. Mas não fui à sua sala. Logo que cheguei à porta, ouvi alguém gritando lá dentro. Você se lembra disso? Mais tarde descobri o que tinha sido aquele som. Alguém fora pendurado de cabeça pra baixo no teto, rodado e torturado pra confessar. Você ficou surpreso ao me encontrar tremendo do lado de fora da sua sala, me levou pra casa de chá no primeiro andar e tentou me dizer que não era um *daqueles* promotores. Pedi que pusesse um fim àquilo, e você disse que era "aquele maldito chefe de seção" novamente. Mas, Yusik, você não voltou correndo lá pra cima pra pedir a ele que parasse de torturar aquela pessoa. Na época, me perguntei se você, o chefe de seção e os promotores, aqueles a quem você garantiu não ser igual, eram pessoas ou animais.

Ele olhou para mim em estado de choque.

— Eu me perguntei isso muitas vezes, se homens como aqueles são seres humanos ou animais. Penso nisso sempre que vejo esses caras que vão a *room salons*, aqueles bares nos quais rola de tudo e as pessoas fazem coisas em frente umas às outras que só deveriam ser feitas em particular, apesar disso não ter nada a ver com intimidade entre seres humanos, como enfiar a mão embaixo das saias de garotas e apalpá-las só porque pagaram por isso, pois acham que o dinheiro é a resposta pra tudo. Penso nisso toda vez que eu os vejo na escola também. Esses professores que levantam cedo e discursam sem parar sobre a santidade da educação e da divisão desigual da riqueza com o cheiro dos genitais de uma prostituta ainda em seus lábios. Eles se apinham em bordéis e usam essas pobres garotas que precisam vender o corpo por dinheiro. Arrancam as roupas delas e as colocam em cima de mesas e as observam descascar bananas com suas vaginas ou abrir tampas de garrafas... qualquer coisa que os genitais humanos consigam fazer. Quando eu morava em Paris, ficava muito envergonhada toda vez que um francês me perguntava se era verdade que os ativistas pela democracia na Coreia estavam sendo levados e torturados pela KCIA, ou pelo Conselho de Segurança Nacional ou o que quer que fosse, tendo seus braços deslocados ou sendo despidos e surrados, e, como se isso não fosse ruim o bastante, se estudantes mulheres apenas um pouco mais velhas que eu eram torturadas sexualmente. Naquela época, eu também me perguntava se eles eram pessoas ou animais. Os assassinos? São animais, é claro. Para que sequer questionar? É óbvio que são animais. Mas agora é a sua vez de responder. Dos tipos de pessoas que acabei de descrever, qual é o mais provável de evoluir pra ser humano?

Como uma típica bêbada, não devo ter prestado a mínima atenção à reação do meu irmão. Ele não falou uma palavra. Eu continuei.

— Vou te dar uma dica. Um deles pelo menos admite que fez algo errado, enquanto o outro não só se recusa a admitir isso como pensa que é um ser humano decente. O primeiro é punido pelo resto da vida por um pequeno número de pecados, enquanto o segundo repete esses pecados várias e várias vezes, sempre acreditando que é uma ótima pessoa. Então, quem você supõe que se acha inocente?

— Você não mudou nada! Quanto anos você tem? — perguntou meu irmão, furioso.

— Quinze.

Soltei uma gargalhada. Ele olhou para mim com pena, exatamente como os policias na delegacia, e acendeu um cigarro. Peguei-o de sua boca e dei um trago. Ele suspirou e não falou nada.

— Quinze anos atrás, no ano-novo chinês, quando a mamãe me pediu que fosse à casa principal da família e aquilo aconteceu comigo, ninguém se importou. Você sabe por que sou assim? Por que me droguei com aqueles comprimidos e cortei os pulsos três vezes? O que eu realmente não conseguia entender, o que eu realmente não podia perdoar, era o fato de todos agirem como se nada tivesse acontecido, a mamãe, você e nossos irmãos, até o papai! Tudo foi varrido pra debaixo do tapete, da mesma forma que as acusações por dirigir bêbada nunca aconteceram porque meu irmão mais velho promotor fez com que elas desaparecessem. Achei que ia morrer, eu gostaria de ter morrido, e, enquanto isso, todo mundo ficou de bico calado e fingiu que nada tinha acontecido. Não demorei muito pra entender por que todos vocês fizeram aquilo. Se não fosse pelo nosso tio, o irmão do papai, o respeitado membro da Assembleia Nacional do partido da situação, os negócios da família nunca teriam sobrevivido. Se ele não estivesse cuidando de nós, papai nunca teria sido capaz de desviar todo aquele dinheiro, de cometer apropriação indevidas de fundos, de intervir em licitações ilegais e de sonegar impostos. Foi por isso!

— Chega!

Eu sabia que Yusik estava tentando se controlar. Ele arrancou o cigarro dos meus lábios e o esmagou com força no cinzeiro do carro. Mas não era da minha natureza recuar.

— Eu só tinha 15 anos! Agora você entende por que tentei me matar, por que ainda estou tentando? Nossa família, mamãe, papai, nossos irmãos, todos vocês acharam que aquilo era mais importante do que eu. Agora você sabe o que vocês fizeram comigo? O que me fez ainda mais infeliz do que morrer? E você ainda tem a coragem de chamar aqueles homens de animais? Eu acho que *vocês* são os animais!

Ele puxou o volante com violência, deu meia-volta com o carro e começou a ir em direção à casa de nossa mãe. Eu não conseguia falar depois do impacto da curva. Parecia o jeito dele de dizer *Não, não vou deixá-la sozinha esta noite. Se eu fizer isso, algo ruim vai acontecer de novo.*

* * *

Ouvi minha mãe tocando piano. Era *Tristesse*, de Chopin. Ela estava sentada ao grande piano no meio da sala, de costas para mim. Houve um tempo em que ela teria pagado qualquer quantia para perder peso, mas agora estava tão esquelética, como se alguém tivesse tirado um casaco pesado de suas costas. Pensei sobre o fato de que, doente ou não, não levaria muito tempo até que tivesse de dizer adeus à minha mãe, que já estava na casa dos 70, e fiquei sentimental. O que não poderia ser reparado diante da morte? Ao que vale a pena se apegar nesta vida? Especialmente se estamos falando de ódio. Uma vez a ouvi contar às amigas que se sentia envergonhada como mulher por ter tido um dos seios removidos. Ela disse que não fazia ideia do que tinha causado o câncer e que custaria 20 milhões de wons para reconstruir o seio. Eu a tinha provocado perguntando *O que você vai fazer? Concorrer a Miss Coreia Sênior?* Enquanto a ouvia tocando piano, pensei *Vinte milhões de wons significariam quarenta mil wons para cada preso que passa metade do ano sem nada na conta.* Fiquei surpresa comigo mesma por pensar aquilo. Por que eu estava fazendo esse tipo de comparação?

Por cima de uma blusa de seda cor-de-rosa, minha mãe usava um lenço de seda longo, e seus ombros se moviam calmamente. Não sei se era meu humor sentimental, mas o fato de ela estar tocando piano não me fez sentir necessidade de tampar os ouvidos como de costume. Quando a música acabou, bati palmas. Podia ouvir a empregada na cozinha batendo palmas também. Minha mãe sorriu como se estivesse mergulhada em pensamentos, para se fazer parecer tão elegante quanto uma pianista de verdade no palco, e começou a tocar outra música.

O motivo pelo qual eu odiava minha mãe e o restante de nossa família não era porque eles se gabavam de serem cultos e artísticos, com ares de quem diz que dinheiro não é tudo, camuflando o próprio esnobismo de uma forma bem previsível. Eu os odiava porque, mesmo que todos se sentissem vulneráveis e solitários até não poder mais quando ficavam sozinhos à noite, eles tinham muitas ferramentas e oportunidades ao dispor para ajudá-los a disfarçar os próprios sentimentos e assim privá-los da chance de encarar a própria solidão, a mesquinharia e o isolamento. Em resumo, estavam perdendo a chance de encarar a vida de cabeça erguida.

Fui até o piano. Costumava ser muito difícil para mim ouvir minha mãe tocando. Depois daquele dia fatídico, sempre que ela tocava uma música romântica como esta, eu tampava os ouvidos, botava um rock para tocar e aumentava o volume o máximo possível. Provavelmente fazia isso por causa dela. Se minha mãe tivesse sido uma cantora pop, eu colocaria música clássica. *Desligue isso! Desligue esse som!*, gritava ela, e corria para o meu quarto no segundo andar, onde eu rapidamente diminuía o volume e abria a porta com um ar sereno no rosto.

O que foi?

Abaixe isso!

Já abaixei.

Você está me deixando louca. Por que tive que dar à luz você só para sofrer desse jeito? Por que fui dar à luz você? Devia ter me livrado de você quando o médico sugeriu isso, quando ele falou que eu era muito velha para outra gravidez! Mas seu pai insistiu. Ele dizia que você era um presente de Deus.

Sempre ganhei essas discussões, pois sempre permanecia calma, mas minha mãe não fazia ideia do quanto meu coração sangrava a cada golpe. Naquela época, amaldiçoei nossa religião, que proibia o aborto. O que Jó havia dito? *Maldita a noite em que fui concebido? Por que não morri ainda no ventre materno ou não expirei ao sair do útero?* Eu gostava da voz sincera de Jó. Esperava até ouvir os passos de minha mãe alcançarem a base da escada e então aumentava o volume novamente. Era meu jeito de me vingar pelo sangue que eu perdia cada vez que ela me machucava.

Quando eu te pedi pra nascer? Eu tinha recorrido a esse golpe baixo uma vez.

Acha que concebi você porque eu quis? Se soubesse que seria você, não teria concebido um bebê! Devia ter ido ao hospital de qualquer forma e ignorado o seu pai. Essa foi a resposta dela.

Já que não conseguiu me matar quando eu estava dentro de você, falei, *eu posso terminar o serviço agora. Por que fica tentando me impedir? Por que está me impedindo de fazer isso?*

Foi quando ela disse *Então morra em algum lugar que eu não possa ver! Morra em algum lugar onde eu não possa impedir que nada aconteça!*

Essas eram nossas conversas de mãe e filha. Quando terminavam, eu quebrava todos os discos e vasos de flores inocentes em meu quarto. Mas, agora que já havia passado dos 30, vendo minha mãe, que estava na casa dos 70, enquanto ela tocava o Concerto para Piano nº 1 de Chopin, quis perguntar algo a ela.

— Não me atrapalhe! Essa música requer toda a minha concentração!

Era o que ela sempre dizia. Lembrou-me de algo que havia acontecido quando eu era pequena. Estávamos com visitas, e minha mãe os tinha colocado sentados em fileira e usava um belo vestido lavanda, e provavelmente tocava essa mesma música quando, de repente, explodiu em lágrimas e saiu correndo da sala. Ela murmurava algo quando saiu. Um dos convidados perguntou *O que há de errado com ela?* Outro comentou *Acho que ela disse que estava triste demais para continuar tocando.* Meu pai explicou *Minha esposa é uma artista, por isso é muito sensível. Às vezes chora só de ler um poema.* E então ele riu. Alguns convidados deram risadinhas educadas. Fiquei envergonhada. Podia ver que meu pai estava cansado de lidar com a esposa pianista. Fazia sentido. Minha mãe frequentou um colégio de elite para meninas, mas meu pai só tinha um curso técnico de negócios. Eu não fazia ideia do que significava *de elite*.

Esperei em silêncio até a música acabar. Meu tio provavelmente tinha razão sobre a questão do choro, já que eu me sentia diferente depois de ter me debulhado em lágrimas na noite anterior. Acho que talvez por isso eu fosse capaz de observar minha mãe sem ficar chateada, como um raio de sol que ilumina tanto as pessoas boas quanto as ruins.

— Feliz aniversário, mamãe. Não comprei um presente. Pra ser sincera, não sabia que era seu aniversário. Mas, de qualquer forma, feliz aniversário. Vou te dar seu presente depois.

— Não precisa dizer nada nem me dar presente. Só não me traga preocupações!

— Ainda assim, feliz aniversário. Não é melhor dizer algo mesmo que eu a preocupe, em vez de não dizer nada e deixá-la preocupada de qualquer jeito?

— O que deu em você agora? Você quase me mata de susto. Da última vez, quando quebrou o vidro de soro no hospital e ficou me encarando, achei que estava possuída pelo fantasma da sua avó paterna.

Lá vinha ela de novo. Nunca era bom sinal quando dizia que eu parecia alguém da família do meu pai. Eu sempre me perguntara para que ela rezava quando ia à igreja. Disse a mim mesma para aguentar firme. Era aniversário dela, afinal de contas.

— Mãe, qual foi a época mais feliz da sua vida?

Ela sorriu de modo afetado.

— Não houve uma época em que você achou que se sentia feliz de verdade?

Acho que eu só queria conversar com ela. Queria conversar com a minha mãe, que estava encarando a morte, uma mãe que podia passar seus últimos dias em um hospital enquanto as células cancerosas se espalhavam por seu corpo novamente. Queria ter uma conversa verdadeira com ela em seu aniversário, uma conversa entre uma mãe e uma filha que tinha retornado à sua antiga casa depois de um longo tempo fora, queria que observássemos juntas um jardim aquecido pelo sol e que tivéssemos o tipo de conversa verdadeira que mães e filhas têm. Queria dizer a ela *Mãe, não tenho nenhuma lembrança de ser feliz.*

Tive todas as coisas que as outras pessoas não têm e comi tudo o que a maioria não come, mas não me lembro de já ter me sentido feliz. Talvez meu tom de voz estivesse mais suave do que o normal, ou talvez não fosse realmente de sua natureza ser tão severa, apesar da arrogância que vinha de ter sido levada à escola em um palanquim carregado por empregados quando era jovem, ela me surpreendeu respondendo delicadamente.

— Como eu poderia ter sido feliz? Você sabe que eu estava ocupada tomando conta da sua avó e lidando com a caduquice dela quando era jovem. Tinha medo de que o negócio do seu pai fosse à falência. Então, depois de criar três meninos, estava pronta para voltar a tocar piano, mas você chegou, e tive que desistir completamente da música. Você me deu tanto trabalho. E hoje é meu aniversário, por assim dizer. Acabei de fazer uma cirurgia e posso ter uma recaída e morrer a qualquer momento, mas você está vendo as suas três cunhadas em algum lugar?

Suspirei. Lá vamos nós de novo. Nada era bom o suficiente para ela. Minha mãe tinha tudo do melhor que alguém poderia ter, mas nunca era o bastante. Quando meu pai era vivo, ele não a deixava lavar nem uma xícara. Dizia que ela poderia se cortar lavando louça e não poderia mais tocar piano, algo que tanto amava. Ainda assim, nada nunca era bom o suficiente para ela.

— Elas têm coisas importantes pra fazer — expliquei a ela. — Uma pianista, uma médica e uma atriz! Os nervos da primeira estão por um triz por causa do recital. A segunda está trabalhando no hospital. E ouvi dizer que a terceira está grávida de novo. Mas, mãe, sempre que você encontra suas amigas, tudo o que faz é se gabar delas. "Meus filhos se casaram com uma pianista, uma médica e uma atriz." E todas as suas amigas te invejam por isso. Mas pelo menos você tem uma filha idiota que, se não está ocupada, tem tempo de te desejar feliz aniversário de manhã. Que sorte.

— Saia daqui! Você passa a noite inteira fora bebendo, tem que ser carregada para casa pelo seu irmão e vem me provocar logo de manhã? Tudo o que eu queria era tocar uma música depois desse tempo todo. Por que você não para de me atormentar?

— Quando eu te atormentei? Tudo o que fiz foi desejar feliz aniversário!

— Só de olhar para você já sinto dor de cabeça. Agora perdi o apetite! E, já que está aqui, me deixe perguntar uma coisa. Por que diabos você não quer se casar com aquele promotor, o Kang?

Soltei uma gargalhada. Tive de reconhecer mais uma vez que as pessoas nunca mudam, que eu nunca vou mudar. Meu irmão estava certo sobre o que disse na noite passada. Você pode estar encarando a própria morte, operar um câncer, e estar tomando o café da manhã com sua filha que voltou dos mortos e está em casa novamente pela primeira vez em um bom tempo, e, ainda assim, nunca mudar. Talvez essa seja a única coisa que não muda neste mundo.

— Sou igualzinha a você, mãe — declarei entre os dentes cerrados. — Eu também odeio homens cujas famílias não têm educação. Admita. Você sempre olhou pro papai e pra tia Monica como se eles fossem inferiores. Então talvez eu tenha puxado você.

Mamãe parou de balançar os ombros ao som da música e me encarou. Ela olhava para mim como se visse uma alienígena.

— Você é igualzinha à sua tia! — declarou ela.

Tentei me segurar, mas podia sentir todas as emoções da minha infância se revolvendo dentro de mim. Aquela voz ríspida! Não havia motivo para que eu ficasse ali. Mesmo se eu tivesse feito um esboço para me lembrar do aniversário dela, nem mesmo isso seria suficiente para botar abaixo as paredes fortificadas erguidas em volta de nosso passado. Seria necessário muito mais do que isso para derrubá-las. Mas, por outro lado, que diferença fazia o tempo se ninguém estava disposto a tentar? Mesmo se eu fizesse algum esforço, meus velhos hábitos derrubariam aquela boa vontade com muita facilidade. Não importava que fosse aniversário dela, e não teria importado nem se fosse seu aniversário de morte.

Afastei-me do piano e gritei:

— Sou igual a você. Achei que eu era parecida com a tia Monica, mas não sou. Sou igual a você! E é por isso que eu me odeio!

Toim! Minha mãe bateu os punhos no piano como se não aguentasse mais.

Como sempre, eu estava fazendo o papel da filha insubordinada. Mais tarde, à mesa de jantar, minha mãe diria aos meus irmãos *ad nauseam* que eu tinha vindo para casa, ferido seus sentimentos, arruinado seu aniversário, encurtado sua vida e tornado tudo pior para todo mundo. Minhas cunhadas disfarçariam os olhares entediados em seus rostos e fingiriam mastigar a comida, enquanto meus irmãos fariam um esforço para ouvi-la com a paciência e a devoção filial que convinha ao aniversário de uma velha e fraca mãe que tinha enfrentado por uma cirurgia de câncer de mama. Não que eles tivessem muita escolha, já que ela não deixaria ninguém mais dar uma palavra. Enquanto isso, a refeição acabaria e, assim que isso acontecesse, alguém daria essa ou aquela desculpa, como alunos que acabavam de se livrar de uma aula que odiavam, e alguém se levantaria fazendo com que todos o seguissem. Então minha mãe terminaria o dia gritando com a empregada, como se esse fosse o jeito dela de dizer boa-noite. Ela deixaria de fora todas as palavras que diziam que realmente só queria amar e ser amada, que estava sozinha e que queria alguém para lhe fazer companhia, e, em vez disso, diria que os pratos estavam lascados, e os armários, empoeirados. Não havia jeito de eu ficar naquela casa até a hora do jantar. Pisei firme de propósito escada acima para pegar minha bolsa, como se ainda fosse aquela adolescente que fugia de casa depois de brigar com a mãe. Estava indo embora quando senti algo dentro de mim se romper. Eu sabia que alguma coisa estava acontecendo comigo.

Todos são tristes. A tristeza é uma riqueza que não pode ser transferida. É assim porque você pode dar todo o resto para as pessoas, mas não pode dar a si mesmo para os outros. Todos são trágicos. A tragédia é uma cicatriz que você carrega sozinho para sempre. Um rio de lágrimas, um rio de tristeza, um rio de lamentação. Diferente da riqueza, a tristeza é dividida entre todas as pessoas igualmente.

— Respeitável Bak Samjung

Anotação Azul 9

Então fomos morar na rua, como lixo molhado, usando os becos da cidade como nossos travesseiros. Havia outras crianças como nós. Havia um homem, que parecia ter uns 40 anos, que cuidava delas. Ele nos ofereceu um lugar para dormir, e, em troca, andávamos pelas estações de metrô e pelos mercados pedindo esmola. As pessoas eram mais generosas conosco porque Eunsu era cego. Passávamos a noite toda fazendo cartazes que diziam: *Meu irmãozinho ficou cego depois de tomar remédio ruim na zona rural quando a gente era menor.* Homens e mulheres de aspecto bondoso nos davam dinheiro. Então, um dia, chegou o aniversário de Eunsu. Perguntei o que ele queria comer, e ele respondeu que gostaria de macarrão instantâneo. O homem, a quem todos chamávamos de Blackie, nos dava macarrão instantâneo, mas nunca o tipo que vinha em copos de isopor. Esses eram muito caros e não enchiam a barriga. Então, uma noite, roubei um copo de macarrão instantâneo de uma lojinha no mercado por onde passava todo dia e fui pego.

No momento em que o dono gritou comigo, agarrei o copo e corri, mas, na confusão, Eunsu, que estava perto, foi pego no meu lugar. O dono do estabelecimento começou a bater nele sem razão. Meu irmão chorou e chamou por mim sem parar. Se eu estivesse sozinho, teria corrido o mais rápido possível, mas não podia deixá-lo para trás. Voltei, devolvi a caixa ao proprietário e supliquei seu perdão. O dono da loja afirmou que era a décima vez que um copo de macarrão tinha sido roubado e nos levou à delegacia de polícia. Eles disseram que crianças mal-educadas como nós precisavam de uma boa sova para tomar juízo, e não importou o quanto tenhamos tentado dizer a eles que não fomos nós e que essa tinha sido nossa primeira vez, fomos mandados para um centro de detenção juvenil por roubar dez copos de macarrão instantâneo. Eunsu era meu cúmplice. Naquele momento, tomei uma decisão.

Eu nunca mais pediria esmolas. Nunca mais imploraria. Só havia uma forma de sobreviver neste mundo: tendo dinheiro e poder.

Capítulo 9

É impressionante como a memória nos revela coisas que não eram aparentes quando os eventos originais aconteceram. Como um spot de luz que ilumina um figurante fazendo pequenos gestos em um canto do palco, a memória não só traz momentos de volta à vida, como os complementa. E isso pode, algumas vezes, contradizer nossas lembranças.

Agora preciso retornar à sala de visitas. O lugar onde eu o tenho encontrado. O lugar onde nossas reuniões continuariam seguindo o mesmo roteiro, já que nunca nos encontraríamos em outro lugar a não ser naquela sala. O lugar onde a vida e a morte se cruzam, onde um simples raio de luz brilha na escuridão. Aquele lugar onde crime, punição e esperança derramam seu sangue em uma batalha perdida para defender um castelo decadente, onde aqueles que detêm todo o poder lutam pela supremacia, apesar de essa batalha não ser percebida com os sentidos humanos. Era minha terceira visita à prisão com tia Monica. Era também o dia em que a velha senhora de Miari ou Samyang-dong, ou do lugar que fosse, insistiu em vir conosco e trazer o bolo de arroz que havia feito.

Nós esperávamos o guarda trazê-lo. Estávamos em silêncio. Tia Monica estava afundada na cadeira e mordia os lábios. A velha senhora usava um *hanbok*, um tradicional vestido coreano, azul-claro. A cor do vestido contrastava com seu rosto escuro e enrugado. Dentro de um embrulho de pano azul-claro sobre a mesa estava o bolo de arroz ainda morno. Lá fora era inverno, mas raios de sol, tão mornos quanto o bolo, estavam brilhando. Yunsu só apareceu trinta minutos depois do horário marcado para nosso encontro. Não faço ideia do que aconteceu durante aquele tempo entre Yunsu, que tentava evitar nossa visita, e o guarda, que tentava fazer com que ele viesse. Eu podia ter adivinhado, mas não tinha muita chance de acertar.

Yunsu entrou, e tia Monica se levantou. Eu sabia, pelo fato de ela não o ter cumprimentado, que estava nervosa. A velha senhora remexeu um lenço de gaze, seu corpo rijo, como se o vestido a estivesse contendo. Parecia que ela não o usava havia um bom tempo. Agora, percebo que nós três provavelmente estávamos nos perguntando se fazíamos a coisa certa.

Até tia Monica, que havia devotado a vida inteira ao amor e ao perdão, receava o que poderia acontecer. Dava para ver que sentia medo daquela realidade, independentemente de a velha senhora dizer a Yunsu *Seus pecados estão perdoados, levante e ande*, como se ele fosse o jovem Jesus de dois mil anos atrás, ou de que aquilo tudo fosse um teatro e a mulher cortasse a garganta dele e arranhasse seu rosto com as unhas enquanto as algemas garantiam que ele ficasse imóvel.

Yunsu estava pálido. Eu não conseguia identificar nele nenhum traço da lembrança de nossos dois primeiros encontros, quando seu rosto parecia dizer *Também sou um ser humano*. Duvido de que sua expressão seria mais amedrontada quando estivesse olhando para o laço da forca. Seus lábios estavam roxos e tremiam um pouco.

Esta pode não ser a melhor expressão, mas a velha senhora encarava Yunsu como se ele fosse um filho perdido que tivesse retornado: parecia não querer perder um único detalhe de seu rosto ou corpo. Todos nós — tia Monica, eu, Yunsu e o oficial Yi — testemunhávamos a cena com desconforto.

— Por favor, sente-se.

O oficial Yi estava mais calmo que o restante de nós. Ele encheu a chaleira elétrica com água e a ligou. O homem tinha certa aura de virtude, do tipo que normalmente se detecta em funcionários públicos que estudaram muito para o concurso do serviço civil. Quando o vi fazer aquilo, percebi que tia Monica não tinha levantado para esquentar água, como sempre fazia quando chegava à sala. O silêncio no cômodo estava tão pesado que todos ficamos gratos pelo bipe da chaleira elétrica quando a água começou a ferver.

— Tem passado bem? — perguntou tia Monica.

Yunsu parecia atordoado. Ele respondeu que sim e abriu um sorriso, mas depois seu rosto se enrugou como uma folha de estanho. A velha senhora tinha o olhar fixo nos grilhões.

— Deve ser tão difícil ficar o tempo inteiro preso como um bicho.

A mulher resmungou a frase, mas, como a sala estava tão silenciosa e ela não parecia calma o suficiente para controlar o tom de sua voz, aquilo soou alto. Deve ter sido a palavra bicho que deixou todos ainda mais desconfortáveis.

— Essa senhora é... — gaguejou tia Monica. As palavras seguintes deveriam ter sido "a mãe da pessoa que você matou" ou, para ser mais preciso, "a mãe da pessoa que você assassinou". Mas ela fez uma pausa e engoliu em seco. — A pessoa... de quem você causou a morte da...

Tia Monica engoliu em seco novamente. Eu fiz o mesmo, movida pela reação dela. Algumas vezes, as palavras podem ser muito concretas e reais, e, por isso, bastante cruéis. Talvez seja isso que queiram dizer com a pena ser mais forte que a espada.

— Essa é a mãe daquela empregada.

A cabeça de Yunsu pendeu como se o pescoço dele tivesse quebrado. Dizem que as pessoas no corredor da morte morrem seis vezes: quando são pegas, quando são condenadas no primeiro, no segundo e no terceiro julgamentos, e quando são executadas. A morte remanescente acontece todas as manhãs. Quando toca o sino despertador, eles se aprontam para a morte. Se recebem comida e permissão para fazer exercício, significa que não vão morrer naquele dia. Dizem que, se ouvem passos no corredor antes dos exercícios matinais, os homens condenados ficam pálidos. Mas Yunsu parecia já ter sido executado. Para colocar de outra forma, como essa velha senhora teimosa era a mãe de sua vítima, Yunsu já estava queimando nas chamas do inferno. Ele estava sentado ao meu lado, e pude ver seu queixo tremendo. Pela primeira vez, entendi que o crime, assim como as palavras depois que são ditas, não desaparece. Ele não some como uma brisa que aumenta e depois desaparece.

— Vim para ver você! — exclamou a velha senhora.

Os ombros de Yunsu sacudiam. Seu corpo inteiro tremia como um galho fino em uma leve brisa. Um ser humano — isso era tudo o que ele era. Ocorreu-me que todos nós, até os assassinos, somos capazes de tremer, e fiquei um pouco triste.

— Como estamos em época de festas — continuou tia Monica —, ela guardou um pouco de arroz para fazer um bolo para você.

Yunsu sussurrou algo com a cabeça baixa.

— O que foi? — perguntou tia Monica.

— Foi um erro — disse ele. — Sinto muito. Cometi um erro.

Ainda acho que os seres humanos são uma raça esquisita. A rigor, a mulher era a vítima, e Yunsu, o agressor — e um agressor que havia cometido o pior crime que uma pessoa pode cometer —, então ele não deveria ter vergonha de dizer aquilo para ela. Mas, naquele momento, de repente parecia que Yunsu era a vítima. Ao mesmo tempo, pensei no homem sobre quem falei com meu irmão quando estava bêbada, aquele que eu tinha desenterrado da memória. Mesmo quando me imaginava matando-o, ele continuava sendo meu agressor. Não sentia o menor traço de empatia por ele. Ainda assim, senti a dor pela qual Yunsu estava passando. Era a dor de quem havia atacado outra pessoa.

— Eu não sabia de que tipo de bolo de arroz você gostava.

A velha senhora levantou-se devagar e desembrulhou o bolo. O barulho suave do laço no paninho sendo desfeito parecia ecoar como um trovão naquela sala. Quando olhei mais atentamente, percebi que as mãos dela estavam tremendo muito para desfazer o nó. O oficial Yi se levantou para ajudá-la. Quando o embrulho se abriu, nós todos nos deparamos com o bolinho branco em uma tigela de metal. Ela pegou um pedaço do bolo de arroz, que tinha cortado em pequenos quadrados, e se virou para Yunsu para lhe servir, mas, em vez disso, desmoronou de volta na cadeira. Seus lábios tremiam como os dele.

Os olhos do oficial Yi ficaram tensos.

— Por que você fez aquilo? — perguntou ela. — Por quê? Por que teve que matá-la? Seu maldito, seu filho da mãe, você vai morrer por isso!

Nossos rostos diziam que o momento pelo qual todos temíamos tinha finalmente chegado, e a expressão de tia Monica mudou completamente. Agora ela parecia arrependida. Mas não havia nada que ninguém pudesse fazer.

— Por favor, se acalme. — Tia Monica se levantou e tentou contê-la. O rosto da mulher havia ficado sombrio.

— Como você pôde? Você devia ter pegado o dinheiro e deixado minha filha em paz. Pegue o dinheiro e deixe a pessoa ir. Você pode conseguir mais dinheiro, mas as pessoas não voltam dos mortos. Elas nunca voltam. Nossas vidas já são tão curtas. Não tire esse tempo da gente.

A velha senhora começou a chorar. Os soluços viraram um pranto. Apertando seu lenço amarrotado e o pedaço de bolo de arroz que não conseguiu entregar a Yunsu, ela se curvou até que seu corpo já pequeno ficasse ainda menor. Percebi que ela e Yunsu usavam roupas da mesma cor. E ambos estavam curvados. Era uma coincidência que o vestido dela fosse daquele tom, mas me peguei pensando que ambos estavam ligados pela mesma maldição. Yunsu ainda tremia. Seu cabelo parecia estar grudado à testa. Ele suava frio. Se tivesse de usar um dos clichês que eu tanto detestava, diria que ele estava suando em bicas.

O oficial Yi se levantou. Parecia querer levar Yunsu de volta à cela.

— Espere. Por favor, espere — pediu a velha senhora.

O oficial Yi se sentou de novo, parecendo confuso. Tia Monica tentou fazer a velha senhora beber um gole de água. Apesar da própria mágoa, a mulher ficava repetindo:

— Desculpe, irmã. Desculpe.

Era como se ela tivesse passado a vida inteira tendo de lidar com os sentimentos dos outros primeiro. Desculpar-se parecia um reflexo para ela — eu não fazia ideia do motivo pelo qual ela estava se desculpando. A mulher bebeu a água devagar e olhou para Yunsu. O rosto dele estava molhado do suor, que escorria pelas têmporas, e ambas as axilas estavam encharcadas. A mulher ergueu o lenço que estava úmido com suas lágrimas e tentou secar o suor do rosto dele, mas um som agudo escapou dos dentes cerrados. *É isso*, pensei. *Esse é o pranto que um animal emite quando está sendo arrastado para o matadouro.* Um olhar triste tomou o rosto da mulher. Ela fechou os olhos por um momento e então voltou a falar lentamente.

— Desculpe. Vim aqui pra perdoar você. A irmã Monica me disse que era cedo demais, mas fui teimosa e vim assim mesmo. Desculpe. Ainda não consigo fazer isso. Sinto muito, rapaz. Quando olho pra você, continuo vendo minha filha, e quero te odiar. Não consegui dormir nada na noite passada. Prometi a mim mesma que não faria isso. Desculpe. Quero te agarrar pela goela e perguntar por que você fez aquilo. Por que você teve que fazer aquilo? Você vai rezar por mim? Rapaz, você parece tão gentil e bonito, e está tremendo, o que só deixa tudo mais difícil para mim. Mas eu vou voltar. Eu vou... quando estiver pronta pra te perdoar. Esse lugar é um pouco longe, e a passagem do ônibus é cara, então não vou vir aqui sempre, mas vou voltar em cada feriado. Vou trazer mais bolo de arroz. Então você não... pode... morrer... ainda.

Ela tremia. O suor também escorria por seu rosto. Durante aqueles poucos minutos, o cabelo dela parecia ter ficado ainda mais branco, deixando a cabeça toda grisalha. Tia Monica também parecia ter envelhecido mais rápido durante aquele instante breve.

— Irmã, me perdoe. Me perdoe por te dar todo esse trabalho — falou a mulher, curvando a cabeça novamente. Então ela se virou para o guarda. — Senhor, peço desculpas. Fiz todo esse rebuliço e causei tanto incômodo a todos vocês.

O oficial Yi estava chocado. Seu rosto estava contorcido em penúria. Provavelmente era a primeira vez em dez anos de trabalho como guarda que ele tinha testemunhado algo assim.

Yunsu se levantou para acompanhar o guarda. Sua cabeça ainda estava baixa. A velha senhora fez uma pausa enquanto enxugava as lágrimas com o lenço amarrotado.

— Não morra ainda — pediu ela. — Não até que eu possa perdoar você!

O rosto de Yunsu era uma mistura de suor e lágrimas. Ele se virou e foi embora, mancava mais do que o normal.

* * *

— A senhora fez o que pôde — observou tia Monica, segurando a mão da mulher. — A senhora não pode fazer mais do que isso. Nem a mais generosa das pessoas poderia se sair melhor. A senhora foi muito bem. Eu sou uma freira e não conseguiria ter feito o que fez.

A velha senhora não disse uma palavra no caminho de volta. Ela parecia ter se recolhido a um cômodo de profundo silêncio que tinha construído sozinha, e, como qualquer ser humano avaliando se deve encarar a si mesmo com sinceridade antes de uma incumbência séria, ela ostentava um aspecto de dignidade e equilíbrio que não tinha nada a ver com sua aparência ou educação ou qualquer coisa do tipo. Depois desse dia, ela voltaria a se abaixar para recolher garrafas vazias e jornais velhos e adicionar 3.150 wons ou 2.890 wons à sua caderneta de poupança, e, se encontrasse pessoas ricas que trouxessem um pacote de arroz ou um pedaço de carne para ela, não teria escolha a não ser engolir o orgulho e aceitar, mas, por ora, seu rosto tinha um brilho mais radiante do que o de qualquer imperatriz.

Em contraste, tia Monica parecia muito comum sentada ao lado dela. A mulher tinha, tão inocente e destemidamente, como uma criança, adotado a palavra que Jesus, o Filho de Deus, mal conseguira declarar em seus momentos finais — *perdão*. Ela falhara como pessoa, e sabia que a arrogância era o motivo de seu fracasso. Mas, naquele momento, na minha cabeça, ela já estava aclamada com uma coroa de louros de santa. Aquilo não tinha nada a ver com seu passado ou com seu futuro. Será que eu já tinha visto isso em alguém? As pessoas que eu conhecia nunca mudavam, continuavam vivendo da mesma forma de sempre. Incluisive tia Monica.

O que levara aquela mulher que, em suas próprias palavras, não tinha educação, nenhuma fé e nenhum conhecimento a tentar perdoar aquele homem? Que tipo de temeridade a fizera se apegar a algo que os seres humanos nunca superaram, mesmo que um milhão de teólogos gritassem até que as veias saltassem de seus pescoços e um milhão de livros fossem publicados conclamando as pessoas *a perdoar, perdoar*? Era algum tipo de simplicidade grandiosa?

* * *

Na semana seguinte aconteceria minha última visita à prisão com tia Monica. O ano-novo chinês havia passado, e o tempo estava esquentando como se a primavera já estivesse a caminho. O oficial Yi tentou por três vezes trazer Yunsu, mas ele se recusou a nos ver. Quando voltou da terceira ida à cela dele para tentar convencê-lo, balançava a cabeça tristemente.

— Acho que será melhor vocês irem para casa. A última visita deve ter sido bem difícil para ele digerir. Ele é um rapaz muito simples. Depois que vocês foram embora, ele se recusou a comer, e o supervisor dos guardas o encontrou bem doente quando foi inspecionar a cela dele. Anteontem, ele foi levado para a enfermaria e colocado no soro à força. O oficial de registro também ficou bravo comigo. Ele disse que era porque eu o tinha obrigado a falar com aquela velha senhora. Eles o estão vigiando 24 horas por dia para evitar que ele cometa suicídio. Tomei uma chamada dos meus colegas também.

— Sinto muito pelos problemas que causamos a você. Yunsu voltou a comer? — perguntou tia Monica, desanimada.

O oficial Yi riu.

— Sim, ele está comendo um pouquinho. É a primeira vez que vi alguém no corredor da morte fazer greve de fome. Era mais comum antigamente, quando havia dissidentes políticos que tinham violado a Lei de Segurança Nacional. Hoje em dia é raro.

Só mais tarde percebi a ironia de dar soro a alguém condenado à morte para evitar que ele morresse. Pensei comigo mesma "Eles o salvaram para poderem matá-lo".

> Beija a terra, porque também pecaste perante ela, e diz a toda a gente em voz alta: "Sou um assassino!"
>
> — Fiodor Dostoievski, um antigo condenado no corredor da morte, nas palavras de Sônia, em *Crime e castigo*

Anotação azul 10

Foi surpreendentemente relaxante quando nos colocaram no centro de detenção juvenil. Parece estranho para mim agora, mas talvez tenha sido porque, naquela época, pensei que não teria mais que quebrar a cabeça para inventar formas de sobrevivermos a cada dia. Também não teria que me preocupar com onde iríamos dormir. Nada mais de ficar de pé com Eunsu em tênis esfarrapados e sem meias para despertar mais piedade das pessoas no metrô, daquelas que passavam às pressas por nós por um mero segundo ou dois, indo em todas as direções, fazendo com que nos sentíssemos como se todos na Terra tivessem desaparecido e só restávamos Eunsu e eu neste mundo vazio. Nada mais de pensar que não tínhamos para onde ir. Nada mais de levantar pela manhã e se preocupar com o que iríamos comer naquele dia. E talvez também fosse porque pensei que haveria outros como nós por lá, crianças que tinham sido abandonadas pelas mães e espancadas pelos pais. Mas, como sempre, minhas esperanças me traíram.

Aconteceu na primeira noite, quando entrei segurando a mão de Eunsu, logo depois de o diretor terminar a chamada. As crianças nos cercaram. Fiquei com medo, porque, mais uma vez, éramos mais novos que a maioria. Eu estava acostumado a brigar, mas estávamos trancados ali, e eu ainda não sabia como as coisas funcionavam. Havia aqueles que davam as ordens e os que cumpriam as ordens. Um deles apontou para Eunsu.

— Aposto que eu conseguiria levantar esse tampinha com um dedo. O que vocês acham?

As outras crianças riram com escárnio. Eu não sabia o que ele queria dizer. Em um segundo, dois garotos agarraram meus braços. Tive um mau pressentimento. Uma das crianças estendeu um cobertor e deitou Eunsu nele. No momento em que tentei lutar, punhos voaram em mim.

— Ei, moleque, calma aí. O chefe só vai levantar ele um pouco.

As crianças tiraram as calças de Eunsu. Eu não tinha ideia do que iriam fazer. Ele estava estendido como um peixe retirado de um tanque. Aquele que chamavam de chefe levantou orgulhosamente o dedo indicador e falou:

— Um dedo!

Eunsu, o pobre cego Eunsu, não parava de me chamar. O menino pôs o dedo no pinto do meu irmão e começou a esfregá-lo. Enquanto Eunsu chamava por mim, as vogais e consoantes começaram a cair de sua voz. Seu pinto inchou e se levantou, instigado pelos encorajamentos que as crianças soltavam baixinho. Expostos diante de todos, os quadris de meu irmão de 13 anos começaram a se contrair para cima e para baixo. Então uma explosão turva de sêmen brotou de seu pinto. Parecia que metade de seu corpo estava fora do chão. Enquanto as crianças estavam ocupadas rindo, vi minha oportunidade e ataquei o chefe. Comecei a estrangulá-lo, pegando-o desprevenido. Se os guardas não tivessem intervindo naquela hora e me afastado, eu poderia tê-lo matado. Virei-me para trás enquanto me arrastavam para longe e vi um Eunsu de olhar entorpecido encarando o espaço com olhos sem foco, lágrimas correndo por seu rosto. Eu não me importava em levar uma surra, na verdade estava acostumado a apanhar, mas a ideia de deixar meu irmão cego sozinho naquela sala com aqueles animais me deixou louco. E, como um animal, urrei.

Capítulo 10

Meus encontros com Yunsu terminaram sem que eu cantasse o hino nacional para ele. Disse à tia Monica, e a mim mesma, que as aulas da escola iriam recomeçar e que eu tinha muito o que fazer. Tia Monica pareceu magoada, mas eu achava que já havia feito o bastante.

Mas, quando a quinta-feira chegou, me peguei acordando mais cedo que o normal. Do lado de fora, o céu estava coberto de nuvens. Olhei pela janela e vi que estava nevando. Era uma nevasca. Fiquei pensando se tia Monica estava tendo dificuldades para chegar à prisão. Ela precisava pegar o metrô até a estação Indeogwon, depois pegar um ônibus, descer perto do centro de detenção e andar o restante do caminho. Queria que minha tia teimosa simplesmente pegasse um táxi. E se ela fosse até lá em um dia de uma tempestade de neve e Yunsu se recusasse a vê-la novamente? Eu tinha tanta coisa em mente que nem sequer tomei minha habitual xícara de café moído na hora. O dia estava bem mais frio, então aumentei o aquecimento e enchi a banheira.

Pensei nos prisioneiros do centro de detenção — tomando banho uma vez por semana por apenas cinco minutos, as roupas de Yunsu encharcadas de suor frio. Eu me despi e entrei lentamente na banheira. De repente, me lembrei de algo que vi quando morava fora. Eu tinha ido a uma festa na casa de um amigo coreano que estudava na Alemanha. Estava passando na televisão um programa sobre quatro mulheres que moravam juntas em uma casa geminada. Parecia uma casa comum, tinha dois quartos e uma cozinha pequena. Havia um beliche em cada quarto, e as mulheres estavam cozinhando e rindo. Elas fumavam o tempo todo e eram filmadas até se maquiando. Quando meu amigo me contou que aquilo era uma prisão, não pude acreditar no que vi. Uma das pessoas na festa tomou um gole de cerveja e perguntou *Que tipo de prisão é essa?* Outra pessoa perguntou *Essa não é a nova prisão-modelo? Não*, respondeu meu amigo, *é uma prisão normal*. Então, uma das mulheres apareceu sendo acompanhada até a porta por um guarda e depois saindo. Meu amigo explicou que ela visitava a filha uma vez por mês. *Esse pessoal tem uma vida melhor do que a nossa*, comentou alguém. A mulher encontrou a filha, e as duas comeram hambúrgueres e brincaram de boneca. Então ela voltou à prisão. Outra pessoa questionou *Se as nossas prisões fossem como essas aí, será que um em cada três coreanos não ia querer ser preso?* O programa foi cortado para uma cena na qual a mulher chorava depois de voltar da visita à filha. *Agora ela está dizendo que não quer mais ficar lá*, traduziu meu amigo. *Ela falou que quer ir embora logo para poder ficar com sua amada família.*

Naquele momento, o telefone tocou. Eu não ia atender, mas quem quer que fosse parecia ter muita paciência, pois o telefone não parava de tocar. Saí apressada do banheiro. Para minha surpresa, era o oficial Yi, do Centro de Detenção de Seul.

— Imagino que esteja surpresa com o meu telefonema. Peguei seu número com a irmã Monica. É melhor você vir até aqui imediatamente.

Apesar de eu estar preocupada com tia Monica, no instante em que ouvi as palavras *é melhor você vir até aqui imediatamente*, fiquei irritada e desanimada. Principalmente porque estava relaxando em uma banheira de água quente. Perguntei o que havia acontecido, e ele hesitou antes de me contar.

— A irmã Monica sofreu um pequeno acidente. Nada sério, mas parece que ela escorregou no gelo quando vinha para cá. Tentei chamar um táxi para buscá-la, mas está nevando muito. Falei que deveria ir para o hospital imediatamente, mas ela insistiu para que eu ligasse para você. Se mostrar sua identidade na entrada do centro de detenção e esperar por mim, vou buscá-la.

Não tive escolha a não ser me vestir e sair. A primavera devia estar a caminho, mas o inverno tinha lançado um ataque surpresa. Por sorte, não havia muitos carros na estrada.

Normalmente, eu era uma motorista agressiva. Pisaria no freio e ultrapassaria outros carros sem pensar duas vezes. Assim que comecei a dirigir, quando passava por motoristas de caminhão eles abaixavam os vidros e gritavam coisas para mim que não tenho nem coragem de repetir. Não faz muito tempo assim, mas, mesmo naquela época, não havia muitas mulheres motoristas na estrada. Sentindo-me como se tivessem acabado de jogar uma montanha de lixo em minha cabeça, eu tentava evitar contato visual com eles. Aquilo me deixava assustada e com raiva. Algumas vezes, eu me espremia por entre outros carros, quase provocando um acidente, e um estranho prazer tomava conta de mim.

Mas, naquele dia, dirigi com muito cuidado. Eu não sabia se tia Monica estava muito ferida, mas tive a sensação de que, se acontecesse alguma coisa comigo, tudo estaria arruinado de alguma forma. Eu também sabia que essa era a primeira vez que tinha pensado dessa forma: *Esse carro vai transportar a passageira mais preciosa do mundo. Não posso ser descuidada. Aqueles homens estão contando com tia Monica. A meia hora que eu posso simplesmente jogar no lixo podem ser os últimos trinta minutos da vida deles.* Eu me peguei imaginando o rosto de Yunsu. Podia vê-lo tremendo e coberto de suor. Apesar de eu não me importar com ele, meu coração doeu quando o imaginei. Seria aquela a primeira vez que sofria daquele jeito e me sentia mal por alguém além de mim mesma? Fui mais devagar e evitei fazer ultrapassagens. Quando outros carros vinham correndo com os faróis piscando, eu os deixava passar. Estava com pressa, mas argumentei comigo mesma que, quanto mais impaciente ficasse, pior seria. Então era importante que eu fosse devagar. Quando cheguei ao centro de detenção, meu corpo estava rígido. Foi então que percebi o quanto estive tensa o tempo todo que dirigia.

Segui o oficial Yi à sala de visitas. Yunsu e tia Monica estavam sentados um de frente para o outro. Tia Monica tinha um lenço enrolado em volta do véu. Para outra pessoa, poderia ter sido uma visão cômica: uma freira idosa com um lenço florido cor-de-rosa amarrado sobre um véu negro. Na parte de trás da cabeça, o sangue tinha secado em uma mancha escura. Ela parecia uma militante que havia participado de um ataque. Meu primeiro pensamento foi: *Você venceu, tia Monica.* Então eu ri. Quando me viram sorrindo, Yunsu e o guarda também riram, assim como tia Monica. Meus olhos encontraram os de Yunsu pela primeira vez. Na mesma hora, pensei *É bom rir*. Parecia a primeira vez que Yunsu e eu interagíamos como duas pessoas normais. Notei que, quando ele sorria, uma covinha aparecia em uma das bochechas. Ao mesmo tempo, eu sabia, pelo seu olhar, que ele estava esperando por mim. Porém, eu estava mais preocupada com tia Monica. Quando toquei o sangue opaco na parte de trás de sua cabeça, ela se retraiu de dor. Deixei escapar um longo suspiro. Ela olhou para mim e entendi que era para eu me sentar. Pelo jeito que todos esperaram impacientemente para que me acomodasse, era óbvio que eu os tinha interrompido no meio de uma conversa importante.

— Continue — pediu tia Monica.

— Então eu estava pensando...

Yunsu olhou para mim como se minha presença o deixasse um pouco desconfortável. Baixei os olhos. Não gostava de me sentir uma intrusa. Era meu pecado original, aquele que cometi nascendo de uma mãe que já tinha três filhos fortes e bonitos. Minha mãe disse que foi por minha causa que ela teve de abandonar os palcos. Do lado de fora da janela com barras, uma tempestade de neve tardia estava deixando o ar branco.

— Percebi que a senhora não está aqui apenas para tentar preencher os bancos da igreja. Eu costumava achar que todas as palavras e atitudes das outras pessoas eram para zombar de mim e me atormentar, e que todos me usavam para algo pessoal. Como eu me sentia assim, tudo o que pensava era em não deixar os outros tirarem vantagem de mim. Mas agora sei que os guardas e os outros presos não estão sempre pensando coisas ruins a meu respeito. Na verdade, eles têm sido muito legais. Apesar de eu, é claro, ainda não suportar alguns deles.

— Sei. Bem, é verdade. Mesmo quando você era um homem ruim, não pensava coisas ruins o tempo inteiro.

Levantei a cabeça. Eu me perguntei se era possível chamar um homem ruim de homem ruim sem sofrer as consequências desse ato, e queria ver como Yunsu iria reagir. Para minha surpresa, ele estava sorrindo. Não era um sorriso feliz. Havia um traço de vergonha, mas também um senso de respeito e entusiasmo que uma pessoa sente quando a flecha de um arqueiro acerta exatamente no alvo. O oficial Yi e eu rimos.

— Então, o que mais você percebeu? — Tia Monica parecia estar ouvindo o primeiro monge no mundo a atingir a iluminação.

— Pela primeira vez, pensei que talvez tudo estivesse na minha cabeça. Talvez fosse eu quem desse aos outros uma razão para me tratarem daquela forma, porque achava que as pessoas eram ruins e criavam motivos para arrumar brigas. Para minha surpresa, aquilo fez com que eu me sentisse melhor. E também pensei naquela voluntária sobre a qual te contei. A primeira vez que a senhora segurou a minha mão sem perguntar, fui pego desprevenido também. Então talvez ela não estivesse olhando para o preso como se ele fosse um inseto. Talvez ela só tivesse ficado surpresa. Talvez eu só estivesse imaginando as coisas o tempo todo.

Tia Monica sorriu, radiante.

— Gostei muito do livro que a senhora me mandou, *Mitologia grega e romana*. No início, foi confuso porque os nomes eram muito difíceis, mas, quando me acostumei com eles, passei a ficar acordado a noite inteira lendo.

— É mesmo? De quem você mais gostou?

— Orestes.

— Orestes? Não me lembro muito bem dele. Você não gostou das histórias de Zeus matando homens maus com vento e raios?

Yunsu sorriu novamente.

— Então por que gostou de Orestes? — perguntou ela.

Yunsu hesitou por um momento. Ele olhou para mim de novo, então fiz o meu melhor para parecer que estava completamente interessada e mal podia esperar para ouvir o que ele ia dizer. Foi quando notei que seus grilhões tinham sido trocados por algemas. Os prisioneiros as chamavam de "braceletes de aço para sua viagem ao inferno".

— Os outros nomes eram muito difíceis. Orestes era uma espécie de príncipe. O avô dele conspirou para se tornar mais poderoso que os deuses, por isso os deuses amaldiçoaram a família de Orestes por várias gerações. O primeiro a receber a maldição foi seu pai, Aga...

Yunsu vacilou.

— Agamenon? Ah, então Orestes era filho de Agamenon — comentou tia Monica.

— Sim, e Agamenon foi assassinado pela esposa, a mãe de Orestes. Ela e o amante conspiraram para matá-lo. Naquela época, de acordo com as leis da Terra, era dever do filho matar o assassino do pai. Então Orestes matou a mãe por ter matado o pai. Mas as Fúrias desprezavam pessoas que matavam os próprios pais. Elas começaram a mandar visões estranhas para Orestes e fazer com que ele ouvisse coisas. Ele passava o dia inteiro sofrendo alucinações por ter matado a mãe e tinha que ouvir as maldições enviadas a ele pelas Fúrias, até que, no fim, estava quase louco pela culpa por tê-la matado e saiu vagando pelo mundo.

Yunsu fez uma pausa no meio da fala e olhou para mim. Eu sabia o que ele estava fazendo. Sabia que ele estava dando o seu melhor para impressionar tia Monica e que havia ensaiado aquela história muitas vezes na noite anterior. Na hora, achei aquilo meio patético e também cômico. Mas, à luz da memória, agora isso me parece triste.

— Apolo, ele é o deus do sol, certo? Ele convocou uma reunião com os outros deuses e defendeu Orestes. Ele falou que Orestes tinha sido amaldiçoado pelos deuses, e que eles estavam sendo cruéis demais com ele, porque era o avô dele que tinha pecado. Orestes nunca teve escolha. Apolo afirmou que, já que eles o tinham amaldiçoado, cabia a eles o perdoarem. Orestes estava lá quando tudo isso aconteceu. Ele olhou para Apolo e falou "Do que vocês estão falando? Vocês não foram os responsáveis por matar minha mãe. Eu fui!".

Yunsu abaixou a cabeça.

Do lado de fora da janela com barras, a neve ainda caía. Quando Yunsu levantou a cabeça novamente, seus olhos estavam injetados. Ele parecia nervoso. Engoliu em seco e continuou.

— Eu nunca quis ser um deus, mas, desde criança, queria ser forte. Se você é forte, pode fazer qualquer coisa. Pode matar todos os homens ruins. Era isso que eu costumava pensar. Mas então conheci a senhora. Eu me perguntei por que uma freira se daria ao trabalho de vir até um lugar como esse chorar e conversar com alguém como eu. Aquela velha senhora que veio outro dia, eu não a culparia por me matar. Mas vê-la chorar e se desculpar por não ser capaz de me perdoar... Eu preferia morrer a ter que ver aquilo. Se alguém me perguntasse se eu preferiria morrer ou vê-la novamente, eu escolheria ir pra forca. Se existe um deus, então ele me deu a pior punição de todas. A morte não significa nada pra mim. Não tenho medo de morrer. Nunca tive, nem quando era apenas uma criancinha. Mas, pela primeira vez, comecei a pensar que talvez eu tenha entendido tudo errado. Eu costumava achar que a vida não era justa, que o mundo me fez ser assim, que qualquer um teria feito o mesmo se estivesse na minha situação, e queria dizer a todos *Duvido que vocês agiriam de outra forma*. Mas Orestes, mesmo que ele só tenha feito o que os deuses o motivaram a fazer, aceitou a responsabilidade pelos seus atos.

Yunsu parou de falar. Tia Monica pegou suas mãos algemadas e fechou os olhos. Ela acariciou as costas das mãos dele enquanto falava.

— Estou tão orgulhosa de você — afirmou. — Isso tudo foi muita coisa para você pensar. Mas você realmente refletiu sobre tudo. Estou muito orgulhosa. Yunsu, isso é maravilhoso.

O rosto de Yunsu ficou triste, e seus olhos injetados se encheram de lágrimas. Ele apertou os lábios e fechou os olhos.

— Eu queria matar meu pai — contou. — Minha mãe também. Achei que era amaldiçoado. E, enquanto acreditei que era amaldiçoado, eu não tinha medo de nada. Achei que podia acabar com a maldição matando todos eles e depois me matando. Como achava que isso era o fim de uma maldição, não sentia nenhuma culpa. Mas agora que a senhora diz que sente orgulho de mim...

A neve estava caindo mais forte, mas não fazia barulho. O mundo estava muito silencioso.

— Isso me faz perceber que nunca ouvi essas palavras de um adulto em toda a minha vida. Eu me senti muito mal quando soube que a senhora tinha escorregado e se machucado vindo pra cá com um tempo tão ruim. Pensei comigo mesmo *Isso deve ter doído muito*. Então me perguntei se alguma vez eu já tinha me sentido assim em relação a alguém. E acho que a resposta é não. Além do meu irmãozinho e da mulher por quem eu era apaixonado, eu nunca, nem mesmo uma vez, olhei pra outra pessoa e pensei *Ela deve estar com dor. Queria que não estivesse sofrendo.*

O Yunsu de 27 anos baixou a cabeça de novo. Suas lágrimas caíram nas algemas de metal brilhante.

— Mas, irmã, a verdade é que meus sentimentos me deixam apavorado.

Não acredito em milagres. Conto com eles para me fazerem encarar cada dia.

— K

Anotação Azul 11

Seis meses depois, meu irmão e eu deixamos o centro de detenção juvenil. Pais vieram levar seus filhos para casa. As crianças cujos pais não vieram foram embora com irmãos. As crianças cujos irmãos não vieram formaram grupos e se foram juntas. Eunsu e eu ficamos parados na rua, em frente ao centro, até que o sol se pôs e ficou escuro.

Capítulo 11

Tia Monica se recostou no banco e ficou quieta. As rajadas de vento tinham diminuído, mas grandes pilhas de neve margeavam os lados da estrada. A neve que havia caído no asfalto tinha derretido, e as ruas estavam enlameadas.

— Vamos ver o seu tio. Foi por isso que pedi a você que viesse. O consultório dele é difícil de chegar de transporte público. Eu tentaria pegar o metrô, mas estou com um aspecto pavoroso. Você não está ocupada, está?

— A senhora precisa ir a um hospital. Talvez precise de pontos — falei bruscamente.

Como eu tinha ido direto para lá sem tomar o café da manhã, estava com fome. Quando vi tia Monica com a cabeça enfaixada, me senti mal por ela. Eu me senti tão mal quanto Yunsu. Escutá-lo dizer que vê-la daquela forma o fazia sofrer não me deixou nem um pouco melhor. Mas não conseguia expressar meus sentimentos de outro jeito a não ser sendo brusca. Eu não era de chorar fácil.

— Eu vivi uma vida plena. Quem se importa se eu morrer? Vou trabalhar até o dia em que o Senhor me chamar para o Seu lado. Se eu tivesse um desejo, seria servir às pessoas aqui até esse dia. Mesmo que isso signifique morrer na rua, irei feliz.

— Morrer, morrer, morrer. Desde o Ano-Novo só falamos em morte. Desde que passei a acompanhá-la por aí, tudo passou a girar em torno da morte! A senhora é Deus? Por que está tentando fazer o que nem mesmo o próprio Deus consegue? Como aquele cara disse, Yunsu ou qualquer que seja o nome dele, a senhora acha que pode salvá-los de serem executados? Se morrer tentando, só vai deixar a situação pior pra eles. Odeio isso. Só de pensar nesse assunto já me dá arrepios.

Para minha surpresa, eu estava à beira das lágrimas. Fiquei perturbada por essas emoções que eu não entendia, e odiei revelá-las à tia Monica. Ela permaneceu em silêncio. Pensei no que Yunsu havia dito: *Eu costumava achar que a vida não era justa, que o mundo me fez ser assim, que qualquer um teria feito o mesmo se estivesse na minha situação, e queria dizer a todos "Duvido que vocês agiriam de outra forma". Mas Orestes, mesmo que ele só tenha feito o que os deuses o motivaram a fazer, aceitou a responsabilidade pelos seus atos.* Eu deveria ter feito isso. *Eu nunca, nem mesmo uma vez, olhei pra outra pessoa e pensei "Ela deve estar com dor". Queria que não estivesse sofrendo.* Quando o ouvi dizer isso, algo em mim respondeu. Mas, na verdade, eu já havia desejado que alguém não estivesse sofrendo. Shimshimi, que morreu de velhice quando eu estava no ensino fundamental. O cão Jindo coreano que era tão dócil que o chamamos de Shimshimi. Meus irmãos me disseram que 8 anos na idade canina eram 80 na idade humana, mas, quando ele estava morrendo, eu rezei: *Por favor, que ele não sinta dor. Permita que ele morra sem dor.* E era do fundo do meu coração. Temi que tia Monica notasse que eu estava ficando sentimental, então voltei às velhas táticas.

— Yunsu com certeza soou convincente. Como pode ter certeza de que ele estava dizendo a verdade? Talvez pense que vai ser tirado do corredor da morte se convencer as pessoas a fazerem campanha por ele. Mas não confio naquele cara. Foi rápido demais. Como o que aconteceu com aquela senhora. Vocês todos são muito crédulos. *Perdão e arrependimento, perdão e arrependimento...* Isso é o que eu mais odeio no cristianismo. Vocês fazem todas as coisas ruins que querem e daí vão à igreja e pedem perdão e pronto! Que hipócritas!

Tia Monica manteve os olhos fechados e ficou um instante sem dizer nada.

— Yujeong — começou ela lentamente. — Eu não odeio hipócritas.

Não era o que eu esperava que ela dissesse.

— Quando se trata de pessoas que achamos que são nobres, pastores, padres, freiras, monges, professores e assim por diante, muitas delas são hipócritas — continuou tia Monica. — Posso muito bem ser a maior hipócrita de todas. Mas ser hipócrita quer dizer que as pessoas têm, ao menos, uma ideia do que significa ser boa. Bem no fundo, elas sabem que não são tão nobres como fingem ser. Isso é verdade, mesmo elas estando cientes disso ou não. Então não odeio essas pessoas. Acho que, se você conseguir passar a vida toda sem deixar ninguém, a não ser você mesmo, saber que é um hipócrita, então terá uma vida bem-sucedida. As pessoas que odeio são aquelas que fingem ser más. Elas acham que podem tratar os outros mal, enquanto ainda se veem como pessoas relativamente boas por dentro. Ao mesmo tempo que agem de forma mesquinha, lá no fundo esperam que os outros percebam que são boas pessoas. São mais arrogantes e patéticas que os hipócritas.

Eu me questionei, estupidamente, se aquelas palavras eram dirigidas a mim. Não perguntei, mas me senti dominada pela vergonha, como se uma cicatriz secreta que eu não quisesse revelar tivesse sido descoberta. Ultrapassei uma van em nossa frente. Quando o carro voltou para a pista, tia Monica agarrou a alça de segurança.

— Entretanto, há outro grupo que odeio ainda mais — continuou ela. — Pessoas que acham que padrões morais não existem. Pessoas que pensam que tudo é relativo, que acham que cada um tem o que merece, que pensam de acordo com o que elas acreditam. Claro que algumas coisas são relativas, mas uma pelo menos não é: a vida humana. Ela é sagrada. Quando nos esquecemos disso, todos morremos. Não importa o que aconteça, a morte nunca é uma coisa boa. Querer viver é um instinto gravado nos genes de tudo o que é vivo. Quando alguém diz que quer morrer, o que realmente quer dizer é *Não quero viver dessa forma*. E não querer viver de uma certa forma na verdade significa querer viver melhor. Então, em vez de dizer que queremos morrer, o que deveríamos falar é que queremos viver bem. Não deveríamos falar sobre a morte porque o significado por trás da palavra vida é um comando para viver.

Um comando para viver? Um comando de quem? Quem ordenaria uma coisa dessas? E quem essa pessoa pensa que é? Eu queria perguntar tudo isso à tia Monica, mas não conseguia falar.

— Às vezes, quando penso em você, e posso estar errada sobre isso, acho que talvez só esteja fingindo ser má. Isso realmente me preocupa. Parte meu coração. Ser bom não significa ser idiota. Sentir pena de alguém não significa ser fraco. Chorar pelos outros, sofrer porque acha que fez algo errado, quer isso seja sentimentalismo ou não, é algo bom e belo. Dar seu coração aos outros e ser magoado não é algo pelo qual se envergonhar.

Quem fala a verdade se machuca, mas também sabe como superar as dificuldades. Tenho bem mais experiência que você, e foi isso que percebi com o tempo.

Eu quase falei *Tá, tá, eu sei*. Era o que costumava dizer aos psiquiatras que tentavam me ajudar. Meu tio dissera: *Está certo, Yujeong, você sabe tudo. Sei que leu muitos livros de psicologia por conta própria. Mas saber não significa nada. Algumas vezes, saber é pior do que não saber. O mais importante é perceber. Há uma diferença entre saber e perceber, e a percepção só vem com o sofrimento.* E eu respondi: *Estou cansada de sofrer*. Devo ter rido dele depois.

Não dissemos mais nada pelo resto do caminho até o hospital do meu tio. Quando chegamos, havia uma mulher e um menininho aguardando na sala de espera. O menino tinha uns 10 anos, e a mulher parecia ser mãe dele. Quando entramos, a mulher, que ameaçava bater no garoto, pareceu feliz ao ver tia Monica e correu até nós. No momento em que vi o menino, um sentimento sinistro me dominou. Eu não sabia o que estava sentindo. Mas, quando vi a mãe e o filho juntos, um arrepio correu pela minha espinha. Pensando naquilo depois, achei que era por causa das pupilas sem foco da mãe e das cicatrizes que cobriam as mãos e o rosto do menino. Mas não. Não era isso. Era a inquietação do menino. Era como se ele não pudesse firmar os pés em nenhum lugar do mundo. Havia algo na presença dele que me incomodava, que parecia dizer *Não sei o que estou pensando nem quem sou ou quantos anos tenho*. Eu ainda não conseguia identificar o que havia de errado com ele. Suas mãos estavam cobertas de cicatrizes, e ele chutava as pernas da cadeira.

— Não sei por que esse menino tem que vir aqui, mas me disseram na delegacia que eu deveria trazer ele, então eu trouxe. Ei, irmã, o que aconteceu com a sua cabeça?

A mulher, que usava um permanente curto e mascava chiclete enquanto falava, soltou uma gargalhada ao notar o lenço amarrado em volta da cabeça de tia Monica. Havia algo em seu jeito de falar que não fazia sentido.

— É só um checkup, então vai ser rápido. Ele tem dormido bem? — Dava para ver que tia Monica estava tentando evitar a curiosidade da mulher.

— Não. Às vezes ele passa a noite inteira gritando e não dorme nem um tiquinho. Ele diz que aquela menina aparece nos sonhos dele e fala *Você me matou.*

Tia Monica olhou para o menino e suspirou. Ele tinha parado de chutar as pernas da cadeira e agora estava sentado ao contrário, com as pernas apoiadas no encosto da cadeira. Depois de um momento, a enfermeira chamou a criança. Fiquei na sala de espera enquanto tia Monica levava o menino ao consultório do meu tio. Enfermeiras com rostos familiares acenaram com a cabeça para mim quando passaram. Elas me lançavam sorrisos alegres; em um instante, meu humor azedou. Eu me perguntei o que estavam pensando de mim. Talvez todas tivessem dado uma olhadinha em meu prontuário. Eu me lembro das enfermeiras cochichando sobre mim na última vez em que estive hospitalizada. A que trocava meu soro achou que eu estava dormindo e cochichou para outra: *Se ela tentou se suicidar três vezes e não morreu, isso não significa que só está fingindo?* Pelo menos eu tinha certeza de que foi isso que ela disse.

Como observou tia Monica, só porque alguém é mau, não significa que tenha apenas pensamentos ruins, e as enfermeiras provavelmente não pensavam isso sempre que olhavam para mim, mas, ainda assim, eu queria me levantar e ir embora.

— Você está aqui pra quê? Terapia? — perguntou a mãe do menino enquanto mascava o chiclete lentamente.

Eu não estava com vontade de falar com ela, mas respondi que sim. Já que eu teria de falar com meu tio quando o visse, e minha resposta não estava muito longe de ser verdade.

— Você veio com aquela freira? — perguntou ela de novo. A mulher mal parecia conter a curiosidade.

Dentre as coisas que tinha notado depois de voltar à Coreia após sete anos fora, a que mais me chamou atenção foi que as pessoas aqui não veem o menor problema em se intrometer na vida pessoal dos outros, como se os estivessem entrevistando. Elas começavam com *Você é casada? Por que não é casada?*, e seguiam para *Então o que você faz da vida?* Toda vez que alguém me questionava isso, eu me perguntava se elas sabiam por que estavam fazendo aquelas perguntas, por que se casaram, por que tiveram filhos, por que estavam ali. Eu não disse nada, então a mulher continuou falando.

— Realmente não entendo por que o meu filho tem que ir a um psiquiatra. Mas a freira e a polícia ficam me dizendo pra trazê-lo aqui, então cá estou eu. Como esperam que alguém que não tem carro chegue aqui?

Dava para notar que ela queria reclamar sobre o quanto o hospital ficava longe e que não havia transporte público que a trouxesse aqui, como se quisesse que eu concordasse com ela. Eu detestava mulheres como aquela, que não tinham nenhum tato, e não respondi. Ela riu de novo.

— Você é tão quietinha! Diz pra mim, quantos filhos aquela freira tem? — Ela parecia incapaz de controlar a curiosidade.

— Como é?

— Ela é velha, então os filhos já devem estar todos grandes. Peraí, do que estou falando? Ela já deve ter netos a essa altura.

Franzi o cenho em um reflexo. Podemos não viver em um país católico, mas com certeza todo mundo sabia que padres e freiras não podiam se casar, assim como os monges budistas. Para ser sincera, fiquei um pouco chocada. Eu me peguei pensando se aquela mulher tinha ao menos cursado o ensino fundamental.

— Quase não consegui sair do restaurante hoje, mas tenho que voltar antes que o jantar comece a ser servido. O sogro do dono teve um derrame há alguns dias. Já é o terceiro, mas o velho simplesmente não morre.

A mulher começou a balbuciar. Ela não parecia se importar com quem estava falando ou se seu interlocutor queria conversar ou não. Parecia que ela nem sabia o que estava dizendo. Na verdade, parecia que ela esquecia que estava falando no momento em que abria a boca. Como eu não respondi, ela se levantou de repente, subiu as calças para evitar que ficassem escorregando, e começou a andar para lá e para cá. Enquanto ela estava de costas, levantei em silêncio e fui ao consultório do meu tio. Aquela maluca provavelmente nem notaria que eu tinha ido embora.

Meu tio estava sentado diante do menino, e tia Monica, ao lado deles. A criança se contorcia na cadeira, sem descansar os olhos em lugar nenhum. Se a mãe do menino era do tipo que não conseguia parar de mexer a boca, então ele era o tipo que não conseguia parar de mexer o corpo. Eles se pareciam um com o outro.

— Então você roubou mil wons? — perguntou meu tio ao garoto.

— Sim.

— Mas você só queria pegar o dinheiro e ir embora, não é?

O menino bocejou.

— Por que você bateu nela?

— Achei que ela ia me dedurar.

— Ela ia dedurar você para quem?

O menino começou a se contorcer de novo. Ele olhou para mim.

Sua inquietação constante me lembrou de uma borboleta capturada por uma teia de aranha. Como a primeira vez que me fitaram, seus olhos passaram por mim sem nenhum tipo de emoção.

— Quando você bateu nela, não achou que ia machucá-la?

— Não! — O menino pegou uma almofada do sofá e perguntou abruptamente: — Quem comprou isso? Foi caro?

Meu tio suspirou.

— Você prometeu que ia se comportar durante a nossa conversa, não prometeu?

— Então vai logo com isso! — berrou o garoto.

Um olhar desnorteado passou pelo rosto de meu tio.

— Você sabia que, se continuasse batendo nela daquele jeito, ela ia morrer? — perguntou ele.

Pela primeira vez, o menino parou de se mexer e fez que não com a cabeça, bem de leve.

— Você só estava tentando assustá-la para que ela não contasse a ninguém, certo?

— É — respondeu o garoto de forma monótona.

— E o que você fez com os mil wons?

— Comprei um doce.

— Estava gostoso?

— Sim.

O rosto de meu tio ficou inexpressivo por um momento, então ele pegou as mãos cheias de cicatrizes do menino. A pele parecia ter marcas de varíola, e as pontas dos dedos estavam vermelhas de sangue. Como ele tinha conseguido todas aquelas cicatrizes? Mesmo se eu pudesse ter chutado de onde tinham vindo todas aquelas marcas, não entendia as manchas de sangue nas pontas dos dedos. Só depois descobri que ele tinha o hábito de arranhar as paredes até os dedos sangrarem.

— Quem bate mais em você, sua mãe ou seu pai?
— O papai!
— Quem bate com mais força?
— O papai... Não quero mais conversar.

Meu tio parecia aflito. O menino levantou num pulo e foi para a porta. Tia Monica tentou impedi-lo, mas ele já tinha saído do consultório. Ela foi atrás dele na sala de espera.

— Ele matou alguém? — perguntei. — Aquele menininho matou alguém?

— Sim, matou uma menina de 4 anos que morava na casa ao lado da dele para roubar mil wons. A lei não pode fazer nada com crianças com menos de 14 anos. Mas também não proporciona nenhum tratamento ou custódia. Ou seja, é negligência. Por isso sua tia Monica tem cuidado de crianças como esse menino.

Ambos ficamos em silêncio por um momento. Um garoto de 11 anos espanca uma menina de 4 anos até a morte. Para roubar mil wons e comprar um doce. E ele disse que estava gostoso — fim da história! *A que ponto esta sociedade chegou?*, eu me perguntei. *Será que ainda tem solução?* Eu não entendia por que problemas que sempre me passaram despercebidos estavam surgindo todos de uma só vez. O cinismo e a torpeza que eu exibia tão bem, mas que tia Monica odiava, não estavam me servindo de nada agora. Era como se eu fosse a pessoa presa na teia de aranha, não aquele menininho.

Tia Monica voltou. Ela e meu tio se encararam por um instante, como se fossem velhos amigos, e então ambos riram ao mesmo tempo. Eles pareciam aturdidos. Eram como duas pessoas impotentes olhando uma para a outra e pensando *Mas o que vamos fazer?*

Meu tio suspirou e mudou o assunto para a cabeça machucada de minha tia.

— Esse corte parece profundo. Você tem que nos deixar fazer no mínimo um curativo antes de ir embora.

— Não se preocupe. Vou cuidar disso mais tarde. Tem um hospital perto do convento. Mas o que vai fazer a respeito do menino? Deus está cuidando da minha cabeça, então acho que ainda consigo usá-la mesmo que esteja sangrando. Quem realmente precisa ter a cabeça consertada é aquele garoto.

— Ele de fato precisa de tratamento. A família inteira, na verdade. Ele deveria se consultar com um psiquiatra infantil e ser medicado, terapia só não basta. Senão realmente não sei o que pode acontecer. O que os policiais desse país estão pensando? Ou melhor, o que as autoridades estão pensando? Como podem simplesmente mandar crianças como esse menino de volta para casa? As crianças são assim porque as famílias são assim, então como podem dizer que elas são jovens demais para receber tratamento e mandá-las de volta para os pais? Quando isso acontece nos Estados Unidos, os pais e a criança precisam provar que recebem cuidados psiquiátricos. É realmente perigoso. Antes de qualquer coisa, o garoto precisa de tratamento. Isso é fato. Se o Estado tratasse dessa criança imediatamente, o restante de nós não teria que pagar caro por isso mais tarde.

Tia Monica deu uma olhada no prontuário com a letra ilegível de meu tio.

— Você quer dizer que é muito provável que ele se torne um criminoso?

— Não apenas muito provável. Tem 99 por cento de chance.

Meu tio se levantou e foi até a janela. Então começou a falar, mas não falava com nenhuma de nós duas em particular.

— Eles são iguais. Todos eles são iguais. No mundo todo.
Ele soou zangado, como se não soubesse a quem estava se dirigindo.

— Por trás de cada pessoa que cometeu um crime inimaginável, há um adulto que cometeu violência inimaginável contra ela quando criança. Todos os casos são assim, como se seguissem um roteiro. Violência gera violência, e essa violência gera mais violência ainda. Ninguém nunca diz "Claro, eu gostaria de tomar uma boa surra", quando os pais ameaçam "colocar um pouco de juízo neles". Estou falando sério quando digo que violência nunca acabou com a violência. Juro! Nem uma vez na história da humanidade.

Um olhar de desesperança cruzou o rosto de meu tio, e percebi que era a primeira vez que eu o via tão furioso e desanimado.

— Tio, o senhor acha que algumas crianças simplesmente nascem más? Com uma espécie de gene da maldade, como dizem algumas pessoas.

Eu ainda não tinha me recuperado do choque de saber que um menino de 11 anos havia matado alguém, e então ouvir a criança dizer que o doce que comprou depois estava uma delícia.

— Não, de jeito nenhum! — atestou meu tio, nervoso. Eu nunca o vira tão tenso. — O que acontece é o seguinte: não nascemos totalmente formados. Potros e bezerros são totalmente formados enquanto estão nas barrigas das mães, para que já possam correr no momento em que vêm ao mundo. Mas os humanos nascem e então são formados. Normalmente esse processo leva três anos. Existe uma teoria recente que diz que leva 18 anos. Então, em termos simples, Deus forma setenta por cento de uma pessoa e então os pais preenchem os trinta por cento restantes, pois o resto tem que ser completado. Mas esses trinta por cento conduzem os outros setenta por cento. Se compararmos a computadores, esses trinta por cento são o sistema operacional. Mas, em tomografias de pessoas que sofreram abuso quando criança, cinco a dez por cento do cérebro aparece danificado. É como se essas pessoas estivessem dirigindo carros com motores avariados desde a infância. Elas não conseguem controlar os impulsos quando têm esse tipo de dano. Mas é um problema que não afeta as partes inteligentes, o intelecto. É por isso que os serial killers podem ter QIs altos e serem muito lógicos. No fim das contas, são pessoas mentalmente doentes que ainda não foram diagnosticadas.

— Mas a incapacidade de controlar os impulsos não significa que sempre machucam outras pessoas, certo? — perguntou tia Monica.

— Certo. Nesses casos, o sintoma mais típico é a insensibilidade à dor dos outros. Em outras palavras, sua habilidade de empatia é notavelmente reduzida.

— Habilidade de empatia? — questionou tia Monica.

— Sim, quando vemos alguém cair na rua ou se machucar, pensamos *Isso deve ter doído*. Mas essas pessoas não são capazes de pensar assim. Em outras palavras, falta a elas a habilidade de sentir o que os outros estão sentindo. Elas se tornam insensíveis à dor dos outros.

— Então bater em uma criança pode levar a essas consequências terríveis? — indagou tia Monica.

Meu tio fez uma pausa.

— Há vários tipos de abuso. Maus-tratos físicos, em outras palavras, violência, são o tipo principal. Também há o abuso sexual, o abuso emocional e a negligência. Para dar um exemplo, negligência quer dizer não alimentar a criança quando ela está com fome, não trocar a fralda quando precisa ser trocada, negar contato físico quando a criança precisa de colo, e por aí vai. E quanto ao abuso emocional, pode significar agir friamente, não dar amor... *tudo isso é* abuso. É muito doloroso falar sobre esse assunto...

Meu tio suspirou novamente.

— Havia um menino de 17 anos que costumava se consultar comigo não faz muito tempo. Ele esfaqueou uma menina do ensino fundamental que cruzou seu caminho um dia. Lembra-se desse caso? Ele disse que a menina parecia feliz. Pensou *Por que você pode ser feliz quando eu estou tão infeliz?*, e a golpeou com uma faca. A mãe e o pai o enchiam de amor. Mas o pai batia na mãe todos os dias. Ver aquilo era pior do que ser torturado. Isso também é uma forma de abuso. Essas pessoas não possuem a habilidade que nós temos de usar a razão para controlar os impulsos, e não conseguem superar os problemas usando a força de vontade. Como você pode ter força de vontade se o seu cérebro foi danificado? Então, como resultado, elas são impulsivas. Tornam-se viciadas em álcool, jogo, sexo... descambam para a violência ou assassinato, ou cometem suicídio.

Eu devo ter empalidecido, pois meu tio olhou para mim como se tivesse dito algo que não deveria. Não falei nada.

— Claro que não quero dizer que todas elas se tornam criminosas. Às vezes, isso não traz efeito a suas vidas sociais. Também não tem nada a ver com o nível educacional delas. Todas as pessoas com quem estudamos na faculdade saíram de colégios e universidades de elite, mas, quando se olha para elas, percebemos que há muita gente desajustada. Elas passam o dia bem só para chegarem em casa e baterem nas esposas e nos filhos. Essas pessoas são... — Meu tio rodou o dedo indicador ao lado da cabeça. — Mesmo que tenham sorte e não cometam crime nenhum, seus filhos podem acabar tendo problemas.

Ele esfregou o rosto com as mãos.

— Mas, Dr. Choi — interrompeu tia Monica. Ela ouvia tudo atentamente. — Algumas pessoas apanham quando crianças, crescem em prostíbulos e ainda assim conseguem ter uma vida normal. O senhor não está dizendo que todas são impulsivas e propensas ao crime, está?

— Não, é claro que não. É como um vírus. A mesma doença pode circular por aí, mas apenas algumas pessoas a contraem, enquanto outras ficam bem. O comportamento humano não pode ser explicado por um único fator.

— Então um cérebro muito danificado nunca poderá ser recuperado? Falando do ponto de vista médico, quero dizer. — Ela parecia argumentar com um médico que tinha acabado de diagnosticar o filho dela com câncer.

— Depende da extensão do dano. — Ele apontou para uma orquídea no peitoril da janela. — Quando saí de férias, aquela mocinha ali murchou. Assim que a reguei, ela voltou à vida. Mas, se eu sumisse por três anos, não importaria quanta água eu lhe desse quando voltasse. Irmã, a senhora tem uma religião. Se eu fosse dez anos mais jovem, teria insistido que a recuperação era impossível. Naquela época, eu citaria centenas de razões. Mas, agora que sou velho, meus pensamentos mudaram. Em resumo, não tenho mais certeza. Coisas que não posso explicar estão sempre acontecendo ao nosso redor. Algumas vezes, acho que há mais coisas que não podem ser explicadas pela chamada ciência ou pela medicina. Os seres humanos são verdadeiramente misteriosos, e só o universo conhece a resposta. Acho que, para os seres humanos, há mais vezes em que apenas o amor pode curá-los. Mas isso nos deixa frente a frente com o problema sobre o que é o amor... Acho que essa discussão tomou um rumo filosófico. Ou talvez religioso. Irmã, seja forte. A senhora está mostrando grande bondade a eles.

Tia Monica parecia tonta. Perguntei a ela se estava bem, mas parecia perdida em pensamentos e não me respondeu.

Voltamos à sala de espera. Aquela mãe esquisita e o filho esperavam por nós. Quando ela nos viu, começou a tagarelar novamente.

— Irmã, não há ônibus por aqui. Preciso voltar ao restaurante imediatamente. A senhora sabe, o sogro do dono teve um derrame. É a terceira vez. Mas tudo o que ele faz é desmaiar. O velho se recusa a morrer...

— Certo, vamos lá — disse tia Monica, interrompendo a mulher. Então falou para mim: — Preciso da sua ajuda uma última vez. Vamos dar uma carona para ela.

Tia Monica se virou para olhar para o menino. Fiz o mesmo. Ele ainda estava subindo e descendo das cadeiras e chutando-as. Há algum tempo, eu teria pensado que a criança nem era humana. Antigamente, eu não teria me permitido conhecer ou nem mesmo olhar para uma criança que já tivesse matado alguém aos 11 anos, uma criança que disse que o doce que comprou depois de matar uma menina estava delicioso. Mas, agora, eu não conseguia evitar pensar que talvez nós dois estivéssemos sofrendo da mesma doença. Talvez compartilhássemos a mesma deficiência física, com causas diferentes, mas com os mesmos danos. Desta vez, não pensei em mim mesma como uma mulher, como artista e professora universitária, que se achava boa o bastante para um advogado esnobe, mas, em vez disso, como uma paciente com dano cerebral, que era horrível e sem foco e falava demais, como aquela criança traumatizada. Pensei *Talvez eu realmente seja uma pessoa sem valor*, e fiquei arrepiada. Como Yunsu, fiquei apavorada ao perceber o que estava sentindo.

Mas que direito tinha eu a essas grandes alegrias, quando à minha volta não havia nada mais que infelicidade e luta por um pedaço mofado de pão?

— Kropotkin

ANOTAÇÃO AZUL 12

Eunsu e eu retornamos a Yeongdeungpo. Blackie ainda estava cuidando das crianças, então voltamos a mendigar nas estações de metrô e nos mercados a céu aberto. Toda vez que eu passava pela loja da esquina, parava do lado de fora e olhava para o dono que tinha nos acusado de roubo. Pensava *Um dia vou pegá-lo*. Quando eu fosse forte o bastante, o faria implorar e rogar por perdão, exatamente como ele me forçara a fazer, e, quando isso acontecesse, eu lhe lançaria um olhar frio e o faria sofrer, como ele fizera comigo. Se eu tinha uma razão para viver, era fazer vingança.

Então, um dia, Eunsu ficou doente. Ele teve uma febre alta e não conseguia comer nada. Até comprei o macarrão instantâneo que meu irmãozinho tanto amava, mas ele não conseguia comê-lo. Não tive escolha a não ser sair das ruas por vários dias para cuidar dele, e não conseguimos obter nenhum dinheiro. No dia em que a febre cedeu, Eunsu abriu os olhos e chamou por mim.

— Yunsu! A pessoa que está cantando agora. Aposto que ela é bonita. Não é?

Olhei para a televisão ligada naquele pequeno cômodo. Blackie tinha nos instalado em seu próprio quarto, com medo de que as outras crianças pegassem o resfriado de Yunsu. Estava passando a cerimônia de abertura de um jogo de beisebol, e uma mulher de minissaia e boné cantava o hino nacional. Eu disse:

— Sim, acho que ela é bonita.

— Tão bonita quanto a nossa mãe? — perguntou Eunsu.

Sentindo-me incomodado, respondi que sim automaticamente. Mas então Eunsu começou a chorar. Eu sabia por que ele estava chorando, mas o xinguei, o chutei e o soquei, embora ele estivesse doente. Eunsu chorou ainda mais alto e disse:

— Não vou mais chorar, Yunsu! Não vou chorar!

Parei de bater nele e saí da casa. Eu me juntei a algumas crianças de rua que tinha conhecido e passei o tempo bebendo com elas e evitando ver Eunsu e Blackie. Tinha vontade de bater em todo mundo e quebrar tudo. Era como se eu tivesse de derrubar todo mundo que via na rua — uma mãe de mãos dadas com o filho, namorados andando lado a lado, alunos de uniformes. Eu queria bater em qualquer um que parecesse feliz. Então resolvi provocar uma briga com um homem que descia a rua com uma mulher. Comecei dizendo:

— Por que está olhando pra mim com essa cara?

Fui preso de novo e só me deixaram sair depois de vários dias. Blackie estava furioso. Quando me viu, mandou que eu pegasse Eunsu e desse o fora.

— Porra — falei —, se você quer que a gente vá embora, então a gente vai.

Fui procurar Eunsu. Enquanto estive fora, ele havia definhado, estava em pele e osso, e seu rosto tinha encolhido.

Meu coração ficou apertado. Blackie agiu como se estivesse com raiva de mim, mas a verdade era que ele tinha sentido algo em relação a Eunsu e estava tentando se livrar da gente. Peguei meu irmão e o carreguei nas costas.

Era uma noite de primavera. O cheiro das flores havia se espalhado por toda a cidade, até por nossa vizinhança com cheiro de esgoto. O tempo estava agradável o bastante para conseguirmos dormir em uma galeria subterrânea cobertos apenas por algumas folhas de jornal e não congelar até a morte. Eunsu segurou minha mão exatamente como costumava fazer quando éramos pequenos, quando estendíamos nossos cobertores no chão e deitávamos lado a lado.

— Estou tão feliz que você tenha voltado — afirmou ele.

Então ele me pediu que cantasse o hino nacional para ele de novo. Não vou sentir tanto frio se você cantar pra mim. Disse a ele para ir dormir. Ele concordou. Logo que deitei, não consegui cair no sono, fiquei agitado e virei de um lado para o outro por um bom tempo. Finalmente, eu o abracei para que não sentisse tanto frio. Mas, quando acordei de manhã, Eunsu estava morto.

Capítulo 12

Digitei as palavras *pena de morte* e apertei Enter. Inúmeros documentos e artigos surgiram na tela. O primeiro resultado dizia *A pena de morte é a mais severa das punições, já que priva um criminoso da vida e o remove permanentemente da sociedade*. Ao lado do computador estava a carta de Yunsu, que dizia:

> *As montanhas mudaram de cor. Tudo está igual, mas tudo parece tingido de amarelo, e sinto o ar mudando. Acho que a primavera chegou. Eu me perguntava se veria outra primavera. Até onde sei, esta pode ser minha última primavera. Mas também não consigo evitar pensar que esta é a primeira primavera da minha vida.*

Imaginei-o escrevendo a carta, uma palavra por vez, com as mãos algemadas. Então pensei no menininho com as cicatrizes nas mãos. Conforme movi o cursor pelas palavras *mais severa das punições*, a visão de Yunsu chorando quando nos contou a história de Orestes ainda passava pela minha cabeça.

Se alguém me perguntasse se eu preferiria morrer ou vê-la novamente, eu escolheria ir pra forca. Se existe um Deus, então Ele me deu a pior punição de todas. A morte não significa nada pra mim. Não tenho medo de morrer. Nunca tive, nem quando era apenas uma criancinha. Continuei pensando no que Yunsu havia falado. Ele tinha nos contado, no primeiro encontro, que o que mais temia eram as manhãs.

Abri outro link: *Origens da Pena de Morte*. De acordo com um artigo até meio engraçado, havia muitos batedores de carteira na Inglarerra, então eles eram executados em público para desencorajar a prática. As pessoas se reuniam como gafanhotos para assistir a essas execuções, e outros batedores de carteira faziam uma fortuna com elas. Havia outro artigo que dizia que 164 dos 167 prisioneiros no corredor da morte encarcerados na prisão de Bristol, na Inglaterra, foram executados em público até 1886. Nos Estados Unidos também havia execuções públicas até o fim dos anos 1930. Das potências mundiais, os Estados Unidos tinham o maior número de presos no corredor da morte depois da China.

Fui à cozinha para encher novamente minha xícara de café e olhei pela janela por um momento. Exatamente como Yunsu tinha descrito em sua carta, as montanhas atrás do prédio onde eu morava estavam tingidas de amarelo.

A carta continuava:

Depois que a senhora foi embora, tive um sonho. Talvez tenha sido porque meu irmãozinho morreu na primavera, mas todo ano nesta época ele aparece em meus sonhos. Ele ficou doente uma vez quando éramos bem pequenos. Eu me lembro de correr para comprar remédio para ele. Naquele dia, o mundo inteiro tinha ficado verde-claro — por que será que aquela cor parecia tão triste? Ontem, rezei antes de dormir. Se eu visse meu irmão em sonho novamente, ia lhe contar que tinha conhecido a cantora bonita que cantava o hino nacional, que ele tanto amava, aquela que ele perguntou se era tão bonita quanto nossa mãe, e eu ia dizer que ela agora é uma professora universitária maravilhosa. Meu irmãozinho provavelmente teria falado "Viu?, eu te disse que ela era bonita e maravilhosa". Mas, na noite passada, pela primeira vez em um bom tempo, dormi bem sem sonhar. Li o livro que a senhora mandou. Não sabia que livros podiam ser tão interessantes. Ultimamente, tudo o que faço é ler o dia inteiro. Talvez seja por isso que sinto falta da senhora. Sei que é muito ocupada, mas gostaria que pudesse vir com a irmã Monica. Espero que não seja abuso de minha parte pedir isso.

Parecia a letra trêmula de um adolescente tentando impressionar a professora por quem tinha uma queda. Eu sabia que estava ficando sentimental com o fato de ele ser um homem prestes a ser executado. Balancei a cabeça. Aquilo não era um bom sinal. Meu coração parecia estar borbulhando, como se estivesse cheio de água com gás. Nos úitimos dias, sempre que eu ia para algum lugar de carro, me pegava pensando nele. Olhei pela janela mais uma vez. Já que ele havia se dado ao trabalho de escrever uma carta para mim com os punhos algemados, eu não tinha escolha a não ser lhe mandar uma resposta. Não tinha ideia do que escrever. Eu não podia exatamente dizer *Então você quis se matar? Que coincidência. Eu também.*

Enquanto tomava meu café na cozinha, vi algo estranho acontecendo no parque nos fundos dos blocos de prédios. Havia uma rodinha de adolescentes, cerca de vinte, grandes demais para serem alunos do fundamental, mas muito pequenos para serem do ensino médio. Curiosa para saber o que eles estavam fazendo, fiquei observando e percebi que tinham cercado outro adolescente e estavam batendo nele. Mesmo do 15º andar, podia ver que o rosto dele estava coberto de sangue.

Um sentimento sinistro se apoderou de mim, e meu coração acelerou. Quando um garoto parava de bater na vítima, outro avançava e tomava seu lugar. Lembrei que tinha visto outros moleques se juntarem dessa forma e brigarem no parque de tempos em tempos. Acho que também tinha visto cartazes colados no elevador declarando que a associação de moradores havia aprovado uma resolução e solicitado à polícia que aumentasse a segurança no parque nos fundos do condomínio. Em outra época, eu seria indiferente a algo assim, porém não mais. Fiquei assustada, como se estivesse testemunhando um assassinato. Peguei o telefone e disquei o número da polícia. Minha família havia ligado para a emergência várias vezes por minha causa, mas aquela era a primeira vez na vida que eu chamava a polícia. Ouvi uma voz do outro lado da linha.

— Alô? Alô, estou ligando de, humm, Gangnam-gu, em Seul...

— Sim, do Condomínio Seoryeon? — interrompeu a atendente enquanto eu gaguejava, tentando pensar no que dizer. Pensei comigo mesma *Uau, os serviços de emergência da Coreia são realmente avançados.*

— Sim, oi, humm, tem alguns adolescentes batendo em um garoto no parque nos fundos do edifício número 109. Parece que ele está sangrando.

Levei o telefone à janela da cozinha e espiei lá fora novamente. O garoto estava no chão.

— Ele está caído! Por favor, venham rápido!

— Sim, senhora.

A atendente desligou. Olhei para o relógio, eram três e quarenta e oito da tarde.

Senti-me um pouco mal por ter falado coisas ruins sobre a Coreia depois de voltar do exterior. Uma vez, discuti com um homem com quem havia morado em Paris e gritei com ele no meio da rua. Não se passaram cinco minutos até que um policial aparecesse e o agarrasse pelo braço. Fiquei chocada, assim como o homem com quem eu estava discutindo.

O policial me perguntou *Mademoiselle, esse homem está incomodando a senhora? Devo levá-lo para a delegacia?*

Ah, não, dissemos. *Só estávamos brincando.*

É assim que me lembro de nossa briga ter acabado. Alguém tinha nos visto pela janela e reportado o incidente. O policial que recebeu a ligação foi imediatamente para onde estávamos. Aquela rapidez nos chocou, e dissemos *Não vamos falar com ninguém que somos coreanos*, e então voltamos ao café para tomar algo.

Ansiosa, fiquei olhando pela janela. Vários minutos tinham se passado desde que o garoto caiu, mas ele ainda não havia se levantado. *E se ele morrer?*, pensei. Alguns garotos o pegaram e começaram a ajudá-lo a sair do parque. Como a briga tinha acabado, a polícia não seria de grande serventia se aparecesse. Mas então dois dos adolescentes pegaram outro menino pelos braços e o levaram para a roda. Parecia que estavam arrastando um criminoso condenado a um terreno de execução. Outro garoto tomou a iniciativa e começou a bater nele. Verifiquei a estrada e a rota exatamente em frente ao condomínio, mas não havia sinal da polícia. Eu não ouvia sequer barulho de sirene. Quando verifiquei o relógio, vi que já passavam das quatro da tarde. Liguei para a polícia de novo.

— Alô? Liguei agorinha. O garoto que estava sangrando não está mais lá e agora estão batendo em outro menino. Por que ainda não estão aqui?

— Sim, obrigada, estamos a caminho.

Desligaram de novo. Desta vez, o menino que estava apanhando parecia oferecer alguma resistência. Vários garotos o cercaram e, todos, ao mesmo tempo, começaram a espancá-lo. Ele caiu no chão, então começaram a chutá-lo. Como um bando de abutres cercando um animal moribundo, os moleques não o largavam. Olhei para o relógio. Eram quatro e quinze. A polícia ainda não tinha chegado. Meu coração não parava de bater acelerado, e comecei a ficar enjoada. Era como se o desespero da criança estivesse sendo transmitido diretamente para mim. Não havia o menor sinal da polícia. Andei de um lado para o outro pela sala e então, movida por uma espécie de orgulho teimoso, disquei o número novamente.

— Eu liguei há algum tempo. Por que ainda não estão aqui? Uma criança está sendo espancada. Eles cercaram um menino e estão dando chutes nele. Ele já está no chão, e vários adolescentes o estão chutando! E esse é o segundo menino.

— Sim, senhora.

A atendente desligou de novo. Voltei à janela da cozinha. Dois garotos tinham recolhido o menino que estava no chão e o seguravam pelos braços enquanto outro adolescente lhe dava uma voadora, como algo saído diretamente dos filmes. Todo o meu corpo reagiu à dor do menino. Meus dentes começaram a bater, era como se eu estivesse sendo torturada. A polícia não veio; em vez disso, meu telefone tocou.

— Alô?

— Alô.

— A senhora reportou um crime em ação? Aqui é da polícia.

O sistema de linha direta de emergência da Coreia do Sul é realmente incrível, pensei estupidamente. *Eles sabem até os números de telefone das pessoas que ligam para denunciar um crime.*

— Por que vocês ainda não estão aqui? Se já tivessem chegado, poderiam ter parado a surra do primeiro menino. Agora estão batendo em outro garoto! Um bando de adolescentes está espancando um menor de idade. Vocês precisam contê-los. Por favor, venham rápido.

— Escute, estamos a caminho de uma batida de três carros no cruzamento da Gangnam, então vamos demorar um pouco. Estaremos aí assim que possível; então, por favor, pare de ligar.

O policial soava como um mecânico de carros simpático. Ele explicou a demora e pediu minha compreensão. Mas o menino estava quase inconsciente. Olhei para o relógio. Eram quatro e vinte. Tentei me acalmar soltando um "Viva a Coreia". Depois de um tempo, escutei uma sirene. Esperei com meus punhos cerrados que a polícia se apressasse e punisse aqueles garotos maus. Vários meninos saíram do parque para ficar de guarda. O forte círculo que formaram começou a desmoronar. Eles também tinham ouvido a sirene. O telefone tocou de novo.

— Aqui é a polícia. Não tem ninguém no parque.

— Onde vocês estão?

— No parque do Condomínio Seoryeon.

— Você diz o pequeno parque dentro do condomínio?

Corri para a janela da frente. O condomínio tinha uma fonte e um parque pequeno com chão de mármore.

Do lado de fora, na frente do condomínio, havia um carro da polícia parado com a sirene ligada. No parquinho das crianças com seus balanços e escorregadores, mulheres empurrando carrinhos de bebê se juntavam olhando para a viatura.

— Policial, que tipo de maluco estaria batendo em alguém em um parquinho infantil num condomínio vigiado por seguranças? Eu não disse que era naquele parque. Eu falei que era no morro atrás do edifício número 109!

— Senhora, por que está gritando comigo? — perguntou o policial. — Já entendi onde é.

Depois de um instante, o telefone tocou mais uma vez. Era o mesmo policial.

— É permitido subir o morro de carro? Não vejo uma estrada.

Antes, ele soava como um mecânico, mas agora parecia um funcionário de transportadora nada simpático. Reprimi as emoções que jorravam dentro de mim e respondi como uma atendente amigável.

— Estacione atrás do edifício número 109 e suba o morro a pé. Por favor, rápido!

Voltei à janela da cozinha. Pelo menos a polícia tinha aparecido. Eles estavam aqui agora, e nenhuma outra criança sairia machucada. Um grupo de meninos havia se juntado, como se eles estivessem discutindo algo, e então vários deles pegaram o garoto coberto de sangue e o levaram embora por um caminho pelo bosque. O momento parecia milimetricamente cronometrado, como em um filme. A polícia seguia devagar até o grupo. Os policiais pareciam estar fazendo uma caminhada. Como eu estava em uma posição superior, era estranho olhar para eles ali de cima, como se eu fosse um deus ou algo assim. O telefone tocou novamente.

— Senhora, verificamos a área, mas ninguém parece ferido.
— O quê? Como?

Eu não conseguia mais manter a voz calma.

— Perguntei às crianças e elas disseram que estavam fazendo uma reunião da escola. Ordenei que a criança que havia sido espancada se apresentasse, mas ninguém o fez. Se ninguém foi espancado, então nenhum deles poderia estar batendo em alguém.

Explodi em fúria. Não conseguia pensar no que dizer.

— Você ordenou que a criança que foi espancada se apresentasse? Você também pediu àquele que estava batendo pra se apresentar? Acho que cometi um erro. Foi um erro esperar algo da polícia desse país. Já faz trinta minutos que telefonei. É tempo suficiente pra duas ou três pessoas morrerem!

Bati o telefone com força. Fiquei pensando se eu os deixaria escaparem assim tão fácil se fosse meu filho ou irmão mais novo sendo espancado. O telefone tocou mais uma vez. O policial estava insistindo. Senti-me como o jovem Rastignac sussurrando no topo da montanha na cena final de *O pai Goriot*, de Balzac, exceto que, em vez de dizer à cidade de Paris "Daqui em diante é guerra entre nós", eu estava dizendo isso à polícia.

— Alô?

— Aqui é a polícia. Senhora, por que está tão brava? Não fizemos nada de errado. Agora eu vou falar, então escute. Não demoramos por vontade própria. Um deficiente físico caiu no rio Yangjae hoje. Demoramos porque tivemos que resgatá-lo e levá-lo de volta para casa. E as crianças aqui disseram que estavam apenas brincando. Foi o que me falaram. Não sei em que tipo de mundo a senhora pensa que vive. O que estava esperando? Que eu os torturasse até obter uma confissão?

Do jeito que ele falava, parecia que eu era a pessoa irracional ali. Era como se ele estivesse argumentando comigo, dizendo que eu não entendia o trabalho dele, que havia muito a fazer e poucas pessoas para ajudar, e que ele trabalhava e trabalhava, mas nunca existia um fim. Tive vontade de falar *Temos uma verdadeira estrela aqui*, mas minha fúria ascendeu.

— A polícia geralmente pede permissão aos cidadãos antes de arrancar confissões das pessoas? — argumentei. — Foi isso o que fez até agora? Se eu lhe pedisse agora, você faria isso?

— A senhora sabe que não podemos fazer isso.

Dei uma gargalhada. Não consegui evitar.

— O mínimo que você poderia fazer é ensinar àquelas crianças que elas não devem bater em uma pessoa em plena luz do dia, pelo menos não daquele jeito, ao ar livre, em uma área residencial. É nosso dever fazer isso. Nós somos os adultos, então temos que, no mínimo, dizer a elas que isso não é certo. Quando aquelas crianças crescerem, vão cometer crimes ainda piores e acabar no corredor da morte!

— Quem a senhora pensa que é? Acho que deve ser aquele tipo de pessoa que pensa que toda vez que alguém faz algo errado é culpa da polícia. A senhora realmente não entende.

Dessa vez, foi ele quem bateu o telefone na minha cara. Para o policial, a única coisa que ficou clara naquele incidente foi que eu não entendia. Perguntei-me se havia ido longe demais, mas, quase ao mesmo tempo, me perguntei por que tinha ficado tão irritada, para início de conversa. Eu não era de me importar com ninguém, a não ser com nosso cachorro, Shimshimi, quando estava no ensino fundamental. Eu realmente havia exagerado ao comentar sobre o corredor da morte. Sentei a minha escrivaninha. Essa, definitivamente, não era eu. A primeira coisa que tinha notado ao retornar à Coreia depois de sete anos no exterior fora a forma grosseira como os coreanos falavam uns com os outros. As palavras que usavam tinham se tornado mais grosseiras, e as pessoas andavam mais rápido nas ruas. Se alguém pisasse no seu pé no metrô ou esbarrasse no seu ombro enquanto passava, a pessoa olharia para a frente e não se desculparia. Eu costumava ficar com raiva porque achava que as pessoas estavam sendo rudes, mas depois notei que eu não percebia mais quando alguém esbarrava em mim ou pisava no meu pé. Todos estavam com pressa para chegar a algum lugar. Mas aonde? Nem eles nem eu tínhamos a menor ideia. Nos filmes, uma a cada duas palavras era um palavrão, e, mesmo que fossem bem-feitos, eram recheados de cenas tão cruéis que eu tinha de desviar os olhos da tela. Não conseguia olhar, nem quando os atores eram muito atraentes. No entanto, os jornais estavam exultantes pelo fato de os filmes coreanos estarem ganhando projeção internacional.

Eu sentia saudades de tia Monica. Também pensei em comprar um vaso de planta de primavera para Yunsu e levar ao centro de detenção. Eu não sabia por que ele não saía da minha cabeça. Queria perguntar a ele como alguém que ficou tão afetado com história de Orestes, que sofria ao pensar em sua primeira e em sua última primavera, podia ter feito algo tão cruel. Eu estava confusa. O que significava ser humano, de qualquer forma. Mas até que ponto éramos capazes de ser bons ou de fazer o mal? Eu me sentia incomodada por ter esses tipos de pensamentos. O telefone tocou de novo. Pensei que era a polícia, e logo fiquei preocupada com o que poderiam me dizer. Eu não podia ligar para o meu irmão mais velho e pedir ajuda desta vez, e, mesmo se pudesse, que diferença faria? Atendi o telefone. Era meu irmão mais velho. Por um breve instante, imaginei estupidamente uma linha imaginária indo da polícia à sala do promotor, e pensei *A linha de emergência chega até meu irmão?* Mas então Yusik falou. Sua voz estava pesada.

— Venha para o hospital. Mamãe teve uma recaída.

Pedi tudo a Deus para que pudesse aproveitar a vida.
Em vez disso, Ele me deu a vida para que pudesse aproveitar
[tudo.
Não tive nada do que pedi, mas recebi tudo o que esperava.

— Epitáfio na tumba do Soldado Desconhecido em Turim, Itália

ANOTAÇÃO AZUL 13

Depois que Eunsu se foi, senti que um peso tinha sido retirado dos meus ombros. Pelo menos fisicamente, me senti mais leve. Comecei a andar com um pessoal do mal. Bem, eles não eram exatamente do mal. Quando estava com fome, eles me davam comida; quando minhas roupas estavam em farrapos, me davam outras mudas para vestir; quando estava com sede, me davam bebida alcoólica para beber; e, quando eu estava na cadeia, iam me visitar. Eu entrava e saía da prisão o tempo todo e fui lentamente caindo na escuridão. Sem terminar o ensino básico, a cadeia me proporcionou uma educação abrangente. Ali, eu me formei na arte do crime com especialização dupla em ódio e vingança. Lá dentro havia milhares de pessoas que davam sermões sobre como se livrar de coisas como a culpa e ser mais ousado e astuto. Sempre que eu estava de vigia enquanto os outros roubavam, no momento em que sentia uma pontada de medo e nervoso, cantava o hino nacional mentalmente. Quando fazia isso, eu não me sentia uma boa pessoa como Eunsu se sentia, mas também não tinha medo.

Capítulo 13

Só nós três estávamos na sala: Yunsu, o guarda e eu. Yunsu ficava olhando para mim enquanto comia a pizza que eu tinha trazido. Eu ainda não havia dito nada. Não conseguia parar de me perguntar se estava fazendo a coisa certa. Estava tão quieta que o oficial Yi empurrou seus óculos para cima e depois para baixo várias vezes e ficou olhando para mim. Eu nem trouxera a Bíblia que tia Monica sempre carregava. Tudo que havia na minha bolsa eram cigarros, batom, uma carteira e um pó compacto pequeno. Yunsu me encarava como se me incentivasse a dizer alguma coisa, qualquer coisa, assim como o oficial Yi. Mas eu ainda não conseguia falar. Do lado de fora, era primavera, mas tudo que eu via ali dentro eram as paredes cinzentas, de cimento. Os brotos verdes brilhantes que tinha visto do carro no caminho para cá, o rio se ondulando e correndo sob a ponte como cabelo recém-lavado agora que o tempo tinha finalmente esquentado, e as pequenas flores dispersas florindo como estrelas em um campo verde — nada disso importava aqui. A primavera podia chegar, mas, ali, nada despertaria. Sobre a prisão, Oscar Wilde havia dito: "Conosco, o tempo em si não progride. Ele gira. Parece circular à volta de um centro de dor." Em uma cela de 6 metros quadrados, sete ou oito homens saudáveis sentavam-se cara a cara todos os dias. Se um jovem casal apaixonado fosse colocado nesse cômodo minúsculo por apenas um mês, seria capaz até que o amor deles acabasse e eles começassem a se odiar. Como disse tia Monica, era um milagre que pessoas que nem sempre tinham sido boas conseguissem passar o dia inteiro se encarando sem querer se matar.

— O tempo realmente esquentou. Acho que minhas orelhas devem estar se curando das queimaduras do frio, porque não param de coçar — comentou Yunsu.

Ele soava como se não tivesse escolha a não ser dizer algo. Levantou as mãos algemadas e bateu em uma das orelhas. Suas palavras não eram mais como farpas, agora soavam tão suaves quanto as estações do ano mudando, tão delicadas quanto a brisa que levantava a bainha da minha saia delicadamente, agora que a primavera tinha chegado. Desde que eu passei a visitá-lo, ele vinha mudando a cada dia como um salgueiro na primavera. Seu crescimento foi tão rápido quanto o de um bebê após o primeiro aniversário. Mais tarde, entendi que, diferente dos bebês, os sentimentos crescem sem respeitar as regras do tempo.

— Então...

Ele e o guarda olharam para mim ao mesmo tempo. Eu me senti como se estivesse diante dos meus alunos. Ou de um padre pronto para ouvir minha confissão.

— Não estou aqui porque quero estar aqui. Minhas visitas não foram escolha minha.

Ele e o guarda pareceram surpresos, e vi o rosto de Yunsu se tornar instantaneamente sombrio. Ele abaixou a cabeça. Parecia querer dizer *Então você também é uma hipócrita*. Ele parecia até estar pensando *Estou farto de ser machucado por hipócritas como você*, ou talvez até *Já esperava por isso*.

— Não quero mentir pra você. Realmente odeio conversas previsíveis. Odeio os clichês mais do que tudo.

Lutei para continuar falando. Yunsu manteve os olhos baixos e não falou uma palavra sequer. Então algo pareceu lhe ocorrer, e ele levantou a cabeça.

— Tudo bem. Só estou aqui hoje porque achei que a irmã Mônica vinha. Soube que ela não pôde vir porque teve que visitar um paciente com câncer no hospital. Essa pessoa provavelmente vai morrer em pouco tempo. Então, se a senhora se forçou a vir aqui no lugar dela, não precisa ficar, pode ir embora. A senhora deve ter outras coisas pra fazer. Obrigado por ser sincera comigo, professora.

Quando terminou de falar, ele se levantou e olhou para mim friamente. Um olhar sarcástico passou pelo seu rosto. O instante foi breve, mas o olhar de arrependimento por ter esperado algo de mim era evidente. Quando disse *professora*, havia uma sombra escura sobre ele que me fez pensar *Provavelmente ele era assim na rua*. Mas isso foi seguido de uma expressão sofrida. Ele parecia magoado. Estar acostumado à traição não queria dizer que a traição não magoasse, e só porque alguém estava acostumado a cair, não significava que seria fácil levantá-lo novamente na próxima vez. Só mais tarde fui descobrir que, pelo fato de Yunsu estar preso, ele não podia ver ninguém a não ser que viessem visitá-lo, e, se o encontro não acontecesse na sala de reuniões católica, ele só poderia falar por dez minutos por trás de uma chapa de acrílico com furos, mesmo que fosse com sua própria mãe e, por isso, as quintas-feiras eram aguardadas com ansiedade.

Mas, naquele momento, me senti um pouco brava e pensei *Ele é tão impaciente.* Eu o encarei e disse:

— Eu não quis dizer que ia embora. Estou aqui hoje no lugar da tia Monica porque pedi a ela que me deixasse vir. A paciente com câncer que ela foi visitar, a que está quase morrendo, é minha mãe. Meu argumento foi que, já que ela ia visitar minha mãe, eu visitaria você. Então ela está lá, e eu estou aqui.

Yunsu me lançou aquele mesmo olhar de surpresa que eu havia lhe lançado. Começou a ficar nervoso, sem saber o que eu ia dizer em seguida.

— Odeio minha mãe. Sei que, se eu for visitá-la, vou querer me matar de novo. É por isso que, em vez disso, estou aqui. Não que eu goste de você, mas também não te odeio. Nós não nos conhecemos o suficiente para nos odiarmos. Então, já que não podemos nos odiar, estar aqui é confortável pra mim. Ou talvez seja apenas a melhor opção agora. Por favor, não entenda mal. Não é só por isso.

Fiz uma pausa. Podia ver que Yunsu não fazia a menor ideia do que eu estava falando. O oficial Yi também parecia confuso.

— Isso pode soar estranho, mas, no dia em que nos conhecemos, achei que nós dois éramos muito parecidos. É difícil explicar, mas a primeira coisa que me veio à mente foi que talvez você também odiasse sua mãe e quem sabe a tivesse odiado por um bom tempo.

Yunsu olhou para mim de um jeito esquisito e se sentou novamente.

— Por que pensou... A senhora leu sobre mim nos jornais? — perguntou ele.

— Eu li sobre você, mas só depois de te conhecer. O que quero dizer é que, para as pessoas que odeiam as mães... Me deixe reformular essa frase... Para pessoas que crescem sem conhecer o amor materno, como nós, a parte de nós que só consegue evoluir quando recebe a afeição a que temos direito quando criança fica esquecida em algum lugar bem no fundo do nosso ser. É como um bebê prematuro que não cresce. Acho que fica marcado em nossos rostos. E acho que foi isso que vi em você.

Incomodava-me o fato de o oficial Yi ouvir o que eu estava prestes a dizer, mas resolvi falar mesmo assim. Agora ele também saberia que eu não era uma boa pessoa. Isso doía um pouco. Consigo imaginá-lo chegando em casa e comentando com a esposa *No fim das contas, as razões dela para visitar a prisão não eram tão nobres assim*. Por um instante, pensei que conseguia entender o medo e a tristeza que os hipócritas provavelmente sentem.

— Nunca disse isso a ninguém. Meu tio é psiquiatra, mas nunca contei nem pra ele. No caminho pra cá, fiquei pensando por que queria vir, e achei que era porque queria te contar uma coisa. Não é fácil pra mim falar sobre isso. Mas, se a minha mãe acabar ficando no hospital por um tempo, então eu provavelmente venho visitar você por esse período. Se não quiser me ver... então paro de vir.

O oficial Yi, que era esperto, parecia fazer o seu melhor para não ouvir a conversa. Os olhos de Yunsu perfuravam os meus; neles, eu via uma emoção que nunca tinha notado antes. Também podia perceber que ele estava desconfiado, pois me encarava com o pescoço estendido, como um cervo atento a todos os barulhos, tentando identificar o que quer que estivesse se movendo. Mas a dúvida em seus olhos também me dizia que ele queria acreditar em mim.

Engoli em seco e o olhei nos olhos dele.

— Em sua carta, você falou que essa poderia ser sua última primavera... Por sua causa, me dei conta, pela primeira vez, de que a primavera só chega uma vez por ano, e que terei que esperar mais um ano para vê-la de novo. Então eu também sinto que essa é a primeira e a última primavera que vou ter. Nunca soube que uma estação, algo que chega na mesma época todo ano, pudesse ser percebida dessa maneira. Que poderia ser a última vez que alguém a via. E que, por isso, cada dia pra essa pessoa passa como um anseio, como um tipo de sede. Pra você, é como se estivesse vendo tudo pela primeira vez, da seiva despertando nas árvores às forsítias amarelas que crescem em todo lugar, e, ainda assim, no momento em que as vê, já tem que dizer adeus a elas. Coisas que o restante de nós toma por certas estão provavelmente estampadas em seu coração tanto como a primeira e última do seu tipo. Percebi isso por sua causa. Também foi por sua causa que entendi que, embora eu tenha desejado matar alguém, esse alguém não sou eu. Então não quero ter a conversa óbvia que os religiosos têm sobre o que poderia ser nosso último dia de primavera juntos. Não temos tempo. Já que estamos aqui, quero ter uma conversa verdadeira.

Yunsu parecia nervoso novamente.

— O que quer dizer com uma conversa verdadeira? — perguntou.

— Ainda não sei. Se a gente continuar falando, no fim ela pode se tornar verdadeira. Não sou capaz de falar só de coisas boas, como tia Monica faz. Ela conversou com o diretor sobre a possibilidade de eu me tornar um membro, por assim dizer, do ministério católico; então, por enquanto, vou andar por aí usando essa credencial. Não conheço a Bíblia, não rezo há 15 anos, e, nesse meio-tempo, a única vez que entrei em uma igreja foi pra comprar cartões-postais quando estava viajando pela Europa. Claro que nunca me arrependi disso. Supostamente, sou pintora, mas fora algumas poucas obras que fiz após voltar à Coreia, e uma exposição individual, não pintei mais nada. E sou chamada de professora, mas a escola que frequentei na França era desprezível, o tipo de lugar em que qualquer um com dinheiro poderia entrar. No trabalho, os outros professores olham pra mim como se pensassem *Como ela conseguiu virar professora?* Os alunos são mais inteligentes que isso. Olham pra mim e pensam *O pai dela foi presidente do conselho. Quando se vem de uma família rica, você tem dinheiro e conexões. É assim que as coisas são.* E, quando penso sobre a minha vida, concordo com isso tudo. Fui presa por dirigir bêbada recentemente. Mas não sou louca. Sou uma idiota.

Yunsu parecia nervoso, sentado ali, mas soltou uma gargalhada quando eu disse *idiota*. Sua risada soava como ar escapando de um balão. Até o oficial Yi olhou para baixo e riu. Não sei se foi por causa da risada deles, mas, de repente, a sala parecia tomada pelo brilho amarelo da primavera. Falar aquilo em voz alta realmente foi meio engraçado. Ambos acharam graça.

— Tentei me matar três vezes. A última foi no inverno passado. Prometi à tia Monica que viria aqui com ela para não ter que ir à terapia. Em outras palavras, não me restou escolha. Mas não sou louca. Só odiava a mim mesma e queria morrer. Porque, quando eu tinha 15 anos...

Ainda não tenho ideia de por que decidi trazer aquilo à tona. Mas pelo menos eu estava calma, e não agitada. Podia dizer, por sua atitude, que Yunsu estava me escutando com toda atenção. Talvez porque aquele dia poderia ter sido tanto o primeiro quanto o último da vida dele, e, portanto, eu poderia ter sido a última pessoa que ele via. Será que alguém, em toda a minha vida, tinha me escutado com tanta atenção antes?

— Um primo mais velho, do lado paterno da família...

Minha garganta fechou. Parei de falar por um instante, tentando controlar minhas emoções. Uma dor, como se meu coração estivesse se partindo em dois, correu por mim. Esperei a dor passar.

— ... me estuprou. Minha mãe me pediu pra ir até a casa principal da família, onde meu primo morava, com a esposa e a filha.

Foi a primeira vez que disse aquelas palavras em voz alta. Também foi a primeira vez que usei o termo objetivo para aquilo — estupro. Resolvi que, se fosse para contar a alguém, queria que fosse a Yunsu, o homem que encarava sua última primavera. Não sei exatamente o motivo, mas me identificava com ele de muitas formas. Senti isso desde o início. O mais importante que tínhamos em comum, entretanto, era o fato de que, fosse por um ato forçado ou voluntário, ambos tínhamos ansiado por embarcar no trem da morte. Tudo havia mudado no momento em que decidi que queria embarcar naquele trem. Coisas que eu pensava que eram importantes deixaram de ser, e coisas que eu achava que não tinham muito valor se tornaram importantes. O desejo de morrer distorceu muitas coisas para mim, mas outras ficaram bem claras. A morte contradiz a posse, aquilo a que as pessoas se agarram acima de todos os outros valores. Neste mundo onde todos são loucos por dinheiro, dinheiro, *dinheiro*, a morte provavelmente é a única coisa que nos permite rir dele, e todo mundo tem que encará-la ao menos uma vez. Eu tinha certeza de que Yunsu me entenderia.

A sala ficou tão silenciosa que parecia estar vazia. O oficial Yi e Yunsu mal respiravam enquanto eu falava. Só pensei naquilo bem mais tarde, mas provavelmente Yunsu estava mais nervoso do que quando o juiz o condenou à morte. Eu não tinha pensado em como ele poderia reagir ao ouvir a palavra *estupro*. Só depois que falei aquilo foi que me lembrei de que ele havia estuprado e matado uma jovem de 17 anos. Mas, para meu espanto, ele me olhava calmamente, e em seu rosto havia uma mistura de compaixão infinita e simpatia, junto a um arrependimento doloroso, por ser forçado a encarar o passado. Vislumbrei um traço de remorso em seus olhos. Parecia que, expondo minha ferida, eu tinha aberto a dele. Mas resolvi seguir em frente.

— Depois daquilo, não consegui ter um relacionamento normal com um homem. Tudo bem se eu não o amasse, mas não conseguia ficar com ninguém que eu amava. Quando me apaixonava por um homem, tinha que deixá-lo. Foi por isso que todos me abandonaram.

Meus olhos arderam quando falei isso. Era a primeira vez que tentava me explicar de forma tão sucinta. Eu me perguntei por que havia trazido esse assunto à tona. Minhas orelhas ficaram vermelhas de vergonha. Eu me achava uma pessoa fria e indiferente. Quando meus relacionamentos chegavam ao fim, eu agia como se não desse a mínima. Achava que isso era o certo. Mas, até aquele momento, não tinha me dado conta de que havia sofrido todas as vezes. Era verdade. Eu sabia que Yunsu estava absorvendo minhas palavras como uma esponja — a verdade sobre mim e até a vergonha que senti. Eu sabia disso porque estava acostumada com o fato de as pessoas duvidarem de mim, por isso era sensível a esse tipo de coisa. Quando comecei a falar dos meus relacionamentos, os olhos dele ficaram atentos, e o meu coração se agitou em resposta. Éramos como duas pessoas de pé, uma em cada lado de um desfiladeiro, com uma corda esticada entre nós. Se uma tremesse, a mão da outra pessoa tremeria também. Hoje em dia, quando olho para trás, percebo que tive vontade de consolá-lo. Queria dizer a ele: *Você não é o único que tem uma vida difícil, então pare de agir como se já estivesse morto.* Aquilo era verdade.

— Li todas as matérias sobre você — falei lentamente, com o mínimo de emoção possível.

— Espere.

O oficial Yi me interrompeu. Yunsu fazia uma careta.

— Não é permitido discutir o caso dele ou qualquer assunto relacionado ao caso dele aqui.

O oficial Yi olhou para mim como se pedisse desculpas. Ficamos em silêncio por um momento. Fiz uma pausa. Queria perguntar *Então sobre o que podemos conversar?* O *caso* foi o evento fatal que havia nos juntado, e, se não fosse pelo *caso*, Yunsu não teria motivo para se encontrar com os membros do ministério. Mas essas eram as regras. Eu não estava a fim de jogar conversa fora ou debater por que Jesus tinha vindo à Terra ou o quão preciosos todos nós éramos. O que eu realmente queria discutir era por que Jesus tinha vindo para nós dois especificamente, queria falar sobre quem eu era e sobre quem ele era, e como exatamente alguém como ele poderia ser considerado precioso. Yunsu estava de cabeça baixa, como se ainda não conseguisse entender aonde eu pretendia chegar. Atrás dele estava o quadro de Rembrandt, *O retorno do filho pródigo*. Desde que foi inserido na pintura, o filho passou todos os dias de joelhos. Olhei para os pés. Uma sandália havia caído, e o pé descalço estava exposto. O pai dava uma batidinha no ombro do filho. Rembrandt tinha pintado o momento do retorno. Ele não desenhou o pai perdoando o filho ou o banquete que deu depois em sua homenagem. O filho pródigo tinha voltado, e o pai estava batendo de leve em seu ombro, apesar de ele passar os últimos cem anos sem poder esticar as pernas. Ele nunca mais levantaria e andaria pela casa com os próprios pés. Os filhos que ajoelhavam nesta sala como o pródigo havia feito teriam o laço colocado em volta do pescoço enquanto também ficavam de joelhos na sala de execução.

— Oficial, eu só queria falar sobre mim mesma. Não sou advogada ou repórter e não tenho qualquer intenção de atacá-lo.

O oficial Yi pensou a respeito por um instante e então apenas assentiu. Olhei para Yunsu. Seus olhos estavam repletos da tensão e da curiosidade de uma sala cheia de calouros. Ele parecia muito nervoso e com medo também. Tinha até o olhar levemente ressabiado de alguém que dava de cara com uma tribo com a qual nunca havia cruzado antes.

— Pra ser sincera, não te conheço. Nunca pensei, nem por um instante, que os jornais me contariam tudo o que havia para saber sobre você. Esses artigos contêm fatos, mas não existe essa história de um fato gerar outro fato. É a verdade que constitui os fatos, mas as pessoas não ligam pra isso. A intenção precede a ação. Digamos que alguém tente matar um homem a facadas, mas acidentalmente corte a corda que está enrolada em volta do seu pescoço e ele sobreviva. E agora digamos que alguém tente cortar a corda que está em volta do pescoço, mas, em vez disso, a faca escorrega e essa pessoa mata o homem. A primeira pessoa seria uma heroína, mas a segunda seria executada. O mundo só julga nossas ações. Não podemos mostrar nossos pensamentos para as outras pessoas e não temos como ler a mente uns dos outros. Então será que o crime e o castigo são realmente válidos? As ações são apenas atos, e a verdade é sempre algo que vem antes das ações. Assim, não são aos fatos que precisamos prestar atenção, mas à verdade. Você é a razão pela qual comecei a pensar assim. Pensei no que aconteceria se alguém escrevesse uma matéria sobre mim. Provavelmente eu seria descrita de um jeito pior que você. Mun Yujeong tentou se suicidar três vezes. Tentou o suicídio apesar de receber tratamento psiquiátrico. Ninguém sabe o porquê. Fim.

Os olhos de Yunsu pareciam faiscar por trás dos óculos de aros escuros. Se eu não o conhecesse e se também não tivesse tia Monica, eu teria me lembrado dele apenas pelo que li nos jornais. Um cara mau. Fim. Mas não havia fim. Foi por volta daquela época que comecei a pensar que talvez a morte não fosse mesmo um fim. Como Rilke disse uma vez, algumas pessoas continuam a florescer mesmo após a morte.

— Nossa diferença de idade é de apenas três anos. Somos da mesma geração. Provavelmente nos cruzamos em algum lugar, em algum momento da vida. Mas, quando vim à prisão pela primeira vez no último inverno, não consegui acreditar que o homem que estava aqui tinha realmente nascido no mesmo país que eu e vivido bem ao meu lado. Pra ser bem sincera, costumava pensar que eu era a única pessoa nesse mundo que estava infeliz. Ficava ainda mais infeliz pensando no motivo pelo qual todo mundo estava feliz, e eu, não. Mas vir aqui me deixou confusa, inclusive a meu respeito. Estou infeliz, então por que não estou presa também? Não conseguia entender isso. Esse lugar parece um ponto de encontro pra toda a infelicidade do mundo. Fiquei surpresa ao notar que tantos pecados pudessem ser cometidos por tantas pessoas e que houvesse tantos tipos de infelicidade. Também fiquei surpresa ao notar que todo dia, sem exceção, mais gente infeliz e pecadora estivesse sendo trazida pra cá. Pensei que, se tivéssemos uma conversa verdadeira, apesar de não saber o que isso significaria, sobre por que eu estava do lado de fora e você do lado de dentro, então talvez eu pudesse me entender. Talvez eu pudesse entender por que estava infeliz e por que não conseguia ser feliz. Entende o que quero dizer?

Yunsu me encarou, tão imóvel quanto uma estátua. Assentiu lentamente com a cabeça.

— Não estou aqui porque tenho tempo livre. Se eu tivesse que dar aula às quintas, não conseguiria ter vindo hoje. Não trabalho às quintas, e minha mãe está no hospital. Então todas essas coincidências me fizeram vir aqui. Nunca fiz trabalho voluntário nem doei nada pra caridade. E também não tenho interesse nisso. Na verdade, não acredito em corações puros. Bem, algumas pessoas podem até ter um bom coração, só que eu certamente não tenho. E não gosto de ir embora de mãos abanando. Então isso significa que é a sua vez de falar. Se vou vir aqui, devo ganhar algo em troca. Isso é justo, não é?

Foi assim que nossas reuniões começaram, naquele dia de primavera. Cada uma delas era nosso último encontro, porque não sabíamos quando sua sentença seria cumprida. Prisioneiros no corredor da morte estavam tecnicamente no limbo, já que suas sentenças não eram totalmente cumpridas até o dia em que eles fossem executados. Era por isso que não eram mandados para a mesma prisão que outros criminosos, ficavam detidos no centro com presos que ainda estavam em julgamento. Até o nome do lugar continha uma mentira administrativa: o Centro de Detenção de Seul não ficava em Seul, e sim em Uiwang. Apesar disso, ainda era chamado de Centro de Detenção de Seul.

Mantínhamos as palavras *última vez* entre parênteses a cada vez que nos encontrávamos, mas nunca esquecíamos que essas palavras estavam lá. Cada um de nossos encontros durava três horas, das dez da manhã até uma da tarde, às quintas. Eram 180 minutos que eu podia ter jogado no lixo, como diria tia Monica.

Na quinta-feira seguinte, sentamos um de frente para o outro novamente. O mundo lá fora estava repleto da luz pálida da primavera, como leite condensado se dissolvendo, mas, dentro do centro de detenção, estava sempre frio e escuro. Alguém uma vez o tinha descrito como um lugar habitado pela morte, e, por tudo que eu sabia, quanto mais brilhantes as luzes do mundo, mais profundas as sombras que cobriam a prisão.

Yunsu parecia alegre.

— Depois que fui condenado à morte pela Suprema Corte, colocaram essa etiqueta na minha camisa. Um dia, estava andando pelo corredor quando vi alguém caminhando na minha direção. Quando notei que ele tinha uma etiqueta vermelha, gelei. Pensei que ele deveria ser realmente mau pra ganhar aquela etiqueta. Fiz tudo o que pude pra evitar contato visual quando passei por ele. Estava com medo dele. Voltei pra minha cela, comi, deitei pra descansar, e só então me dei conta de uma coisa: minha etiqueta também era vermelha.

Nós dois rimos. Suas mãos algemadas seguravam o copo de café frouxamente.

— Ninguém te incomoda quando você está no corredor da morte. Uma manhã, nos serviram uma sopa. Deve ter sido por volta do ano-novo chinês. Ninguém conseguia comer. Todo mundo estava infeliz e pensando nas famílias que tinha deixado pra trás, lamentando a situação em que estava. Um cara chorava porque teve que deixar os filhos sem uma mãe para tomar conta deles, e outro chorava porque a esposa estava doente. Um estava chateado porque a namorada tinha arrumado outro cara. Mas então todos olharam pra mim e suas expressões mudaram. Era como se estivessem pensando *Esse cara vai morrer daqui a pouco*, então suas próprias preocupações pareciam bobas. Começaram a comer e, quando dei por mim, estavam devorando a sopa. Foi quando eu soube: mesmo eu sendo um preso no corredor da morte, ainda podia fazer algo bom por outras pessoas. Nunca tinha feito nada de bom por ninguém em toda a minha vida, mas, agora que estava no corredor da morte, podia fazer isso. Então, será que isso corresponde à sua ideia de uma conversa verdadeira?

Eu não sabia se deveria rir ou não.

— Da última vez que veio, a senhora falou que não gostava de sair de mãos abanando e que queria que isso fosse feito de forma justa. Eu queria que soubesse o quanto isso me deixou feliz. Eu me achava apenas um babaca. Desculpe, quero dizer um cara que não tinha nada pra dar a ninguém. Minhas mãos estão atadas, não tenho um tostão no meu nome, não sei nada e me ensinaram menos ainda. Nem mesmo a minha vida é minha. Então ouvir a senhora dizer que quer algo desse babac... Desculpe de novo. Ouvir a senhora dizer que quer algo de mim... Bom, acho que realmente é uma idiota.

Nós três demos uma gargalhada.

— Certo, agora vou te contar algo verdadeiro. Resolvi me tornar um hipócrita. Só o pensamento de me tornar uma pessoa crente me deixa enjoado, mas resolvi dar uma chance. Decidi que, se ainda estivesse vivo no Natal, seria batizado, e comecei a fazer aulas de catecismo. O padre Kim estava dando as aulas. A senhora provavelmente já ouviu falar do padre Kim. Era por ele que todos os caras no corredor da morte estavam rezando e por quem tinham deixando de almoçar. Mas ele teve uma recuperação milagrosa e voltou. Seu cabelo tinha caído, e ele estava muito magro, mas falou que se sentia melhor. Todo mundo clamava que era um milagre. Mais gente começou a frequentar as aulas dele por causa disso. Até eu comecei a considerar os milagres pela primeira vez na vida. A irmã Monica me mandou uma carta na semana passada. Ela escreveu que, quando as pedras viram pão e os peixes viram gente, isso é mágica, mas, quando uma pessoa muda, isso é um milagre. Não acredito em milagres, mas quis tentar pra ver se alguém como eu poderia ter uma vida diferente. Então acho que isso também faz de mim um idiota.

O oficial Yi e eu rimos. Ele tinha nos deixado surpresos.

— Mas vou parar de falar de religião, já que a senhora provavelmente não liga pra isso. É justo, não é? Eu também não gosto de sair de mãos abanando, então não gosto quando isso acontece com os outros.

— Ok — concordei.

Parecia que Yunsu se lembrava de tudo o que eu havia dito no último encontro.

— Depois que encontrei a senhora na semana passada, pensei bastante sobre isso, e concluí que de fato gosto da ideia de ter uma conversa verdadeira. Não sei exatamente o que é uma conversa verdadeira, mas acho que quero tentar ter uma. Por sua causa, percebi que existem conversas verdadeiras e conversas falsas. Também foi a primeira vez que me dei conta de que alguém pode ir pra a escola num lugar incrível como a França, estudar arte, se tornar uma professora, ser de uma família rica e ainda assim não ser feliz.

Ele me encarou. Seu olhar era de desculpas. Ri baixinho. Todos os meus amigos diziam a mesma coisa. *Por que você se sente infeliz?* Minha mãe também me perguntava isso, assim como meus irmãos. A única pessoa que não me fazia essa pergunta era tia Monica. Algumas vezes, eu a ouvia murmurar para si mesma *Aqueles que têm tudo são os mais pobres de todos.*

— Eu não conseguia nem imaginar uma coisa dessas. Costumava odiar gente assim. Achava que podiam matar todos esses babacas, desculpe, todas essas pessoas, e elas morreriam em paz porque já tinham aproveitado tudo que podiam aproveitar. Não consegui acreditar que uma moça que tinha tanto podia...

Yunsu fez uma pausa para observar minha reação. Depois de um momento, continuou, evitando qualquer menção à palavra *estupro*.

— ... estar sofrendo tanto a ponto de querer se matar.

Ele pareceu sincero. Olhou para mim com olhos cheios de compaixão. Nenhum homem havia demonstrado tanta simpatia por mim antes. Ele abaixou a cabeça por um instante.

— Antes de conhecer a senhora, eu não sabia que uma mulher da sua classe social poderia estar sofrendo e querendo morrer em uma esquina qualquer. Até gente rica sofre. Você pode não saber de nada mesmo sendo bem-educado. E forçar uma mulher... Estuprar alguém pode ser mais cruel que matar uma pessoa. Pela primeira vez, percebi isso como um homem. Voltei à cela naquele dia e me senti mal. Por vários dias, continuei murmurando desculpas em nome daquele homem. A senhora fez com que eu me sentisse arrependido, então pensei naquela menina que morreu, a garota de 17 anos...

Yunsu fez uma pausa. Levou as mãos à boca, as algemas brilhando em volta dos punhos, e enterrou o rosto nelas. Como as algemas forçavam suas mãos a ficarem juntas o tempo todo, parecia que ele estava rezando.

— Eu me senti tão arrependido. Sei que pedir perdão não compensa nada, mas eu *estava* arrependido. Se pudesse reparar aquilo morrendo, morreria dez vezes seguidas. Não me senti arrependido na época em que o promotor acabou comigo. Estava determinado a não ficar arrependido, mesmo que fossem me enforcar ali mesmo. Mas agora estou arrependido.

Ele fechou os olhos. Lágrimas transbordaram das pálpebras cerradas. Não havia nada de clichê naquilo. Eu não tinha intenção de lhe passar um sermão, mas ele continuava dizendo coisas boas, e eu estava ficando nervosa. Era cada vez mais difícil pensar no Jeong Yunsu que eu conhecia como o homem que estava por trás do caso Imun-dong, do qual eu ficara sabendo ao ler as notícias na internet. Eu até havia me surpreendido durante uma de nossas reuniões pensando *Será que ele realmente estuprou e matou alguém?* Toda vez que eu o olhava nos olhos dele, ria ou tomava café com ele, sentia uma dor dentro de mim. Parecia idiotice, mas eu queria perguntar a ele *Será que você poderia não ter feito aquilo?* Queria perguntar a Yunsu a mesma coisa que tia Monica costumava me perguntar: *Por que fez isso?*

— Não sei se vai acreditar em mim, mas, quando penso naquela época, não faço ideia do porquê fiz aquilo. Parece que estou me assistindo num filme. Na verdade, me senti da mesma forma quando fiz a mulher refém e quando me prenderam, como se não fosse realmente eu. Mas o problema é que era eu. Não posso voltar atrás e agora não tenho como pedir desculpas ou clamar por perdão. Agora entendo. Era realmente eu!

Ele estava tremendo muito. O oficial Yi pegou um lenço e o deu para ele. Yunsu o pegou e enxugou o suor da testa.

— E, também — continuou ele, olhando para baixo, para o lenço empapado de suor —, eu nunca tinha me expressado de forma educada antes. Quando comecei a te chamar de "senhora", percebi pela primeira vez na vida que temos um idioma realmente bonito.

Abri o pacote de sushis que trouxe para ele e lhe passei o garfo que tinha embrulhado também, no caso de os hashis serem muito difíceis de usar. Ele não comeu muito. Nós três apenas bebericamos chá verde.

— Oficial Yi — mudei de assunto. — É sua vez de contribuir para a conversa verdadeira. Yunsu e eu não estamos sendo pagos pra isso, mas você escuta conversas verdadeiras *e* ainda ganha um salário.

O oficial Yi riu e disse:

— Não sou bom com as palavras. Não tenho nada verdadeiro a dizer, mas, se tivesse, seria que, como vocês dois, sou um verdadeiro idiota.

Todos nós demos uma gargalhada. Parecia que os três idiotas estavam se tornando amigos. Naquele momento, morte, ansiedade, lembranças de assassinato, medo e tempos sofridos não importavam para nós. Apesar de ser evidente que estávamos apenas montando acampamento, aguardando a oportunidade até que nosso tempo juntos acabasse, evitamos falar sobre isso. Eu estava com medo. A estação seguiu seu rumo, de três em três horas a cada semana.

Mal parece existir, exceto para o homem que sofre com ela — em sua alma por meses e anos, em seu corpo durante a hora desesperada e violenta quando ele é cortado em dois sem que sua vida seja suprimida. Vamos chamá-la pelo nome que, pela falta de qualquer outra dignidade, vai ao menos dar a dignidade da verdade, e vamos reconhecê-la pelo que é, em essência: uma vingança.

— Albert Camus, *Reflexões sobre a guilhotina*

ANOTAÇÃO AZUL 14

E então, um dia, conheci uma garota. Ela trabalhava em um salão de beleza perto de onde eu morava. Era muito popular entre os caras da minha gangue. Não importava o quanto tentassem se aproximar, ela não se deixava conquistar. Fui até lá para cortar o cabelo e gostei tanto dela que tentei pagar mais, mas ela disse que não aceitava gorjetas de caras maus como eu. Presumi pelo seu jeito não refinado de falar que já era rodada, mas ela me surpreendeu.

Eu me apaixonei por ela. E, apesar de não demonstrar, ela parecia gostar de mim também.

Convidei-a para morar comigo, e ela fez uma sugestão surpreendente. Disse que, se eu quisesse mesmo morar com ela, então nós deveríamos nos casar. Mas eu estava disposto a jogar tudo para o alto, fugir com ela e realmente começar uma nova vida para me casar? Ela disse que odiava caras maus. Eu não conseguia me decidir e não tinha habilidade nenhuma. Como iria ganhar dinheiro? Para ser sincero, estava preocupado porque trabalhos braçais não pagavam nem uma fração do que se consegue cometendo alguns roubos. É preciso ter uma casa quando se quer casar, e eu podia passar cem anos fazendo trabalhos braçais e, mesmo assim, não ser capaz de comprar uma. Mas era como se pudesse ir a qualquer lugar do mundo se estivesse com ela. Fugimos juntos. Ela arrumou um emprego em outro salão, e eu comecei a fazer entregas para um supermercado da vizinhança. Foram tempos difíceis, mas felizes. Então ela ficou grávida. Aquela alegria também foi breve. Uma noite, ela começou a sentir uma dor na barriga, então eu a levei para o hospital. Disseram para nós que era uma gravidez tubária. Nos cobraram 3 milhões de wons para operar. E eu precisava correr, porque a vida dela estava em perigo. Ela olhou para mim e falou que estava assustada. Eu também estava assustado. Não podia deixá-la morrer como Eunsu. Eu não tinha escolha a não ser procurar meus antigos amigos enquanto ela estava no hospital. Uma vez, havia conseguido um bom dinheiro em um roubo, quando estava no auge, e tinha emprestado uma grana a um deles. Meu plano era pegar a quantia de volta com o cara. Mas ele tinha sumido e, em vez disso, um cara mais velho de quem ele era próximo me fez uma oferta. Um último trabalho, me disse ele. Eu não tinha escolha. E estava pensando a mesma coisa: era o último trabalho.

Capítulo 14

A água na fonte dançava no ritmo da música. Crianças com casquinhas de sorvete corriam em volta da fonte, e pessoas vestidas para um show andavam em pares. Eu tinha chegado ao Centro de Artes de Seul um pouco cedo. Como tinha tempo de sobra, sentei em um café ao ar livre. As estações estavam mudando rapidamente. Fazia uma semana que a escola tinha entrado em recesso. Conforme observava as pessoas passando por mim, peguei meu caderninho na bolsa e comecei a desenhá-las. Havia menininhas com vestidos de renda que se estufavam em volta da cintura delas como tutus, menininhos de shorts segurando balões coloridos e homens andando de mãos dadas com mulheres de regatas, que revelavam seus braços finos. A noite de verão estava cheirosa, tinha o forte aroma de árvores respirando na floresta, onde as flores deixavam as pétalas caírem. Parei no meio do esboço e de repente me perguntei se aquelas pessoas à minha volta estavam felizes. Meu antigo eu as teria encarado como um vagabundo em um beco escuro olhando para janelas iluminadas por lamparinas e pressuposto que deviam estar felizes. Eu costumava pensar que, se conseguisse entrar por aquelas janelas, a felicidade estaria esperando por mim como talheres arrumados à mesa. Costumava me revirar na cama toda noite, inundada na tristeza de alguém banido da selva, que andava descalço por uma estrada noturna sem fim. Mas então percebi mais uma vez que as pessoas não vivem na terra da felicidade ou na terra da infelicidade. Todo mundo é tanto feliz quanto infeliz, em alguma medida. Mas, por outro lado, talvez isso também não fosse verdade. Talvez, se todos no mundo pudessem ser divididos em dois grupos, um grupo seria formado por pessoas que eram um pouco infelizes, e o outro seria de pessoas que eram completamente infelizes. E não haveria forma de distinguir objetivamente um grupo do outro. Como Camus poderia dizer, não havia pessoas felizes, apenas pessoas que eram mais ricas ou mais pobres de espírito quando se tratava de felicidade.

Enchi de desenhos uma folha de papel em meu caderno e virei a página seguinte. De repente me dei conta de que Yunsu estava em algum lugar do outro lado da montanha atrás do centro de artes. Um professor que havia passado muitos anos na prisão como dissidente político uma vez escreveu que o inverno é uma estação humana na prisão, e o verão faz você odiar o homem ao seu lado. Imaginei os músculos jovens de Yunsu; ele algemado em um cômodo pequeno, suportando o calor dos corpos de outros homens, sempre impossibilitado de tirar as algemas, exceto quando estava trocando de roupa. Ele tinha me contado que era sensível ao calor, e isso provavelmente acontecia porque ele tinha se acostumado a dormir em lugares frios. As algemas atrapalhavam até quando ele tentava enxugar o suor do rosto. As feridas vermelho-escuras que se formavam onde as extremidades das algemas roçavam na pele inflamavam no tempo quente.

— Está um pouco melhor agora — havia me dito o oficial Yi enquanto aplicava o unguento que eu tinha levado para passar nos punhos de Yunsu. — Um colega de trabalho me contou que os punhos de um preso no corredor da morte ficaram infestados de larvas no verão.

Em vez de casquinhas de sorvete, crianças e a fonte dançante que parecia o símbolo da felicidade, foram as mãos de Yunsu que apareceram nas páginas do meu caderninho. Os punhos azulados, tão pálidos que as veias apareciam porque ele nunca via a luz do sol, a não ser por trinta minutos de exercícios a cada 24 horas. Os punhos cheios de cicatrizes e as algemas prateadas brilhantes. Os olhos que ele de vez em quando fixava em mim antes de abaixá-los rapidamente. Ele tinha escrito na carta *A senhora sabe o quanto anseio pelas quintas-feiras? Queria que todo dia fosse quinta-feira.* Yunsu parecia uma criança. Seu comportamento ingênuo me deixou impotente. Depois de conhecê-lo, eu me sentia mal por cada raio quente de sol, cada brisa refrescante e cada sala fresca no verão. Toda vez que tomava uma soda limonada cheia de gelo ou um chope, seu rosto me impedia de continuar, e a satisfação que eu tirava daquele prazer sensual caía em proporção inversa ao dinheiro que tinha pagado por aquilo. Uma mãe havia alugado um quarto em frente ao centro de detenção depois que o filho foi colocado no corredor da morte. O quarto era tão pequeno quanto a cela do filho. Ela mantinha o aquecimento desligado durante o inverno e a janela bem fechada durante o verão. Era uma budista devota: fazia três mil saudações em direção ao centro de detenção toda manhã e visitava o filho toda tarde. Será que o céu se comoveu com isso? No fim, a pena de morte do filho foi atenuada para prisão perpétua, e sua história virou uma lenda no centro de detenção. Um cara que namorei havia me falado dela, possivelmente depois de alguns drinques numa noite em que me contava histórias do seu tempo de Exército. Lembro que ele me falou para não desprezar o exército da Coreia do Sul. Ele tinha servido como oficial de inteligência enquanto estava lotado em uma unidade avançada e disse que o fator número um que desqualificava um soldado a ser designado a patrulhar a Zona Desmilitarizada, aquele barril de pólvora militar de tensões elevadas ao longo da fronteira com a Coreia do Norte, era ele não ter mãe. Talvez mãe, no fim das contas, fosse apenas outra palavra para amor.

Alguém me deu um tapinha de leve no ombro. Era meu irmão mais velho, Yusik, usando um terno azul-marinho. De gravata no auge do verão, ele era um pouco digno de pena. Esse também era apenas outro tipo de uniforme.

— Você chegou cedo — observou ele, mas, quando viu os punhos e as algemas que eu estava desenhando, seu rosto se endureceu. Fechei o caderninho. Ele se abanou levemente com o envelope que segurava e disse: — Então você ainda está se encontrando com ele.

Sua voz denotava desprezo. Entendi o que ele queria dizer com a declaração. Tomei seu braço sem responder e fomos em direção ao restaurante com ar condicionado.

Depois que fizemos o pedido, observei o envelope que ele carregava. Parecia que tinha reservado ingressos para um recital. Ele deve ter notado que eu estava olhando, porque comentou:

— Sua cunhada me pediu que os comprasse no caminho para cá.

— Acho que promotores coreanos dão bons maridos — observei, e ele riu.

— O que mais posso fazer? Os nervos dela ficam tão à flor da pele antes de um recital que às vezes sinto que julgamentos são até moleza. De toda forma, é mais fácil simplesmente fazer o que ela me pede.

Os homens da minha família, incluindo meu finado pai, eram todos bons para as mulheres. Ou, como diz minha mãe, eram fracos demais para sair do controle das esposas. De qualquer maneira, estávamos adiando o verdadeiro assunto a tratar — nossa mãe — o máximo que podíamos. A comida ainda não havia chegado, e sabíamos que não poderíamos apreciar o almoço e falar sobre nossa mãe ao mesmo tempo. De certa forma, estávamos entrando em nossa própria zona desmilitarizada.

— Aconteceu alguma coisa com a esposa do Yuchan — disse ele.

Yuchan era o mais novo dos meus irmãos. Ele era casado com Seo Yeongja, uma atriz de cinema aposentada cujo nome artístico era Lina, mas que na verdade se chamava Yeongja.

— Ela foi conversar comigo no escritório da promotoria pública. Nem se deu ao trabalho de ligar antes.

Mergulhei um canapé de salmão no molho. De todas as pessoas de nossa família, era mais fácil falar de Yeongja do que da minha cunhada mais velha, a pianista, ou a outra, a médica.

— Um assaltante invadiu a casa deles na semana passada e foi preso pela polícia. Mas ela me pediu que o libertasse.

— Alguém invadiu a casa da Srta. Seo Yeongja? Por que a Srta. Seo Yeongja quer libertá-lo? Será que ele é um antigo namorado da Srta. Seo Yeongja ou algo do tipo?

Ele estalou a língua, reprovando meus comentários. Decidi ser um pouco mais séria.

— O problema é que o garoto foi pego em flagrante roubando as joias dela. Mas a Srta. Seo Yeongja... Ah, olha o que você me fez fazer, agora vou chamá-la pelo nome completo...

Meu irmão olhou para mim de forma séria e riu. Por um momento, parecia que havíamos voltado no tempo. Como aquele dia, há muitos anos, antes de eu completar 15 anos, quando ele tinha acabado de começar a trabalhar e celebrou o primeiro contracheque me levando, só eu, para tomar sorvete. Aquele tempo distante agora parecia um conto de fadas.

— Mas ela não prestou queixa. Não só não prestou queixa como o alimentou, deu banho nele e até comprou um par de sapatos para o garoto antes de mandá-lo embora. Yuchan não tinha ideia do que a esposa estava aprontando e, alguns dias após o incidente, chegou em casa e encontrou o garoto estrangulando a Sra. Seo... Quero dizer, nossa cunhada. Enfim, ele o encontrou estrangulando-a no sofá da sala. Estrangulando sua esposa grávida! Então Yuchan pegou o moleque e começou a bater nele. No fim das contas, o moleque acabou confessando que tem 15 anos, mas não parece mais velho que alguém da terceira série. Foi então que Yuchan descobriu que ela o tinha flagrado roubando. Óbvio que ele não ia deixar isso passar batido. Então arrastou o garoto para a delegacia. E agora ela quer que eu o liberte.

Eu não conseguia entender o que ele estava me contando. Yusik riu e bebeu o copo de xerez que tinha vindo como aperitivo.

— Fiquei sabendo que ela é bem conhecida pela vizinhança. Se um mendigo passa pela casa deles, ela o chama para dentro, faz com que tome banho e lhe dá uma refeição. Se vê trabalhadores da construção comendo no chão, ela os convida para entrar e põe a mesa para eles. O número de vagabundos que esteve naquela casa pode não dar um batalhão, mas estamos falando de uma boa quantidade. Uma vez, Yuchan até pediu o divórcio e saiu de casa por um tempo por causa dela.

Meu irmão fez uma pausa para acender um cigarro.

— Quando ela foi ao meu escritório, estava sem maquiagem e usava roupas simples... Quase não a reconheci. Ela se dirigiu a mim formalmente, como "cunhado mais velho". É difícil acreditar que ela seja a mesma Seo Lina que costumava ser tão atraente. Será que é apenas consequência da idade?

O instante foi breve, mas meu irmão parecia incomodado com o fato de que a beleza dela tivesse desaparecido. Eu me lembro do dia em que Yuchan, que era professor de economia, nos contou: "Vou me casar, e o nome dela é Seo Lina." Nossa mãe falou "Você está maluco?", mas nossos outros irmãos ficaram vidrados, com os rostos cheios de admiração e inveja. Tudo o que tinham a dizer sobre aquilo era: "Quando vai trazê-la aqui em casa?"

— Ela me disse que algo parecido aconteceu logo depois que eles se casaram. Foram roubados por uma pessoa que levou todas as joias de casamento, e mais tarde o ladrão foi capturado pela polícia. Mas, quando foram à delegacia identificar as joias roubadas, ela chorou e implorou por clemência. Disse que conhecia o garoto e que se responsabilizaria por aquilo, e pediu à polícia que o libertasse. Os policiais provavelmente a reconheceram de seus tempos de atriz e aceitaram fazer aquilo, por ter sido um pedido dela e porque o garoto era muito novo. Ela me contou que, recentemente, entrou em um táxi e o motorista perguntou se ela o reconhecia. Ela perguntou quem ele era, mas o homem não respondeu. Nossa cunhada chegou ao destino, foi resolver o que tinha para resolver, e, quando voltou, o motorista de táxi estava esperando. Ele ficou de joelhos e contou que era aquele garoto que tinha sido libertado na delegacia. Ele cancelou o resto das corridas do dia e a convidou para ir à sua casa. Ela foi com ele e conheceu sua esposa e seu bebê de

1 ano. A mulher do sujeito contou que não havia um dia em que o marido não falasse o quanto era grato a Yeongja e que nunca iria esquecer a bondade da mulher que tinha chorado e suplicado à polícia para libertá-lo. Ele disse que aquilo o tornara um ser humano. Depois daquilo, sempre que a vida ficava difícil, ele encontrava forças para superar as dificuldades pensando nas lágrimas dela. Foi o que ela me contou.

A comida que tínhamos pedido chegou, mas ambos ficamos quietos por um instante.

— Nossa cunhada é uma mulher diferente. Sempre pensei nela como uma atriz glamorosa que se tornou uma esposa tradicional que, de alguma forma, se saía melhor do que as outras esposas, inclusive lidando com os serviços de memoriais dos ancestrais e com o gênio da nossa mãe... Mas, dessa vez, não sabia o que pensar. Ela ficava falando "Ele é tão jovem. Você não pode fazer alguma coisa para ajudá-lo? Liberte-o apenas dessa vez. Por que prendê-lo e produzir outro ex-condenado?". Então conversei com as outras pessoas envolvidas e liguei para o Yuchan. Falei para ele "Essa sua mulher é uma verdadeira santa". Ele suspirou e declarou "Irmão, dizem que é preciso destruir dez vidas para gerar um santo. Eu sou uma dessas dez. Vou acabar na rua".

Nós rimos, e eu percebi que, na verdade, sempre tinha visto minha cunhada como uma idiota que nem sequer havia conseguido terminar a faculdade, achava que ela era uma pessoa fraca que só sabia dizer sim. Então percebi que a via através dos olhos de minha mãe. Eu julgava as pessoas da mesma forma que minha mãe, de um jeito esnobe, que eu não suportava — ao mesmo tempo em que desprezava os membros da minha família por serem esnobes. Minha cunhada claramente tinha problemas e era provável que estivesse se colocando em perigo, e viver com ela, sem dúvida, como Yuchan havia dito, causaria um ataque cardíaco ao meu irmão. Mas eu precisava reconhecer o quão errada estava a respeito dela, e me arrependi por julgá-la mal.

— Essa família não é boa pra um promotor — afirmei. — Se todos continuarem assim, vão ter que fechar o escritório da promotoria pública.

Ele riu e então olhou para mim.

— Você acha que os promotores apenas jogam as pessoas na cadeia? Nós levamos tudo em consideração. Recentemente, uma mulher com um bebê foi pega roubando. Era tão digna de pena que perguntei a ela "Você não vai fazer isso de novo, vai?". E retirei a acusação.

— Não acredito! — declarei.

Yusik riu. Enrolei o macarrão no garfo, mas mal conseguia comer.

— A mamãe passou por momentos difíceis. — Ele parou de repente de cortar o bife e olhou para mim. — O médico examinou-a novamente, mas disse que o câncer não voltou. Mamãe falou que quer continuar no hospital mesmo assim. Eles a colocaram em um quarto VIP. Ela insiste que está doente, então o que eles podem fazer? Ela diz que se sente melhor no hospital. Você devia ir visitá-la. Eu dou uma passada lá todo dia na volta do trabalho. Independentemente de o câncer voltar ou não, mamãe com certeza não vai durar muito.

Yusik estava tentando me convencer a ir ao hospital. Isso me pegou desprevenida. Eu pensei que ele queria se encontrar comigo para me dar uma bronca por eu ainda não ter ido visitá-la. Ele colocou a faca e o garfo ao lado do prato, bebeu um gole do vinho que tinha pedido e respirou fundo. Parecia que estávamos prestes a ter uma "conversa verdadeira", como

Yunsu e eu costumávamos dizer. De repente, me peguei pensando *Yusik é promotor já faz tempo*. O olhar no rosto do meu irmão naquele momento... Não sou uma criminosa e nunca tive de encarar um promotor, mas eu tinha a impressão de que sabia qual seria a sensação.

— Aquilo que você me falou naquele dia em que estava bêbada em Itaewon.

Meu coração ficou apertado. Levantei a taça de vinho e bebi o mais lentamente que podia.

— Yujeong, é verdade?

Baixei os olhos. Não tinha mais vontade de continuar falando. Eu entendia por que as famílias de vítimas de assassinato se recusavam a falar com tia Monica, e por que ela dizia que conversar com essas famílias era mais difícil que reabilitar presos no corredor da morte — a coisa mais difícil de todas, na verdade, porque os familiares não queriam ser consolados pelo que tinha acontecido. Não consegui entender na primeira vez que ela me contou, mas, agora que estava no lugar deles, sim.

— Desculpe. Não consegui dormir depois que você me contou aquilo. Eu realmente não fazia ideia. Não fazia a menor ideia. A mamãe me falou que alguém tinha te provocado e que você era sensível a qualquer coisa relacionada a sexo porque estava na puberdade. Mas ainda não consigo acreditar. Nosso primo finge ser tão respeitável.

— Não quero falar sobre isso — declarei.

Quando peguei o cigarro, minha mão estava tremendo. Acidentalmente coloquei o cigarro ao contrário na boca e deixei-o cair quando o acendi.

— A mamãe estava certa — acrescentei, sem me dar ao trabalho de pegar o cigarro de volta. — Não quero mais falar sobre isso.

— Então é verdade.

Meu irmão era promotor. Provavelmente tinha lidado com milhares de mentirosos. Seus olhos lentamente se tornavam raivosos.

— Perguntei a um amigo advogado. Se você quisesse... uma ação civil...

Ele parou de falar e tragou o cigarro. Aquilo não seria fácil. Processar meu primo por danos devido a um estupro que ele havia cometido fazia 15 anos? Meu primo, o membro do conselho de uma importante corporação conhecida no mundo todo? Meu primo, famoso por ser um homem de caráter? Meu primo, o cristão devoto? Seria um escândalo. As pessoas se perguntariam qual de nós dois estava mentindo.

A única evidência era meu testemunho. E, como havia registro de eu ter tentado me matar e quase ter virado alcoólatra, e por isso ter recebido tratamento psiquiátrico, havia uma grande possibilidade de eu ser acusada de calúnia. Meu irmão já devia ter previsto isso também.

— Pensei muito a respeito. Se você quiser, entro com uma ação. Nem ligo se for demitido por isso, não que isso fosse acontecer. Não me importo nem se a mamãe ficar possessa ou se eu tiver que me demitir e abrir meu próprio escritório de advocacia. Eu faço. Yujeong, se isso for verdade, tenho que tomar uma atitude. O que ele fez foi imperdoável.

Yusik foi dominado pela emoção e parou de falar. Eu me senti mal. Foi comigo que aquilo aconteceu — ou, como minha mãe colocou, eu era uma garota crescida que tinha balançado o rabo e recebi o que merecia —, mas era meu irmão que estava sofrendo agora, 15 anos depois. Ele não podia trocar de emprego mil vezes, voando como um morcego para um novo abrigo a cada noite, só para proteger a irmãzinha, e me senti tanto penalizada quanto agradecida por ele querer fazer aquilo, apesar de saber quais seriam as consequências.

— Sempre tentei fazer as escolhas certas no meu trabalho. Nada é como você ou nossa cunhada imaginam. Processar pessoas não significa transformar ladrões coitadinhos em ex--condenados. Já falei muito sobre justiça na frente de outras pessoas e, como resultado, muitas vezes tive que condenar alguém e mandá-lo para a cadeia mesmo que me doesse tomar essa atitude. Mas eu não fico envergonhado porque alguém tem que ser o malvado da história. Porque isso tem que acontecer para que as pessoas de bem recebam proteção legal. Porque existe justiça. Se você faz algo errado, não importa quanto dinheiro ou quanta influência tenha, tem que sofrer as consequências. É por isso que continuo nesse trabalho, para provar isso.

Era como se eu pudesse ouvir meu coração batendo, como se Yusik estivesse abrindo uma ferida antiga e examinando lá dentro.

— Não tem problema. Apenas ouvir você falar isso já significa muito pra mim. Não precisa fazer nada.

Era verdade. Eu não estava satisfeita, mas aquilo me deu um pouco de consolo. Eu passei por um sofrimento insuportável, e isso fez com que eu me tornasse uma mentirosa. Isso porque as pessoas que eu achava que estavam lá para me proteger, me amar e enfrentar qualquer um por mim tinham, em vez disso, rido da minha cara e me ridicularizado. O incidente em si foi horrível, mas a reação delas me deixou com uma cicatriz da qual não consegui me livrar. O que mais doía era que eu amava aquelas pessoas e confiava nelas. Mas, agora, meu irmão mais velho estava me contando que não sabia de nada. Talvez isso *fosse* verdade, porque havia coisas que eu também não tinha ficado sabendo.

Por exemplo, eu costumava zombar da minha cunhada mais nova. Quando minha mãe ria dela dizendo "Não interessa que ela seja casada com um professor que mal ganha para se sustentar... como alguém pode sair de casa vestida desse jeito?", eu costumava concordar com ela. Nunca me ocorreu que meus irmãos podiam estar passando por dificuldades. E provavelmente eu teria agido assim para sempre. Também levei um choque na minha primeira visita ao centro de detenção. Eu não fazia ideia de que alguns presos eram tão pobres que não tinham sequer mil wons quando foram encarcerados. Ou que um criminoso cruel como Yunsu, que tinha estuprado e matado, pudesse ter um sorriso iluminado ou um choro amargo. Mas eu não podia fazer nada a respeito daquilo que não sabia. Quando Jesus falou "Eles não sabem o que fazem", não só estava se referindo a nós, como nem sequer estávamos cientes de que éramos as pessoas às quais ele se referia.

Meu irmão parecia angustiado. Dei batidinhas em sua mão para acalmá-lo e me forcei a sorrir.

— Não precisa responder agora — sugeriu ele. Parecia genuinamente aflito. — Pense um pouco mais.

— Yusik, como novos julgamentos funcionam? — Mudei de assunto. Ele pareceu surpreso. — As pessoas que foram condenadas à morte podem viver se conseguirem um novo julgamento?

A angústia e a compaixão desapareceram de seu rosto em um instante e foram substituídas por um tipo de cansaço. Era o mesmo olhar que minha mãe me lançava sempre que dizia que eu era igual à minha tia.

— Novos julgamentos só acontecem quando o verdadeiro criminoso é encontrado ou se surgir alguma prova conclusiva que poderia fazer o caso sofrer uma reviravolta. Por quê?

Hesitei antes de responder.

— Yusik, esse rapaz no corredor da morte com quem tenho conversado, Jeong Yunsu, aquele do caso Imun-dong... ele não me disse nada, mas eu soube por outras pessoas que ele levou a culpa pelo crime do cúmplice. Não foi ele quem me contou. O próprio cúmplice falou. O sujeito tem se gabado disso por aí, então deve ser verdade. Agora ele está em Daejeon ou em Wonju. Só pegou 15 anos, e dizem que pode ser solto mais cedo se tiver sorte.

Meu irmão riu com desdém, como se dissesse *Isso é tudo?*

— Por que está rindo? — indaguei. — Se existe uma maneira, vou tentar fazer com que ele fale a verdade.

Yusik me encarou. Seu olhar era o de irmão mais velho recriminando a irmãzinha infantil e patética.

— A verdade? Yujeong, esse caso está encerrado. E os tribunais desse país não são tão inocentes. Eles não ligam para as mentiras que essas pessoas contam.

Ele pegou o maço de cigarros e deu uma batidinha nele, para tirar mais um cigarro, fingindo indiferença, como se indicasse que o papo tinha acabado.

— Esse homem que tenho visitado não mente. Descobri sobre o cúmplice por meio de um guarda da prisão. Nós nos tornamos próximos. Ele falou que, quando foi pego, só queria morrer. Quando conheceu tia Monica, disse a mesma coisa a ela. Pediu a ela que o deixasse morrer. Isso mostra que ele assumiu a culpa porque queria que isso acontecesse. Confio nele. E você sabe que nunca confio em ninguém. Sei que ele falou a verdade porque eu também quis morrer. Eu teria feito o mesmo. Ele não é mentiroso. Ele pode ser mau, mas não é mentiroso!

— Já chega.

Ele me interrompeu, firme, furioso, como se não conseguisse conter o desgosto. Era como se eu tivesse caído estatelada de costas, como se estivéssemos brincando e ele, de repente, tivesse ficado sério e me empurrado com força. Cinco minutos antes, ele disse que estava disposto a pedir demissão e suportar a censura pública por mim. Mas aquele homem havia desaparecido, e Mun Yusik, promotor público da República da Coreia, tinha tomado seu lugar. A palavra *persona* não tinha origem no termo teatral grego para uma máscara ou um papel? Nesse caso, qual daquelas era a máscara do meu irmão?

— O que há de tão maravilhoso nos tribunais? Eles não são Deus. Como podem saber tudo?

Meu irmão me lançou um olhar duro. Seu rosto mostrava que ele podia perdoar muitas coisas, mas não esta.

— Em que época você pensa que vive? — Ele ergueu a voz. — Você acha que executamos qualquer criminoso que peça isso? Acha que os juízes escutam confissões e dizem "Certo, está bem então", e dão os veredictos?

— Mas nunca se sabe o que realmente aconteceu. Só quem sabe a verdade sobre o caso são os envolvidos e Deus. Dizem que até nos Estados Unidos há pelo menos dez casos errados todo ano, e que os verdadeiros criminosos só são descobertos depois que a pessoa condenada já foi assassinada. Como você pode ter tanta certeza? Pessoas inocentes morrem injustamente. Você não pode negar isso.

— Não é assassinato, é execução!

Meu irmão parecia realmente furioso.

— É assassinato.

— Execução!

— Mas isso é assassinato!

Ele suspirou. Eu continuei.

— Execução significa matar uma pessoa. Aquele cara que explodiu a ponte Hangang durante a Guerra da Coreia, Choi alguma coisa, foi executado erroneamente por seguir ordens. E teve o caso de O Hwiung, que foi torturado até confessar um assassinato, e o incidente do Partido Revolucionário do Povo, quando aqueles homens foram falsamente acusados de organizar uma revolta comunista, torturados e executados. E ainda aquelas pessoas que foram parar na Suprema Corte e estavam prestes a serem condenadas à morte quando o verdadeiro criminoso foi encontrado e só aí elas foram soltas. Os culpados foram todos pegos por acaso. Os promotores e os tribunais não estão interessados em encontrar a verdade!

Meu irmão suspirou mais uma vez. Dava para ver que ele queria levantar e ir embora. Tentei argumentar com ele.

— Você se lembra daquele policial que foi preso por matar a namorada? Ficou sabendo desse caso, não ficou? Eles passaram a noite em um motel, e o guarda saiu pra trabalhar no dia seguinte às sete da manhã. Depois que ele saiu, ela foi encontrada morta no quarto. Ele sabia que seria acusado do assassinato, então alterou o cartão de ponto para parecer que tinha ido mais cedo pro trabalho. Ele manipulou uma prova em um caso de assassinato e teria certamente sido condenado à pena de morte. Mas então disse que a matou. Por que você acha que ele falou aquilo? Porque sabia como a polícia trabalhava. Sabia que não tinha como escapar, então confessou pra conseguir uma pena mais branda. Mas, então, um bandido qualquer foi preso por um roubo idiota, e encontraram com ele a chave do quarto de motel onde a namorada do policial foi encontrada morta. Foi assim que descobriram o verdadeiro assassino e o policial foi solto. E sabe o que mais? Teve um cara que foi preso por assassinato em Gyeongju. Ele insistiu que não era culpado e que não havia matado ninguém, mas a polícia deu um jeito de providenciar provas incontestáveis, e ele foi preso. Esse caso, inclusive, foi inserido no livro-texto do Instituto de Pesquisa e Treinamento Judicial como um exemplo de investigação extraordinária, mas, logo depois, o verdadeiro assassino foi encontrado e descobriram que o homem era inocente. E isso também foi por acaso!

Meu irmão parecia assustado.

— Quando foi que você pesquisou isso tudo? — perguntou.

Balancei a cabeça. Queria gritar *Por que você me subestima?* Só então me dei conta de que tia Monica costumava me fazer essa mesma pergunta. Acho que realmente sou parecida com ela. De repente, desejei não ser esse novo eu, e sim a antiga Yujeong, que costumava destruir discos de vinil. Qual das duas era minha persona *verdadeira*? Hoje, quando olho para trás, vejo que nada fazia o menor sentido. Apenas cinco minutos antes, tinha dito que não podia perdoar meu primo, mas agora estava agindo como se fosse a mãe de Yunsu.

— Yusik.

— Mesmo se eu fosse o presidente, não poderia fazer nada a respeito. E, sendo bem objetivo, aquele idiota disse mesmo que não cometeu o crime? Essas pessoas não têm vergonha de mentir. Escute, Yujeong. Sei o que está sentindo, mas você tem que, no mínimo, admitir que sei mais sobre essas pessoas do que você.

— Mas nem todos os condenados são mentirosos. Nós também queremos morrer de vez em quando e ficamos meio instáveis. Esses prisioneiros podem até mentir algumas vezes, mas eu e você também mentimos. Se alguém dissesse que todos os promotores coreanos são pessoas ruins, isso também seria uma mentira. Há promotores piores que assassinos, e há condenados que são uns anjos. Não dá pra generalizar. Nossas vidas são tão diferentes quanto nossos rostos.

Yusik olhou para o relógio. Ele parecia cansado. Eu sabia que ele queria sair dali o mais rápido possível e que não conseguia entender por que sua irmãzinha estava defendendo a escória do mundo.

— Você não pode salvá-lo?

Meu irmão riu novamente e esfregou os olhos. O cansaço em seu rosto dizia que ele estava se perguntando como a conversa tinha tomado aquele rumo quando ele só queria me consolar.

— Só estou pedindo pra poupar a vida dele, não pra soltá-lo.

Meu irmão cruzou os braços e balançou a cabeça lentamente. Parecia achar a ideia absurda.

— No fim das contas, ele vai morrer — gritei —, mesmo que seja poupado da sentença de morte! Todos estaremos mortos daqui a cinquenta anos, no máximo. Você não gosta tanto assim da vida? Por que não quer poupar essa?

Enquanto falava, pensei *Eu realmente fiquei tão triste por isso?* Parei de falar — ou melhor, parei de gritar. Tinha de admitir o fato de que estava sofrendo com a situação de Yunsu. Estava quase chorando, na verdade. O rosto do meu irmão endureceu e empalideceu. Voltei a olhar para ele e falei lentamente.

— Yusik, eu quis matá-lo!

Ele me encarou. Parecia chocado.

— Isso mesmo, eu quis matá-lo. Pensei nisso mais de uma vez. Queria pegar uma faca e ir à casa do nosso primo e matá-lo na frente da esposa e da filha. A filha dele deve estar com uns 15 anos agora, não é? Eu queria matar aquele idiota na frente dela. Com uma faca. Matá-lo a facadas da forma mais dolorosa possível. Porque não importa o que fiz pra tentar me convencer daquilo, aquele idiota, aquele imbecil, não era uma pessoa. E, quando vi a foto da família daquele babaca em uma revista com uma história sobre ele ir à igreja rezar, quando vi aquela matéria, quis ir correndo à casa dele e esfaqueá-lo.

— Yujeong!

Meu irmão parecia apavorado. Abaixei a voz.

— Sim, eu sei. Matar não é certo. Foi por isso que não fiz nada. Eu não tive coragem nem oportunidade. Mas o que teria acontecido se eu tivesse tido? Se eu pensasse que ele merecia morrer porque era escória e o tivesse enforcado, isso teria sido assassinato? E, se depois eu fosse presa e enforcada por assassinato, isso teria sido justiça? Em ambos os casos, um ser humano está decidindo que outro ser humano merece morrer. É um ser humano sendo morto por outro ser humano. Mas, de acordo com você, um caso é assassinato, e o outro é execução. Uma pessoa é rotulada como assassina e morre por seu crime, enquanto a outra ganha uma promoção. Isso é justiça?

Meu irmão me encarou em silêncio. Seu rosto estava duro. Ele riu e disse:

— Estou vendo que visitar a prisão transformou nossa pequena Yujeong em uma boa menina.

Então pegou a conta e saiu.

> Ficamos em porões antibombas mofados e em prisões apertadas e gememos sob os explosivos e destrutivos golpes do destino. Deveríamos finalmente parar de dar a tudo um falso glamour e um valor irreal e começar a ver as coisas pelo que elas são — uma vida não cumprida.
>
> — Alfred Delp, que morreu em uma prisão nazista.

Anotação Azul 15

Existe realmente algo como o destino? Talvez sim. Naquele dia, o amigo de um amigo meu e eu decidimos que iríamos roubar uma joalheria em Uijeongbu. Pegamos o metrô para ir até lá dar uma olhada. Tínhamos que trocar de linha em Dongdaemun, mas estávamos tão distraídos conversando que descemos por engano no Estádio Dongdaemun. E foi lá que cruzei com aquela mulher. Se eu tivesse lembrado exatamente onde tínhamos que fazer a transferência, o que teria acontecido comigo? Eu teria sido salvo?

 A mulher tinha por volta de 40 anos e administrava um pequeno bar que eu costumava frequentar quando andava com uma turma da pesada. Ela me tratava bem, como um irmão mais novo, e algumas vezes até me dava dinheiro. Não era uma mulher das mais comportadas (apesar de que, o que é ser "comportada", afinal?). Costumava flertar comigo o tempo todo. Eu nunca teria feito nada, já que ela era praticamente uma irmã mais velha para mim, mas, por alguma razão, eu não gostava dela. Não sei por quê. Será que eu só tinha um mau pressentimento em relação a ela? Ela disse que tinha coincidido de ser seu dia de folga e nos convidou para uns drinques em sua casa. Eu não queria ir porque não suportava o jeito como ela flertava abertamente comigo, mas o outro cara me lançou um olhar que dizia que deveríamos aceitar o convite. A verdade era que ele sabia que a mulher tinha muito dinheiro. Mas eu interpretei o olhar dele como se ele só quisesse tomar um drinque. Então, contra a minha vontade, fui ao apartamento em Imun-dong.

Assim que chegamos, a mulher colocou uma saia meio transparente e trouxe uma garrafa de destilado. Ela perguntou se poderíamos conversar em particular. Pedi ao outro cara para esperar na sala, e eu e ela fomos para a suíte principal. A mulher que eu amava estava entre a vida e a morte, grávida, com meu filho condenado na barriga, então não havia tempo para conversa fiada. Implorei a ela que me emprestasse 3 milhões de wons e prometi fazer o que fosse preciso para pagar de volta. Ela ouviu toda a história e então me fez uma oferta: ela salvaria a mulher que eu amava, mas, em troca, queria que eu me mudasse para a sua casa depois que minha amada fosse operada. Olhei para a mulher que havia nos arrastado até ali para me fazer aquela proposta, a mulher que me fazia perder tempo em um momento de desespero, e fiquei furioso. Perdi as estribeiras e falei que não iria fazer aquilo de jeito nenhum. Levantei-me para ir embora. Foi então que ouvimos um grito vindo da sala.

Capítulo 15

O verão estava se despedindo com vento e chuva. Eu ansiava pelas quintas-feiras da mesma forma que a raposa ansiava pela chegada do pequeno príncipe toda tarde às quatro. Evitava marcar qualquer encontro ou consulta às quintas e passava as noites de quarta pensando sobre o que Yunsu e eu conversaríamos. Quando pensava nele esperando por mim a semana inteira, em um lugar aonde ninguém nunca foi visitá-lo, não ousava sequer ficar doente às quintas. Yunsu estava lendo livros inteiros com uma rapidez espantosa. Às vezes até mencionava poetas dos quais eu nunca tinha ouvido falar. Quando o via assim, eu me sentia feliz e amedrontada ao mesmo tempo. Meu coração ficava apertado sempre que eu lia uma matéria sobre outro criminoso, e, quando as pessoas diziam *Todos deveriam ser mortos*, imaginava o rosto de Yunsu. Diversas vezes, enquanto falava com tia Monica ao telefone, começava a dizer que queria deixar de ir à prisão, mas então me ocorria que a quinta-feira seguinte poderia ser nossa última, e eu nunca falava. Não poderia deixá-lo. Imaginei que talvez fosse assim que tia Monica havia acabado visitando o mesmo lugar por trinta anos.

Uma quinta-feira, eu voltava pelo longo corredor do centro de detenção após meu encontro com Yunsu. Havia algumas rosas florescendo no gramado em frente ao centro, mas não era nenhum campo de trigo onde a raposa esperava pelo pequeno príncipe. O oficial Yi me acompanhava, carregando a bolsa térmica que eu havia trazido. Do outro lado da rua do centro de detenção, no chão, havia várias folhas murchas caídas.

Durante nossa reunião, Yunsu tinha me contado que, apesar de tudo ainda estar verde, ele sabia, pelo sussurro do vento, que o outono estava a caminho. Tudo pode parecer igual, afirmou ele, mas os sons mudam. As árvores podem estar todas com o mesmo verde, mas soam diferentes no verão e no outono. Havia mais do que os olhos eram capazes de ver, comentou.

Yunsu parecia especialmente calmo naquele dia. Falou mais devagar também. Ele me lembrava um lago no outono. Apesar de ser sempre o mesmo lago, no outono a cor da água parecia se acomodar em um ponto mais profundo. Da mesma forma, algo em Yunsu parecia ter se acomodado.

— Sabia que também tenho ansiado pelas quintas-feiras? — comentou o oficial Yi.

— É mesmo?

Coloquei o cabelo atrás das orelhas e sorri. Senti-me um pouco tímida. Na faculdade, os outros professores comentavam comigo que eu havia mudado. *Você parece feliz*, falavam. *Algo bom deve ter acontecido. Você costumava parecer estressada.* Apesar de eu desejar que não mencionassem minha aparência estressada, gostei do fato de dizerem que eu parecia feliz. Hoje consigo perceber que Yunsu e eu estávamos refletidos um no outro. Quando ele estava tranquilo, eu também me sentia tranquila, e, quando ele estava ansioso, eu compartilhava de sua ansiedade. O outono chegaria, e com ele o fim do ano, e não teríamos escolha a não ser voltar a pensar na morte. Considerando o quão intensa era a ansiedade para as pessoas no corredor da morte —, assim como para seus amigos e familiares —, devia ser como sofrer uma execução a cada dia. Para elas, era como receber uma carta ameaçadora de um monstro gigante, na qual se lia "Pode esperar. Estou indo te matar". Não havia um dia em que não estivessem nas garras do monstro.

— Quando comecei a trabalhar aqui, eu só pensava na prova do serviço civil. Mas agora sou grato. Trabalhar aqui me fez pensar sobre o significado de ser humano, assim como no significado da morte.

O oficial Yi nunca havia me dito tanto. Aquela também parecia uma conversa verdadeira. Ele trabalhava ali fazia dez anos. Provavelmente acompanhou dezenas de condenados no corredor da morte como Yunsu e os viu partir.

— Agora que é outono, estou ficando nervoso. Ando com dificuldades para dormir. Não houve nenhuma execução no ano passado, o que significa que provavelmente haverá uma nesse ano. É ainda pior para os presos. Eles tendem a ficar agitados por volta dessa época e até o fim do ano, então temos mais incidentes. Quando escuto alguém gritando no meio da noite e vou verificar o que aconteceu, descubro que eles só estão tendo pesadelos. Acho que são executados nos sonhos também.

— Como Yunsu tem passado?

O oficial Yi deu uma risada.

— Pelo que escuto, ele é praticamente um monge. Lê a noite toda e reza. Sobre o dinheiro que você vem colocando na conta dele aqui na prisão, ele tira tudo e dá a quem estiver precisando mais de ajuda. Quando a irmã Monica veio para a missa na última vez, contou que existem monges e freiras na Igreja católica que passam as vidas atrás de barras de aço, e que alguns monges vivem até em cavernas. Então ela olhou para Yunsu e o elogiou, dizendo que ele era como um monge. Desde que comecei a trabalhar aqui, tivemos como prisioneiros um ex-presidente, assim como um dos candidatos atuais à presidência, um deputado federal, um ministro do governo, o líder de um *chaebol*... Não entendo muito de política, mas esse lugar é como uma casa de vidro onde se pode ver a vida de todos sem disfarce. Isso me faz pensar em um monte de coisas.

Não perguntei ao oficial Yi que tipo de coisas ele tinha pensado. Acho que não precisava. Passamos por uma porta e depois por outra. Quando estávamos prestes a nos separar na entrada, fiz uma pausa para lhe fazer uma pergunta.

— Vocês são avisados com antecedência sobre as execuções?

O oficial Yi hesitou antes de responder.

— Ficamos sabendo na noite anterior. Quando isso acontece, todos os guardas precisam de uma bebida forte para aguentar. Eles podem ser criminosos, mas nós nos apegamos aos presos depois de um tempo. Quando você os vê no jornal, são animais. Mas, quando passa a conhecê-los, são pessoas. E quando você conhece uma pessoa, percebe que são todas iguais, no fundo. Depois que uma execução acontece, ficamos um mês bebendo para superar. Há um ditado que diz que pessoas que testemunham um assassinato se tornam a favor da pena de morte, enquanto aqueles que testemunham uma execução se tornam contra a pena de morte. É outro jeito de dizer que ambas as opções estão erradas. Um instante atrás, falei que me sentia grato por ser um guarda prisional, mas sempre penso em pedir demissão depois de uma execução. Um número surpreendente de pessoas que trabalham como guardas acabam se tornando missionários e monges. Provavelmente pela mesma razão.

— Quando nos conhecemos, você não disse que Yunsu era o pior deles?

O oficial Yi riu.

— Mesmo que ele seja o pior — observou Yi —, ainda é um ser humano. Ninguém é mau todos os dias. Eu tenho meus maus momentos. Ei, acho que também estamos tendo uma conversa verdadeira.

Nós nos separamos na entrada. No caminho para o carro, eu me virei para trás. O oficial Yi ainda estava parado lá. Acenei para ele. Ele acenou para mim. De repente, me perguntei o que iria acontecer a nós dois depois que Yunsu morresse. Seríamos capazes de nos encarar sem a presença dele? Então percebi que tinha me iludido pensando que a morte só chegava àqueles que estavam no corredor da morte. A verdade é que eu também iria morrer e, apesar de não sabermos quando, o oficial Yi também iria. E, embora o câncer não tivesse realmente voltado, minha mãe estava no hospital, tentando deter uma morte que se recusava a vir.

Pessoas de terno e com pastas nas mãos se dirigiam apressadas a um prédio onde muitos sedãs pretos de luxo estavam estacionados. Pareciam advogados. Elas também iriam morrer. Mesmo que não houvesse pressa para isso, ninguém aqui estaria vivo em cem anos. E, mesmo assim, todos estavam com pressa. *Matem logo eles*, diziam. Mas meu irmão mais velho, Yusik, ficaria com raiva se ouvisse isso. Ele diria *É uma execução*.

Meu celular tocou. Era tia Monica. Fazia tempo que não nos víamos e, com o outono passando em uma brisa seca, senti vontade de vê-la. Tia Monica me ligou para me contar que alguém em Seongnam havia falecido e ficou implícito que eu deveria ir ao seu encontro lá. Outra morte. É claro, de acordo com Buda, que a coisa mais surpreendente neste mundo é que esquecemos que podemos morrer a qualquer momento. Dirigi por Bundang para chegar a Seongnam. Em uma encosta íngreme de montanha ao lado da estrada, vi um cemitério. Algumas vezes, eu pegava aquela estrada quando voltava do centro de detenção, mas nunca tinha notado o cemitério antes. Hoje, Yunsu disse *Li no jornal que um avião coreano caiu em Guam. Não conseguia parar de pensar no fato de que duzentas pessoas tinham morrido e não consegui dormir. Não entendo por que Deus não levou um pecador como eu em vez daquelas pessoas inocentes. Isso me deixa triste. Aquelas pessoas deviam ter alguém que as amava. É tão triste.*

Um cemitério e uma queda de avião — aquele outono parecia começar de forma agourenta.

Vários toldos brancos tinham sido colocados em um espaço livre em um beco atrás do mercado, onde as casas estavam amontoadas. Estacionei o carro na entrada do mercado e fui procurar tia Monica. Uma mulher me mostrou o caminho. Minha tia estava sentada com algumas pessoas debaixo de uma das tendas. Quando me aproximei dela, ela me abraçou.

Havia uma longa fila que levava ao aposento onde os enlutados prestavam suas homenagens ao morto. Eu me perguntei quem poderia ter morrido naquela vizinhança decadente para que tantas pessoas estivessem reunidas ali. A maioria das pessoas na fila estava chorando. Elas pareciam realmente tristes.

Tia Monica segurou minha mão e olhou em meus olhos. Na luz do sol clara do outono, o cabelo atrás de suas orelhas parecia branco. Pensei *O que vou fazer quando ela morrer?* Sua mão era tão pequena e áspera quanto um pedaço de madeira castigado. Antes que nos déssemos conta, estávamos no início da fila.

Dentro da sala, um retrato funerário mostrava uma mulher sorridente usando um vestido tradicional coreano. O cabelo estava repartido no meio e puxado para trás em um coque. A sala — apesar de eu não saber se era sequer grande o bastante para merecer ser chamada de sala — tinha 5 metros quadrados. Com o caixão, mal havia espaço para uma pessoa se sentar. Todas as outras pessoas tinham de aguardar do lado de fora, na fila. Coloquei uma flor em frente ao retrato e fiz uma reverência. Enquanto isso, tia Monica ficou de pé, encostada na parede do cômodo apertado. No canto onde ela estava, uma pilha de cartas ia até o teto. Havia outras pilhas espalhadas pela sala.

Lembrei-me de um velho ditado sobre pessoas que primeiro se debulhavam em lágrimas em um velório e depois perguntavam quem tinha morrido — eu não era muito diferente disso naquele momento, estava fazendo uma reverência para uma total desconhecida. Tia Monica me levou para fora da sala. A fila de pessoas esperando para queimar um incenso em frente ao retrato tinha crescido enquanto estávamos lá dentro.

— Essas pessoas vieram de várias partes do país. Todos que estão envolvidos com o centro de detenção a conheciam. Ela ficou viúva quando ainda era jovem, logo depois de completar 40 anos, acho. O marido lhe deixou bastante dinheiro, e os dois não tinham filhos. Ela vendeu tudo o que tinha, alugou essa pequena sala, liquidou todos os bens e guardou o dinheiro naquele armário que você viu lá dentro. Ela viajou por todo o país conhecendo presos e depositando dinheiro em suas contas nas prisões. Viu todas aquelas cartas? Foram enviadas por pessoas da Coreia inteira. Uma vez perguntei a ela o que faria se ficasse doente depois que o dinheiro acabasse. Ela disse que não havia nada com o que se preocupar. Afirmou que, se ainda houvesse trabalho a fazer, Deus proveria mais dinheiro ou a levaria. Na época, achei que ela estava sendo irresponsável. Ela morreu essa manhã. Disseram que foi visitar a prisão Daegu ontem. Ela jantou com algumas pessoas e depois foi para casa e morreu dormindo. Quando abriram o armário de manhã, havia a quantidade exata de dinheiro para o velório.

Eu me virei e olhei novamente para a pequena sala.

— Sério? — perguntei.

— Sim, sério!

— Mas por que isso não saiu nos jornais?

Logo que a pergunta saiu dos meus lábios, eu me senti idiota por fazê-la. Mas, sinceramente, não conseguia acreditar. Não era um conto de fadas que se conta às crianças ou uma história sobre um milagre que duvidamos que seja verdade e que assumimos ser em parte uma mentira. Senti um arrepio percorrer a espinha. Não era um faz de conta, não estávamos na Idade Média nem no Ocidente. Estávamos na Coreia. Fiquei arrepiada de pensar que realmente ainda existiam pessoas como ela.

— Ela teria odiado a ideia de sair nos jornais — disse tia Monica, sem largar minha mão. — Apesar disso, apareceu no noticiário uma ou duas vezes. Apenas em um artigo, não deu entrevista.

— Mas por que nunca ouvi falar dela?

Tia Monica não respondeu. Ao refletir melhor, me dei conta de que costumava ser o tipo de pessoa que não tinha ideia de que alguém como aquela mulher existia, independentemente de ela sair nos jornais ou não. Eu não teria querido saber. Porque, como meu tio havia me dito, em sua triste voz, era preciso sofrer para evoluir. E, para sofrer, era preciso observar, sentir e compreender. Seguindo essa linha de pensamento, uma vida genuína e esclarecida não poderia existir sem compaixão. Não havia compaixão sem compreensão, e não havia compreensão sem interesse. Amor significa se interessar pela vida das outras pessoas. Então, talvez, quando meu irmão Yusik falou que não tinha ideia de que eu tinha sido estuprada, isso significasse que ele não me amava de verdade. Ele tinha me carregado nas costas, comprado sorvete para mim e dito que se preocupava comigo o tempo inteiro, mas, quando viu o que estava acontecendo na minha vida, seu único pensamento foi de que não tinha ideia do porquê. Então talvez as palavras *eu não sabia* não fossem uma isenção de pecado, mas, sim, o antônimo do amor. Elas eram o antônimo da justiça, da compaixão, da compreensão, o antônimo da verdadeira solidariedade que todos deveriam demonstrar uns pelos outros.

— A propósito, chamei você aqui porque Yunsu também a conhecia. No inverno passado, quando fui visitá-lo sozinha, ele me falou dela e disse que queria conhecê-la. Falei que ia ver o que podia fazer, mas ela acabou morrendo antes dele. É óbvio que a morte não segue uma ordem específica. Agora que estou velha, minha cabeça já não funciona tão bem, e ando esquecendo coisas. Acabei me esquecendo desse pedido.

Fomos para um dos extremos do toldo e nos sentamos em um canto. Mulheres de aventais serviam comida e bebidas alcoólicas. Um homem mais velho que estava por perto acenou para nós. Ele se aproximou de onde estávamos sentadas e falou:

— Irmã Monica, há quanto tempo.

Ele parecia ter passado brilhantina não apenas no cabelo, mas no rosto também. Parecia em forma e saudável.

— Esse é o ex-diretor do Centro de Detenção de Seul — explicou tia Monica. — Está aposentado agora.

Quando me apresentei, ele pareceu animado por me conhecer.

— Ouvi falar que você foi registrada como membro do clérigo. Queria te conhecer. Quando meus filhos eram mais novos, adoravam sua música *A caminho da terra da esperança*.

Alguma coisa nele me pareceu estranha. Era um instinto que pessoas como eu, que não são muito inteligentes mas têm sentidos aguçados, possuem. Eu tinha uma espécie de antena superdesenvolvida em relação aos homens. Fosse certo ou errado, eu tendia a julgá-los no momento em que os conhecia. Tenho certeza de que era por causa do meu primo. Sempre que alguém, de alguma forma, fazia com que eu me lembrasse dele, minha primeira reação era de repulsa. Essa era outra das minhas cicatrizes. Tia Monica provavelmente estava certa quando disse que eu precisava me libertar dele. Meu primo dominava minha vida toda em função daquele único incidente. Todos os santos de todas as religiões poderiam ter vindo a mim, e eu os teria julgado da mesma forma. Também me senti um pouco mal por julgar esse homem. Ele ofereceu uma dose de *soju* para tia Monica. Ela hesitou antes de levantar seu copo.

— Claro, vamos tomar um drinque — disse ela, enfim. — A falecida gostava muito de *soju* e costumava insistir para que eu bebesse com ela. Eu sempre me recusava por causa da minha doutrina religiosa, acho que perdi boas oportunidades. — Tia Monica parecia genuinamente arrependida. Levantou o copo lentamente enquanto falava. — Uma vez, ela me disse que também queria se tornar freira, mas que não conseguiria por causa do *soju*. Ela me provocava com isso. Falava que o *soju* comum estava mais perto de Deus do que algumas vestes sagradas. Comentou que a coisa mais igualitária do mundo era o *soju*. Tanto líderes de *chaebol* como simples trabalhadores bebiam *soju* de 600 wons. Outros países graduavam suas bebidas, como uísque e vinho, mas o *soju* não tinha classificação. Ela me perguntou como pude crescer sem conhecer o gosto dele. E, agora que o provei, vi que é realmente bom.

Minha tia tinha tomado menos de meia dose, mas parecia que já estava bêbada.

— Ela costumava tentar nos convencer a dar uma dose de *soju* aos presos nas festas de fim de ano — contou o diretor. — Você pode imaginar o quanto ela me deu trabalho? É claro, sei que ela só estava brincando, mas vivia insistindo nesse assunto. Falava que era uma pena que os rapazes atrás das grades não pudessem aproveitar essa bebida igualitária. Sou muito feliz por ter vivido na mesma época que uma mulher como ela.

Tia Monica não falou nada. A conversa acabou.

— Então, o que achou do corredor da morte? — perguntou-me ele. — Nossa meta é a reabilitação, mas a verdade é que temos pouca mão de obra. Além do mais, se você faz qualquer coisinha hoje em dia, as pessoas começam a reclamar sobre os direitos humanos. Os guardas prisionais vivem arrumando encrenca por conta disso. Você conheceu Jeong Yunsu? Ele é uma grande dor de cabeça. Houve algum progresso?

A pergunta dele me apanhou desprevenida. Eu me peguei pensando que talvez ele não tivesse trabalhado no centro de detenção em si, e sim em algum departamento do governo. Se não tivesse acabado de conhecê-lo, talvez respondesse da forma que meu antigo eu teria feito: *Se está tão curioso, por que não pergunta isso pra ele você mesmo?*

— Sim, graças a ele, minha reabilitação está indo muito bem — afirmei.

Ele riu da minha resposta e então mudou de assunto, como se não fosse o que queria ouvir.

— Ouvi dizer que o padre Kim se recuperou. Não é um milagre?

— A medicina avançou bastante — comentou tia Monica.
— O tratamento está funcionando, e ele tem a força para lutar contra a doença.

Parecia que ela era a diretora, e ele, a freira. Foi cômico.

— Na verdade, na última vez que visitei o padre Kim — contou o diretor —, insisti para que ele esquecesse tudo e repetisse o Salmo 23 diversas vezes. Acho que isso poderia ajudá-lo a enfrentar a doença. Assim ele ficaria melhor. Um amigo meu teve câncer, e dei a ele o mesmo conselho. E isso realmente o ajudou.

Acho que entendi por que tia Monica mencionou a medicina. Mas eu estava curiosa sobre aquela passagem mágica da Bíblia.

— O que é o Salmo 23? É um bom remédio? — perguntei.

O diretor me encarou, surpreso. A expressão em seu rosto revelava que ele se perguntava como um membro do clérigo podia não saber aquilo. Provavelmente também não ajudou muito o fato de eu ter usado uma palavra como *remédio*. Fiquei ligeiramente preocupada. Não estava certa do que fazer se ele perguntasse se eu frequentava a igreja. Mas também não entendia por que ele não podia simplesmente me dizer qual era o Salmo 23. Por que tinha de ser tão exibido? Ele não respondeu e me lançou um olhar arrogante que dizia que, se eu quisesse mesmo saber, deveria ir para casa e pesquisar por conta própria.

Tia Monica se meteu na conversa, como se para abrandar a tensão.

— É aquele que diz "O Senhor é meu pastor, nada me faltará. Deitar-me faz em verdes pastos, guia-me mansamente a águas tranquilas... Ainda que eu andasse pelo vale da sombra da morte, não temeria mal algum".

Não era uma passagem difícil. Mesmo quem não era cristão provavelmente já a tinha ouvido pelo menos uma vez.

— Ah, você quer dizer o texto que escrevem naquelas plaquinhas que colocam em todos os restaurantes!

O diretor ficou boquiaberto. Parecia que eu havia ferido seu orgulho depreciando o salmo, ainda mais depois de ele ter me saudado tão calorosamente.

— Bem — interrompeu-me tia Monica. Ela parecia alarmada com o jeito que eu estava falando. É claro que, já que eu estava acostumada a causar problemas, não me surpreendia que ela estivesse envergonhada com meu comportamento. — Membros das comunidades católica, budista e protestante estão falando sobre trabalhar juntos em uma campanha para abolir a pena de morte. Estaria interessado em se juntar a nós?

— Abolir a pena de morte? Não sei. Mesmo com uma campanha, a Assembleia Nacional ainda teria que aprovar a mudança na lei. Os membros da assembleia podem ficar tentados a apoiar a ideia para que sejam vistos como progressistas e ganhem alguma popularidade, mas não estou certo do que pensar sobre o assunto. Primeiro de tudo, irmã, isso criaria um problema de orçamento para as prisões. Cada prisioneiro no corredor da morte precisa de um guarda designado a ele dia e noite, então teriam que aumentar o número de guardas. Quem conseguiria bancar isso? E há uma questão mais extrema: faz sentido que as vítimas tenham que pagar impostos para alimentar os animais que mataram seus entes queridos?

— Acho que é verdade — afirmou tia Monica. — Quando se considera o ponto de vista das vítimas, não parece haver qualquer solução.

Eu me intrometi.

— Então está dizendo que devemos matá-los para economizar dinheiro?

O diretor me encarou como se dissesse que não era uma questão de dinheiro, mas de *despesa*. E então simplesmente deu de costas e foi embora.

> Tarde vos amei,
> Ó Beleza tão antiga e tão nova!
> Tarde vos amei!
>
> — Santo Agostinho

ANOTAÇÃO AZUL 16

Corremos para a sala. Meu cúmplice estava saindo do quarto onde a filha da mulher estava dormindo. Ele tinha estuprado a garota e a esfaqueado. A camisa dele estava empapada de sangue. Mais tarde, ele disse que pensou que o olhar que trocamos na estação de metrô queria dizer que deveríamos ir à casa da mulher, matá-la, roubar o dinheiro e ir embora. Ele achou que eu tinha ido ao quarto da mulher para matá-la e que ele deveria ir ao outro quarto para matar a filha. Eu estava chocado, mas não havia nada que pudesse fazer. Eu era um criminoso com cinco passagens pela polícia, então não importava o que dissesse, não haveria escapatória para mim. A mulher empalideceu. Não conseguia nem gritar. Só hesitei por um instante, mas, quando a vi voltando para o quarto, fiquei assustado. Meu cúmplice a seguiu e a estrangulou até a morte enquanto ela implorava por sua vida. Pensei em como ela costumava flertar comigo e andar com o nariz em pé só porque tinha dinheiro, e decidi que ela merecia morrer. Não senti nem um pingo de simpatia por aquele inseto luxurioso. Fui calmamente até a mulher morta e tirei os anéis de seus dedos. Eu estava tomado por uma coragem que nunca havia sentido antes, como se o demônio que esteve crescendo dentro de mim por um longo tempo finalmente me incitasse e me parabenizasse pelo bom trabalho. Tudo que pensei foi em quanto dinheiro ela deveria ter. Eu esperava que fosse muito. Aquilo era a única coisa em minha mente. Pegamos os cartões de crédito, o dinheiro e as joias do guarda-roupa e estávamos prestes a fugir quando a filha veio se arrastando para a sala. Ainda estava viva. No calor do momento, apenas presumimos que ela estava morta depois que ele a esfaqueou. Sabe como é se sentir sacaneado pelo destino? E então, para deixar as coisas ainda piores, ouvimos uma chave virando na fechadura.

Capítulo 16

— Pelo amor de... Você tem que começar a agir de acordo com a sua idade! Você agora é uma professora! Uma coisa é falar daquele jeito comigo ou com alguém da nossa família, mas como pode ser tão direta com gente que você mal conhece? Todo mundo anda comentando que você sossegou e que está melhor, mas, depois dessa de hoje... Você faz ideia do quanto essas pessoas nos ajudaram? De quanta liberdade elas nos dão? Eu não posso levar docinhos para a prisão, é contra as regras. Nem você pode levar almoços. Você já tem mais de 30 anos. Quando vai amadurecer? Quer passar a vida inteira sendo uma idiota?

Ao longo das ruas nas redondezas do convento de Cheong-pa-dong, as folhas das árvores já estavam caindo. Tia Monica ainda estava se recuperando de um forte resfriado, então eu fui de carro até lá para buscá-la. Fora eu quem primeiro me chamara de idiota, e tinha contado à tia Monica ao telefone que nós três — Yunsu, o guarda e eu — começamos a nos chamar de O Bando Idiota depois que me descrevi assim para Yunsu, mas, apesar disso, odiava o fato de ela jogar aquela palavra de volta na minha cara um mês depois só para me criticar. Nós nos falávamos pelo telefone, mas provavelmente tia Monica deve ter ouvido algum comentário nesse meio-tempo. As regras haviam sido reforçadas com o ministério católico da prisão.

— Não me importo — retruquei. — Não consegui suportar quando ele disse que as execuções eram uma economia de dinheiro. Yusik insiste no fato de que não se trata de dinheiro, mas de *despesas*. São todos iguais. Os oficiais do governo são todos iguais. De qualquer forma, aquilo me deixou possessa. Você não ficou possessa? Ouvir esse tipo de coisa de um ex--diretor de prisão!

Tia Monica suspirou.

— É claro que fiquei possessa. Sabe por que sua mãe diz que você puxou a mim? Porque, se alguém tivesse falado aquilo na minha frente quando eu tinha a sua idade, eu teria partido para cima da pessoa e lhe dado um tabefe!

Quase perdi o controle da direção.

— Então por que está me dizendo pra não falar nada?

Tia Monica refletiu por um momento.

— Como eu costumava falar tudo o que vinha à minha mente, sei que agir assim não só não adianta nada, como só vai te trazer problemas. Quase fui expulsa do convento várias vezes por causa disso. É por isso que estou dizendo para ser cuidadosa.

— Tia Monica, tem certeza de que é freira mesmo?

Ela riu.

— Não sei, Yujeong. Não faço ideia. Usar um hábito negro não faz de você uma freira, e carregar uma Bíblia não faz de você um cristão. Agora que o outono chegou, não me sinto bem. Se eu tiver que dizer adeus para outro daqueles rapazes este ano, não sei como vou seguir em frente. Da última vez, o padre Kim compareceu às execuções. O choque foi tão grande que ele não conseguiu fazer nada por três meses. Talvez isso o tenha deixado doente. Não estamos apenas fazendo campanha contra a pena de morte por aqueles rapazes, também estamos fazendo isso pelo nosso próprio bem.

Ela suspirou. Ultimamente, a cada vez que eu visitava Yunsu, imaginava um laço redondo caindo pelo seu pescoço. Acho que conseguia imaginar o quão branco seu rosto ficaria quando isso acontecesse. Mas, por outro lado, o rosto dele sempre estava muito pálido. Cada vez que imaginava essa cena, meu coração gritava *Não! Não façam isso!* Para ser sincera, me sentia patética pensando em por que diabos tinha me envolvido com aquelas pessoas e sido obrigada a imaginar coisas que eu não deveria imaginar. Eu me pergunto quem foi a pessoa que inventou a expressão coreana "transformando-se no orvalho da forca" para se referir a um enforcamento. Sempre que eu ouvia alguém falando isso, trincava os dentes e dizia que não deviam chamar aquilo de "orvalho da forca", e sim de "sangue e suor da forca".

O oficial Yi me contou que a corda que usam na sala de execução está manchada de preto — muito provavelmente dos fluidos corporais expelidos quando a corda se aperta em volta das gargantas dos prisioneiros — e comentou que eles já haviam falado sobre adquirir uma nova corda, mas que ninguém ainda tinha tomado a iniciativa. Quando surgia o assunto da pena de morte em uma conversa, alguém sempre dizia que tinha escutado que a execução por enforcamento era o método menos doloroso, e eu rebatia *Você perguntou a eles pessoalmente? Perguntou ao morto se aquele foi o melhor jeito de morrer?* Eu ficava nervosa por pouco e, em países como os Estados Unidos, que, junto ao Japão, eram um dos poucos países avançados a ainda ter um sistema de pena de morte, as execuções por enforcamento caíram em desuso havia muito tempo. Quando é dada uma escolha entre cadeira elétrica, injeção letal e enforcamento, ninguém nunca escolhe a forca.

— Yunsu vai doar as córneas. Depois que ele morrer, elas vão para outra pessoa — contou-me tia Monica. — Ele disse que a ideia de uma pessoa cega ser capaz de enxergar com as córneas dele o faz sentir-se como se estivesse reparando seu pecado. Ele escreveu uma carta para mim pedindo que eu assinasse o termo de permissão. Ele não tem família, ninguém que possa fazer isso por ele. Tentou localizar a mãe, já que era ela quem deveria assinar o termo. Ela foi dada como desaparecida, e os padres têm ajudado a procurá-la. Mas ninguém a encontrou ainda.

* * *

Andamos até a sala de reuniões católica ao longo de um caminho por onde folhas que haviam caído das árvores voavam. Quando Yunsu viu tia Monica, foi até ela e a abraçou. Os dois ficaram abraçados por um instante. Uma tia Monica pequena chorava nos grandes braços de Yunsu. Ela pediu desculpas por chorar e disse que estava ficando sensível com a idade, mas o rosto de Yunsu ficou sombrio ao ver as lágrimas dela.

Tomamos um café e conversamos.

— Li uma matéria no jornal sobre a folhagem do outono — contou Yunsu. — Eu percebi que a queda das folhas são, na verdade, uma espécie de morte para as árvores, e ainda assim as pessoas viajam uma longa distância para ver isso e observar sua beleza. Isso me fez refletir. Quando eu morrer, quero que seja de uma forma tão bela quanto uma folha caindo. Quero que as pessoas assistam à minha morte e fiquem admiradas com a beleza do momento.

Houve um momento de silêncio em que terminamos de tomar nosso café. Yunsu parecia animado, provavelmente porque não via tia Monica havia um tempo. Ou talvez agora que tinha resolvido doar as córneas até mesmo seu corpo tivesse ficado mais leve. Ele estava mais falante do que o normal naquele dia.

— Depois do acontecido, quando me trouxeram pra cá, conheci um garoto de 17 anos que estava cumprindo pena por furto. Ele foi posto em liberdade condicional. Era um menino muito legal e inteligente, e eu o tratava como um irmão mais novo. Quando foi embora, falei pra ele que nunca mais voltasse e que, se mantivesse os velhos hábitos, ia terminar como eu. Mas o trouxeram de volta na semana passada. Por furto, novamente. Parece que ele roubou um celular. O promotor viu que ele já era fichado e ele foi em cana. Perguntei o que tinha acontecido, e ele falou que, quando saiu daqui na última vez, passou apenas três horas sozinho lá fora.

Tia Monica estalou a língua.

— O que ele podia fazer? Não tinha pra onde ir. Ele foi procurar os antigos cúmplices e acabou novamente na prisão. Decidi que isso não poderia acontecer uma terceira vez, então pedi a um dos executivos daqui que desse um emprego ao garoto na fábrica dele. Lá tem um dormitório, então ele também vai ter um lugar pra ficar. Acho que o cara gosta de mim, porque concordou em fazer isso.

— Você conhece um executivo? — perguntei.

Yunsu sorriu.

— Temos um presidente, um ministro do governo e um líder de *chaebol* aqui. Como não teríamos pelo menos um executivo?

Ele sorriu, orgulhoso. Quando colocado daquela forma, fazia sentido.

— Eu estava lendo um livro de poesias outro dia. O guarda que me provocava toda vez que me via perguntou: "Quem você está querendo enganar?" E saiu andando. Na mesma hora, pensei *Vou pegar esse otário na próxima vez que sair daqui*.

Yunsu nos encarou. Então abaixou a cabeça.

— Com o temperamento que eu tenho, teria feito isso mesmo. Mas então imaginei os rostos de vocês.

Ele deixou a cabeça pender ainda mais. A conversa parecia estar ficando pesada e, em vez de continuar, Yunsu puxou várias cartas do bolso.

— Irmã, tenho escrito cartas para esses garotos.

Abrimos uma delas e vimos que era de uma criança que morava em Taebaek, na província de Gangwon.

Yunsu tinha lido um artigo em uma revista que contava o drama das crianças de uma escola em Taebaek que não tinham dinheiro para comprar material escolar. Todo mês, ele tirava um pouco do dinheiro que colocávamos em sua conta e o mandava para elas. As crianças lhe enviaram uma carta de agradecimento. Um prisioneiro que aguardava a morte havia se tornado amigo por correspondência de crianças solitárias de uma aldeia em uma montanha distante. Eu não precisava ler as cartas para saber o quão entusiásticas eram. Tanto as crianças quanto Yunsu provavelmente se sentiam tão solitários quanto cervos enjaulados.

Enquanto eu e tia Monica líamos as cartas, Yunsu falou, encabulado:

— Irmã Monica, preciso te pedir um favor. Estou encrencado.

Paramos de ler e olhamos, surpresas, para ele.

— Sem querer, acabei prometendo algo a elas.

Tia Monica alisou a frente do hábito e disse:

— Cuidado com o que fala. Você me deu um susto quando disse que estava encrencado.

— Perguntei a elas o que mais gostariam de fazer no mundo, e elas responderam que queriam ver o mar. Onde moram não há nada além de montanhas, montanhas e mais montanhas. O mar fica a apenas uma hora de trem de lá. Elas disseram que esse é o desejo delas. Então prometi que faria esse desejo se tornar realidade. Essas crianças não sabem quem eu sou, e meu endereço de correspondência é uma caixa postal do correio de Gunpo. Devem achar que sou algum executivo rico que mora lá, porque me escreveram pra contar que bolaram um plano e decidiram ir a Gangneung pra assistir ao sol nascer no dia primeiro de janeiro. O que devo fazer, irmã?

Percebi que Yunsu pensava no irmãozinho que às vezes mencionava. Como ele tinha me dito que o irmão era cego, eu sabia que isso havia pesado em sua decisão de doar as córneas. Não toquei no assunto e deixei que ele decidisse quando falar sobre isso, mas eu tinha um pressentimento de que aquele era o motivo por trás da doação. Já que tudo que eu sabia a respeito do irmãozinho era que ele tinha morrido na rua, queria ajudar Yunsu a realizar o desejo daquelas crianças de ver o mar.

— Eu cuido disso — declarei. — Não vou ganhar nada em troca dessa vez, o que significa que vou sair de mãos abanando, mas me responsabilizo pelas despesas.

Ele sorriu alegremente, como se soubesse que eu ia dizer aquilo.

— Já que estou mesmo em débito com vocês, vou pedir só mais um favor — disse Yunsu. — Por favor, tire fotos pra que eu também possa ver. Do sol nascendo, dos rostos das crianças vendo aquilo... Por favor, tire fotos boas de tudo. Adoraria ir à praia e ver todos aqueles garotos felizes. Mas, como não posso, se conseguir pelo menos ver as fotos, já ficarei feliz.

Anotei o endereço da escola em meu caderno. Enquanto escrevia, me dei conta de que Yunsu nunca mais iria à praia. Eu me perguntei se ele ainda estaria vivo quando as crianças fossem à praia, vissem o sol nascer em 1998 e as fotos fossem reveladas.

— Mas posso compensar — declarou Yunsu. Ele puxou algo que estava debaixo da mesa e disse: — Tã-dã!

Era uma cruz. Dois pedaços brutos de madeira cruzados, e pendendo deles havia um Jesus cinza escuro feito à mão. Tia Monica e eu olhamos para aquilo intrigadas, e Yunsu riu.

— Vou te dar isso em troca. Guardei uns grãos de arroz cozido das minhas refeições e usei-os para fazer isso.

Olhamos mais atentamente. A cor cinza era em função de suas mãos sujas quando esfregava o arroz para moldá-lo. Para nossa surpresa, o rosto parecia o de Yunsu — alongado e com uma cabeleira encaracolada emoldurando-o.

— Gostaria que dessem isso àquela senhora. — Ele se referia à mãe da mulher que tinha matado. — Ela me mandou uma carta recentemente. Acho que não está bem. Ela disse que escorregou na neve e machucou as costas. Estou fazendo outra escultura. Vou dá-la à senhora, irmã Monica. E isso é seu, Yujeong.

Yunsu puxou um colar do bolso. Era uma cruz de plástico azul pendendo de uma fina corda vermelha. Estendi a mão, e ele a colocou na minha palma, deixando sua mão repousar em cima da minha por um breve instante. A mão dele estava bem quente. Puxei minha mão timidamente.

— Eu fiz dois. Estou usando o outro.

Coloquei o colar, em um gesto de agradecimento. Ele explicou que havia talhado o pingente sem faca raspando-o no cimento.

Desgastara o plástico com as mãos algemadas. Provavelmente passara o dia todo fazendo isso, recomeçando no dia seguinte, raspando o material no cimento e assoprando a poeira.

— Agora vocês têm colares iguais — observou o oficial Yi. Nós rimos.

Tia Monica pressionou a cruz que ele havia entregado a ela na frente do coração sem dizer nada. Parecia estar rezando. Meu olhar encontrou o de Yunsu. Pela primeira vez, me dei conta de que a cruz também era um instrumento de execução. Crucificação — a punição diabólica criada pelos romanos para controlar as pessoas que haviam colonizado. Já que pregar uma pessoa à cruz não era o suficiente para matá-la, ela normalmente era torturada por vários dias antes de ser crucificada. A tortura durava a noite inteira. Espancar a pessoa até quase matá-la era comum, e, algumas vezes, seus olhos também eram arrancados. No momento em que as pessoas eram pregadas à cruz, estavam à beira da morte.

Entretanto, as vítimas sobreviveriam por vários dias e, como remover o corpo era proibido por princípio, elas eram deixadas para serem comidas por pássaros e animais selvagens. Jesus também foi um condenado no corredor da morte. E, apesar de terem submetido sua morte à votação, ele teria sido executado de qualquer forma. Afinal, ficou registrado que a multidão furiosa gritava "Crucifiquem-no!". Mas, se, em vez disso, Jesus tivesse sido enforcado, os cristãos teriam passado os últimos dois mil anos usando cordas em volta do pescoço e pendurando-as nos telhados das catedrais, e estátuas de Jesus pendurado pelo pescoço estariam em todas as igrejas. De repente, me senti grata por Jesus ter sido executado como um criminoso. De outra forma, quem teria ousado tentar confortar Yunsu?

Yunsu foi batizado na missa de Natal daquele ano. Era uma quinta-feira. Eu compareci ao evento. Seu nome de batismo foi Agostinho, em homenagem ao jovem pagão que andava com prostitutas e levava uma vida devassa até o dia em que foi atraído pelo som de uma voz de criança ao abrir o Evangelho e lê-lo. Depois disso, ele se converteu e se tornou um dos maiores santos do cristianismo. Agostinho também era o filho de Santa Monica, que era a origem do nome cristão de tia Monica. Durante a missa, me sentei no coral com outras mulheres que faziam trabalho voluntário no centro de detenção. Yunsu estava sentado longe de mim e usava as vestes brancas que ganhara das voluntárias. Elas o faziam parecer estranho e novo. Envolvido em tecido como se fosse um bebê, Yunsu parecia tão empolgado quanto um menininho em seu primeiro dia no jardim de infância.

Antes de a missa começar, fui à frente cantar o hino nacional. Tia Monica me pedira que fizesse isso. Algumas pessoas me reconheceram; eu podia ouvi-las cochichando umas com as outras. Antigamente, a ideia de cantar para essas pessoas, para pessoas que seriam ex-presidiárias quando saíssem daquele lugar, para falsos crentes que só estavam lá para comer tortinha de chocolate, seria inimaginável para mim, mas prometi à tia Monica que o faria de bom grado. Estava fazendo aquilo por Yunsu. E, quando pensei a respeito, percebi que eu era mais falsa e hipócrita do que qualquer um ali. Eu tinha até chegado ao ponto de fazer parte do ministério católico da prisão. Yunsu me contou que não conseguia dormir à noite ao pensar que estava bem perto da morte, mas, ainda assim, ele acreditava que renasceria por meio do batismo. Disse que era a primeira vez na vida que se sentia feliz demais para dormir. Disse que não conseguia acreditar que Deus aceitaria alguém que era mais vil até que um animal. Por Yunsu, fui até a frente da capela e segurei um microfone pela primeira vez em dez anos. Enquanto o prelúdio tocava, encontrei os olhos de Yunsu. Ele estava sentado no primeiro banco, com outros presos do corredor da morte. Sorri para ele, mas Yunsu parecia tenso. Provavelmente estava pensando em seu irmão. Comecei a cantar. *Até que o mar do Leste seque e o monte Baekdu fique plano, Deus nos guarde e proteja nosso país...* Quando acabei e desci do púlpito, Yunsu estava de cabeça baixa. Sabia que estava chorando.

Da última vez que o vi, ele havia me dito *Quando o juiz me condenou... Não, quando matei aquelas pessoas, eu já estava morto. Mas agora voltei à vida porque as pessoas me ajudaram, porque seguraram minha mão e me falaram que estava tudo bem se eu não conseguisse correr, porque deveria começar andando.* Eu queria chorar também. Meu coração estava se abrindo em uma rachadura, como o solo em um arrozal seco. Yunsu olhou para o coral através das lágrimas, parecia estar me procurando. Nossos olhos se encontraram. Seus dentes brancos reluziram quando tentou sorrir. Fui acometida pela visão das algemas que prendiam seus punhos mesmo quando seus dentes brancos e o cabelo preto encaracolado estavam renascendo.

A missa acabou, e o banquete começou. Yunsu dava um sorriso largo ao ser cumprimentado por seus companheiros presidiários. Enquanto distribuía tortinhas de chocolate, perguntei a ele como estava.

— Yujeong — disse ele —, confie em mim. A senhora tem que tentar acreditar em Cristo. Eu juro. É muito bom.

Não falei nada.

— Ouvi dizer que um ex-presidiário foi eleito presidente — comentou ele enquanto comia uma tortinha de chocolate com as mãos algemadas. — Disse que não haveria execuções durante seu governo. Os outros rapazes acham que isso significa que nenhum de nós será executado, já que ele agora é presidente. Foi o que ele prometeu. Yujeong, tenho pensado muito sobre isso. Pela primeira vez quero viver. Eu não costumava querer isso. Mas, pela primeira vez, pensei a respeito, e, se eu pudesse continuar vivendo aqui, escrevendo cartas pra crianças, ainda que minhas mãos estejam algemadas, passando adiante o amor que recebi de todos, apesar do meu corpo estar preso, passando o resto da vida rezando e me redimindo com as pessoas que feri? Poderia pensar nesse lugar como um monastério. Sei que não mereço isso. É vergonhoso de minha parte sequer pensar assim.

Essa foi a última vez que vi Yunsu.

> Aprender a viver leva uma vida inteira, e — o que pode lhe surpreender ainda mais — é necessária uma vida inteira para aprender a morrer.
>
> — Sêneca

Anotação Azul 17

Dividimos o dinheiro e seguimos caminhos distintos. Como era de meu feitio, fui direto a um bordel onde gastei a grana com garotas e me diverti. Não fiquei sabendo até bem depois, mas o outro cara foi direto para casa. Lá, a esposa o convenceu a se entregar. Ele foi até a polícia e contou tudo. Só que inverteu a história: o que eu fiz se tornou o que ele fez, e o que ele fez passou a ser o que eu fiz. Mas de que adianta explicar tudo isso agora? Fui colocado na lista dos mais procurados por estuprar e matar uma adolescente e assassinar duas mulheres. Minha foto circulou pelo país inteiro, e eu me tornei um homem caçado. Procurei o amigo para quem tinha emprestado dinheiro a fim de convencê-lo a pagar pela cirurgia da minha namorada. Ele disse que eu não precisava me preocupar pois iria se certificar de que ela ficasse bem quando saísse do hospital. Então, naquela noite, nós dois fomos a outro bordel, bebemos e farreamos com mulheres até ficarmos exaustos. Caímos no sono em um motel e, pela manhã, acordei com uma batida à porta. Meu amigo tinha me entregado à polícia e fugido. Talvez tenha pensado que essa era a única forma de escapar de me pagar o dinheiro que eu tinha lhe emprestado.

Quebrei a janela do motel, saí de lá e me enfiei na primeira casa que vi. Peguei uma faca na cozinha e obriguei a mulher e a filha a irem para um quarto. Então telefonei para minha namorada pela última vez.

A mulher que eu amava estava com meu amigo. Ele tinha ido até ela na noite anterior. Ela me contou que ele havia pagado a conta do hospital e liberado sua saída. Falou também que agora estava em dívida com ele, e que ele a tinha pedido em casamento... Ela me disse que meu amigo falou que a amava desde o primeiro momento em que a viu no salão. Então ela me perguntou por que eu tinha feito aquilo e lembrou que havia me dito desde o início o quanto detestava caras maus. A polícia tentou arrombar a porta e entrar. Segurei a faca pressionando-a no pescoço da mulher cuja casa eu tinha invadido e feito refém. A filha dela choramingou:

— Mamãe, mamãe!

Isso fez com que eu me lembrasse de Eunsu quando era pequeno. Uma bala atingiu minha perna, eu fui preso.

Capítulo 17

Com o fim do ano se aproximando, não restava muito tempo. Reservei alguns quartos em um hotel em Gangneung, aluguei um ônibus para as crianças e tive de dar vários telefonemas para o diretor da escola em Taebaek. Tudo estava resolvido, mas ainda havia o problema da câmera. Eu não tinha uma e não conseguia sequer me lembrar da última vez que havia tirado uma foto. Liguei para minha cunhada mais nova. Ela estava no último mês de gravidez mas concordou em ir me encontrar e em me emprestar a câmera dela. Eu estava esperando por ela na entrada de uma loja de departamentos em Gangnam quando a vi de longe. Assim como meu irmão Yusik tinha descrito, Seo Yeongja não usava maquiagem e estava vestida com simplicidade. Como, além disso, estava grávida, quem poderia reconhecê-la como a atriz glamorosa que fora um dia? Era verdade que ela parecia um pouco desleixada e já não estava tão bonita. Mas seu rosto irradiava algo que poderia ser descrito como paz. Ela carregava a dignidade e a graça de uma pessoa que tinha se tornado perfeitamente equilibrada em seu corpo. Peguei a câmera da mão dela e lhe dei uma sacola de compras.

— O que é isso? — perguntou ela.

— Roupas... para o bebê. Só algo bonito que me chamou a atenção.

Seo Yeongja pareceu surpresa. Apesar de ter vários sobrinhos, eu nunca havia comprado nada para eles. Quando eu esbarrava com uma das minhas cunhadas, dizia *Parabéns, fiquei sabendo que é um menino*. Mas, sempre que fazia isso, me sentia perguntando a alguém que claramente não estava de bom humor se estava tudo bem. Naquele dia, olhei para a barriga enorme da minha cunhada e me perguntei pela primeira vez como seria ser mãe. Comecei a me perguntar *E se?* A ideia de eu ser mãe era absurda; no entanto, achei que pudesse ouvir algo batendo dentro de mim, o desejo começando a brotar como uma flor selvagem abrindo caminho através da argamassa de uma parede de tijolos e florescendo ali.

— Ouvi dizer que tem feito um trabalho voluntário importante. Dá pra ver pelo seu rosto, está radiante.

Minha cunhada costumava falar de forma nada afetada. Eu sempre duvidava de tudo que saía de sua boca. Imaginava que por trás de suas palavras havia conspirações e intrigas. Ou que ela era só uma imbecil. Mas não era ela a imbecil, era *eu*. E as únicas conspirações e intrigas eram aquelas que aconteciam em minha cabeça. Eu estava sempre maquinando para ver as outras pessoas como más, de um jeito ou de outro. E, no fim, isso era algo imbecil da minha parte. Fiquei desconfortável por estar sozinha com ela, como se eu fosse uma má aluna que de repente tinha sido surpreendida fazendo uma boa ação pela primeira vez em muito tempo. Eu me virei para ir embora, mas ela me impediu.

— Acho que você deveria visitar a sua mãe. Acho que ela está te esperando. — *De novo não*, pensei e comecei a andar, mas ela acrescentou: — Ela está se sentindo sozinha.

Talvez eu não tenha ouvido direito. Arrastei meu corpo cansado para resolver mais algumas coisas e então fui para casa.

Fiquei feliz ao pensar em como Yunsu ficaria contente quando eu lhe mostrasse as fotos do sol nascendo no primeiro dia do ano e os rostos das crianças como flores radiantes. Tia Monica me provocara dizendo:

— Graças a Yunsu, você finalmente está fazendo algo pelos outros.

Antes, sempre que eu via alguém fazendo algo por outra pessoa, pensava *Hipócritas, vocês só estão fazendo isso para se sentirem melhor, não é?* Mas agora eu queria fazer algo por Yunsu. Se ele estivesse feliz, eu ficava feliz. Pela primeira vez na vida, percebi que ser hipócrita também proporcionava uma sensação boa.

Cantarolei enquanto tomava um banho rápido. Então preparei um chá, e estava corrigindo os trabalhos de meus alunos quando um sentimento estranho me assaltou. Não consigo explicar exatamente o que era, de repente comecei a ficar inquieta. Não importava o que eu fizesse, aquela sensação não passava, e meu coração começou a bater em um ritmo estranho. As paredes pareciam se agitar para cima e para baixo. Nunca tinha me sentido assim antes. Fui até a cozinha e me servi de uma taça de vinho. Olhei pela janela da cozinha, por hábito: os adolescentes estavam de volta ao parque nos fundos do condomínio. Mais uma vez havia um bando deles, e estavam batendo em alguém. Olhei para o telefone e pensei no que fazer, mas acabei pegando a taça de vinho e me sentando novamente na cadeira.

O sol de inverno já estava baixo no oeste. O telefone tocou. Era tia Monica. Pelo jeito que pronunciou meu nome, eu sabia que estava tremendo. Antes mesmo que ela dissesse qualquer coisa, pensei *Não!* Tudo ficou branco diante dos meus olhos.

— Tia Monica...

— O padre Kim acabou de ligar. Pediram que ele fosse ao centro de detenção bem cedo amanhã. Yunsu...

Eu não tinha coragem de perguntar. Como eu poderia dizer aquelas palavras em voz alta? Mas não eram as palavras. Minha mente ficou vazia, e tudo diante dos meus olhos parecia perder a forma e oscilar, mole como tofu.

— Vou ao centro de detenção amanhã bem cedo — declarou tia Monica. — Yujeong, você precisa rezar. Reze.

Foi a primeira vez que ela me pediu que rezasse.

Depois que desligamos, peguei a taça de vinho e a coloquei em cima da mesa. A cor da bebida realmente lembrava sangue, e eu não consegui mais beber o vinho. Voltei à sala, me sentei e então me levantei novamente. *Não*, pensei. *Não, não, não.* Imaginei o que Yunsu estaria fazendo naquele momento. Ele não tinha ideia do que iria acontecer. Naquele lugar para onde eu não podia telefonar e aonde não podia ir, ele provavelmente estava passando sua última noite sem nem ter ideia de que seria a última. Era mais cruel do que morrer. Liguei para o oficial Yi.

Quando ele atendeu, sua voz parecia bastante perturbada, e eu sabia que ele não queria falar.

— Estou indo praí agora. Por favor, me deixe vê-lo. Só cinco minutos... Não, um minuto.

— Não posso fazer isso. É contra as regras.

— Você pode, sim. Vou assumir total responsabilidade. Sei que não posso impedir que ele seja executado, mas ele merece pelo menos saber que vai morrer! Ele precisa estar pronto pra isso. Não podemos deixá-lo passar o resto da noite sem saber o que está acontecendo!

O oficial Yi não disse uma palavra. É claro que Yunsu já sabia que ia morrer. Havia dois anos e meio que ele sabia que ia morrer. A única coisa que não sabia era se ia ser naquele dia ou no seguinte. Todos nós sabemos que um dia vamos morrer. Mesmo Yunsu estando no corredor da morte, era certo não avisá-lo e permitir que ele se preparasse para ela? Mas o que o oficial Yi poderia fazer?

Desliguei o telefone e comecei a andar de um lado para o outro no meu quarto. Não. Aquilo era covardia e algo desumano demais. Era assassinato. E então me dei conta de que o único tipo de morte que pode ser prevista e impedida é a morte por execução. E, ainda assim, não podemos fazer nada a respeito.

Fiquei de joelhos, mas não conseguia rezar. Fazia muito tempo desde a última vez.

— Salve-o. Por favor, salve-o — balbuciei. — Sei que ele fez algo ruim, mas, se puder salvá-lo, se apenas puder salvá-lo...

Foi então que a lembrança surgiu em minha mente. Quinze anos atrás, no quarto daquele bruto no segundo andar da casa de nossa família, quando chorei em meio ao seu aperto, sem saber o que mais poderia fazer, eu rezei dizendo exatamente aquelas palavras. Meu apelo ficara sem resposta. Era como se eu tivesse perdido o fôlego completamente. Eu me levantei. Podia ouvir o relógio bater. Eram cinco da tarde. A execução estava marcada para as dez da manhã seguinte. Em 17 horas, ele teria partido. O relógio batia sem parar, absorto. Tirei as pilhas dele. O silêncio encheu o cômodo, como se o tempo tivesse parado.

Todas as horas que eu tinha passado com ele começaram a passar diante de meus olhos. Não aquelas vezes em que ele trincou os dentes e atacou verbalmente tia Monica ou quando zombou dela, e sim as vezes em que ele deu risada e em que suas lágrimas caíram. A vez em que ele, tremendo, disse "Me perdoe, me perdoe", quando conheceu a mãe da mulher que tinha matado. Será que Yunsu iria tremer daquele jeito quando entrasse na sala de execução e o laço fosse colocado em seu pescoço? Apenas quatro dias antes, ele havia me dito *E se eu pudesse continuar vivendo aqui, escrevendo cartas pra crianças, ainda que minhas mãos estejam algemadas, passando adiante o amor que recebi de todos, apesar do meu corpo estar preso, passando o resto da vida rezando e me redimindo com as pessoas que feri? Poderia pensar nesse lugar como um monastério. Sei que não mereço isso. É vergonhoso de minha parte sequer pensar assim.*

Quantos minutos tinham se passado? O tempo havia perdido todo o ritmo. Uma súbita ansiedade se abateu sobre mim: e se a noite toda já tivesse se passado e o dia já estivesse amanhecendo? Peguei meu celular para ver a hora. Apenas três minutos haviam se passado. Levei um susto ao perceber como aquela árida hora corria devagar. Então pensei que talvez fosse melhor para Yunsu não saber. Concluí que podia ser insuportável para ele se soubesse o que ia acontecer, e comecei a me sentir um pouco melhor. Olhei para minhas mãos e me levantei. Então caminhei até o telefone.

Disquei o número da central de informações.

— Estou procurando uma pessoa chamada Mun Yuseong. — Meus lábios tremiam enquanto eu falava. Era a primeira vez que eu dizia seu nome completo em voz alta. Antes de aquilo acontecer, eu costumava chamá-lo de irmão.

— Sr. Mun Yuseong? Qual é o endereço? — Falei à operadora que não tinha essa informação. Sabia que estava sendo idiota, mas não podia ligar para o meu irmão Yusik e perguntar. — Há muitas pessoas chamadas Mun Yuseong em todo o país — respondeu ela educadamente.

— Ele mora em Seul — eu disse. — Em um bairro nobre. Não estou certa de qual.

— Desculpe — continuou a operadora —, mas preciso de mais informações para localizar esse número para a senhora.

Ela foi amigável, mas sua voz era inexpressiva. Desliguei e saí do apartamento. Quando entrei no carro e virei a chave na ignição, minhas mãos estavam tremendo. Cerrei os dentes e dei a partida.

Minha mãe estava usando óculos de leitura e folheava uma revista. Levantou a cabeça quando entrei. Fiquei parada na porta e a encarei.

— O que está fazendo aqui? — perguntou ela.

Quando ela perguntou aquilo, tive vontade de dar meia-volta e ir embora. Teria sido mais fácil para mim se ela pelo menos parecesse um pouco mais fatigada ou um pouco mais digna de pena. Ou se tivesse dado a impressão de estar mais solitária, como minha cunhada havia falado. Mas, para meu arrependimento, minha mãe parecia saudável e tranquila.

* * *

Mamãe, está doendo, está doendo muito. Ela podia ser minha mãe, mas ainda foi difícil para mim, uma garota já crescida na época, mostrar a ela minhas partes íntimas. Depois de olhar lá embaixo por um instante, ela puxou minha calcinha para cima de novo. Então disse, friamente

— Você não sabe do que está falando.

Não pude acreditar naquilo inicialmente. Quando deixei a casa da família, tive dificuldade de andar por causa do inchaço entre as pernas. Desci a rua chorando, uma menina em um corpo adulto. Sempre que pensava que não conseguiria continuar andando por causa da dor que ameaçava me rasgar em duas a cada passo, dizia a mim mesma que, se conseguisse chegar até minha mãe, se conseguisse contar a ela o que havia acontecido, tudo ficaria bem. Acreditava que seria confortada e que ele seria punido. Mas, no momento em que ouvi suas palavras e vi o olhar frio em seu rosto, uma barreira pareceu cair como a lâmina de uma guilhotina e se instalar entre nós.

— O primo Yuseong me chamou pro quarto dele. Ele disse que tinha uma coisa pra me contar. Então fui lá pra cima. Ele arrancou minha calcinha... mamãe, está doendo. Estou com medo. Está doendo muito.

Eu chorava e estava dominada pela dor e pelo medo, e não conseguia continuar falando.

Minha mãe foi ao andar de baixo e voltou após um momento. Ela me deu um tubo de unguento genérico.

— Passe isso e vá dormir. E fique de boca fechada. Você teve o que mereceu, balançando esse rabo por aí desse jeito, uma garota crescida...

Desabei no chão, com o unguento que minha mãe tinha me dado grudado em minha mão.

— Você não tem vergonha. Fique calada e não vá saracotear em frente aos seus irmãos mais velhos. Entendeu? Você realmente lê livros demais!

— Não!

Gritei tão alto quanto podia. Minha mãe tapou minha boca.

— Não, não, não!

Enquanto lutava, ela me deu vários tapas no rosto. Foi a primeira vez que ela me bateu.

***

Andei até onde minha mãe estava. Ela me olhou zangada, fechou a revista que estava lendo e se sentou. Para meu espanto, parecia assustada.

— O que há de errado com você? — berrou ela.

Eu não conseguia abrir a boca. Meus lábios tremiam. Eu queria sair dali e ir para casa.

— Eu não sabia mais o que fazer. Então vim até aqui... pra dizer... que perdoo você.

Parecia que meu coração estava sendo retalhado em um milhão de pedaços. Lágrimas brotaram dos meus olhos, como se o sangue que tinha congelado em um canto do meu coração ressecado e rachado tivesse voltado a correr. Meus olhos doíam.

— Eu não consegui perdoar você antes. Mesmo agora, nesse momento, não quero fazer isso! O que você fez foi ainda mais imperdoável do que o que ele fez. Mas estou aqui hoje pra tentar perdoar você.

Minha mãe não tinha ideia do que eu estava falando, mas bufou como se não fosse nada importante.

— Você realmente vive inventando maneiras de me deixar preocupada. Sua mãe está morrendo, e você não a visita nem uma vez. Agora aparece aqui... E para quê? Quem deveria perdoar quem?

— Eu deveria perdoar você!

Minha mãe afastou o cobertor e se sentou ereta.

— Você está louca? Precisamos chamar seu tio? O que há de errado com você?

Eu chorava alto, como uma criança. O choro que não consegui soltar aos 15 anos, o choro que não chorei nem uma vez depois daquele dia, forçava seu caminho pela minha garganta. Senti que seria sufocada até a morte se não o deixasse sair.

Apertei o colar com o crucifixo azul que Yunsu tinha me dado. Até aquilo parecia estar me asfixiando. Seria essa a sensação de ser executado na forca? O rosto é coberto com um capuz de pano branco, e a corda é presa em volta do pescoço. A ordem é dada, e cinco oficiais de justiça puxam cinco alavancas. Li que apenas uma delas realmente funciona, mas o propósito é reduzir a culpa entre os oficiais. Quando a alavanca verdadeira é puxada, o chão se abre debaixo do prisioneiro ajoelhado, e ele é enforcado. Frequentemente, os pés ficam tremendo por um tempo, mesmo 15 ou vinte minutos depois de ele ter morrido. O médico ausculta ao peito do prisioneiro para verificar se o coração parou mesmo, então ele fica pendurado ali por mais vinte minutos. Algumas pessoas não morrem mesmo após tudo isso, e às vezes a corda se rompe ou é muito longa. Outros condenados apenas caem e acabam machucados e ensanguentados. Se isso acontece, eles recomeçam o procedimento desde o início. Essa é a cerimônia que chamam de execução.

Minhas lágrimas não paravam de jorrar. Minha garganta doía por chorar pela primeira vez em 15 anos. Doía como se eu estivesse sendo estrangulada.

Minha mãe tentou se esgueirar em direção à porta. Embora minha boca tenha cuspido a palavra *perdoar*, meus olhos deviam estar transbordando de desejo de matar, exatamente como os de Yunsu uma vez estiveram, exatamente como os meus permaneceram por um bom tempo. Mas achei que talvez fosse melhor que meu tio estivesse aqui, como minha mãe havia sugerido. Então talvez ele dissesse *Está certo, Yujeong, vá em frente e chore. Você precisa chorar.* Então eu provavelmente diria *Sinto muito, tio.* Ele me perguntaria pelo que eu sentia muito. E eu responderia *Não sei, não sei o que sinto.*

— Eu não quero perdoar você — confessei para minha mãe. — Mas acho que tenho que fazer isso. Acho que devo fazer um sacrifício. E acho que é o mais difícil de todos pra mim, algo que eu preferia morrer a fazer. Isso significa perdoar você!

Meu irmão Yusik abriu a porta do quarto e entrou. Ele deve ter resolvido dar uma passada no hospital antes de ir para casa. Minha mãe correu para ele.

— Yusik! Yujeong está esquisita. Como posso morrer em paz com ela agindo assim? Coitadinha. Não sei o que há errado com ela.

Ela começou a chorar também. Será que estava com medo? Eu não tinha ideia. Será que eu a magoara? Pensei que talvez eu a tivesse magoado. Ela provavelmente estava pensando o mesmo que eu: *Por que diabos o mundo continua me irritando e se recusando a me dar uma mísera migalha de paz e felicidade?* Era só um palpite, mas imaginei que minha mãe chorava de raiva.

Yusik colocou-a sentada em uma cadeira e tentou acalmá-la. Então veio até mim. Ele agarrou meu braço com força e eu cambaleei.

— Preciso perdoá-la — sussurrei. Ele arrastou uma cadeira para perto e fez com que eu me sentasse nela. — Vim aqui pra perdoá-la — insisti, sendo teimosa. — A execução é amanhã. Eles vão matar Yunsu! Achei que se eu fizesse algo que normalmente não faço... Sei que é idiotice da minha parte, mas não havia nada, coisa alguma, que eu pudesse fazer. Pensei que, se realmente existe um deus, então ele saberá o quanto isso é difícil pra mim, ele saberá que é algo pior que a morte pra mim. Ele terá pena de mim e talvez, apenas talvez, aconteça um milagre. Consegue entender?

Yusik deixou escapar um longo suspiro.

— Todos achavam que o padre Kim iria morrer, mas ele melhorou. Então achei que era isso que eu deveria fazer. Precisamos abrir os olhos... Yusik, o que devo fazer? Não é justo. Tentei me matar mais de uma vez, então Deus deveria me levar no lugar dele. Sou tão pecadora quanto Yunsu.

Ele apertou meus ombros, seu rosto cheio de paciência.

— Eu... eu poderia amá-lo. Já que nunca consigo ficar com homem nenhum mesmo, achei que tudo bem se Yunsu continuasse vivo, mesmo se ele ficasse preso pra sempre. Só queria que ele vivesse.

Meu irmão pareceu entender tudo de repente. Ele não precisava entender ou aceitar aquilo, mas pelo menos compreendia o que eu estava tentando dizer. Yunsu ainda não tinha partido, mas, já que não havia nada que eu pudesse fazer para impedir a execução, meu irmão provavelmente se sentiu seguro de que não existia qualquer perigo real.

— Por que não me contou isso antes? — questionou ele delicadamente.

— Você teria tentado salvá-lo se eu contasse?

Ele ficou quieto.

— Yusik, não contei pra mais ninguém.

Abaixei a cabeça. Eu tinha falhado novamente. Tinha feito algo idiota.

* * *

Foi uma noite muito, muito longa. Ainda me lembro dela. Tudo estava tão vívido e tão dormente ao mesmo tempo. Fiquei oscilando entre os dois extremos. Então o sol nasceu. Eu tinha caído no sono. Quando acordei e olhei pela janela, o céu estava nublado. O ar estava frio. Fiquei envergonhada por ter caído no sono num momento daqueles. Não conseguia parar de pensar que eu estava viva enquanto ele estava prestes a morrer. Saí correndo e entrei no carro. Olhando para trás, vejo que antes eu era como um xamã dançando sobre facas. Não me sentia cansada nem com fome. Tudo parecia irreal, como a vez que fumei haxixe na França e o tempo e o espaço pareciam flutuar ao meu redor. A única diferença entre o agora e o passado era que, naquela época, fui movida pelas drogas, enquanto agora era movida pelo sofrimento. Quando as pessoas chegam a um extremo, todas sentem o mesmo: torpor.

Tia Monica já estava esperando do lado de fora da sala de execuções. Ela parecia ter encolhido em uma bola preta. A execução estava marcada para as dez. Verifiquei meu relógio: nove e cinquenta. Ela segurava uma trouxa de pano. Ele ainda não tinha morrido, mas já estávamos segurando seus pertences. Tia Monica fechou os olhos, as mãos apertadas em volta do rosário. Peguei a trouxa das mãos dela. O embrulho simples continha tudo o que Yunsu havia possuído em seus 27 anos. Dei uma olhada nos pertences dele. Uma Bíblia, roupas íntimas, meias, um cobertor e alguns livros. E um caderno azul de espiral. Puxei-o da trouxa. Na capa, em caneta preta, estava escrito: *Diário de Jeong Yunsu*. Apertei-o em meu coração, como se fosse o próprio Yunsu.

Um monge budista, um pastor e um padre entraram na sala de execuções, enquanto familiares e voluntários ficavam do lado de fora. Uma pessoa tinha desmaiado e tivera de ser carregada para fora. Uma mulher usando trajes de cor cinza de um eremitério budista se aproximou de tia Monica e pegou sua mão.

— Irmã, seja forte.

Tia Monica concordou fracamente com a cabeça.

— Esses rapazes mal são humanos quando chegam aqui — comentou a mulher enquanto chorava —, mas são anjos quando partem. Nós os matamos depois que se tornam anjos. Irmã, precisamos parar com isso. Não aguento mais.

Tia Monica deu batidinhas nas costas dela.

A budista abraçou minha tia e chorou. Fui para um canto. Uma mulher que eu já havia visto várias vezes no centro de detenção veio até mim e perguntou:

— Você está bem? Seus lábios estão brancos. — Respondi que sim, e ela disse: — Não fique triste. Eles estão indo para o céu hoje.

Queria rebater "Aposto que você mesma gostaria de poder mandá-los pra lá", mas não tive energia para isso. Saí de perto dela. Ela apertou as mãos, levantou-as no ar e sussurrou algo. Então veio para perto de mim novamente com um olhar radiante no rosto. Eu preferia que ela não estivesse ali.

— Não chore — disse ela. — Eles estão indo para o céu hoje. O sofrimento deles acabou. Você é a irmã mais velha do preso, certo? Acho que te vi por aqui algumas vezes.

— Não, não sou irmã dele!

Gritei com ela e me afastei. Assim que fiz isso, notei alguém de uniforme parado do outro lado da sala, era o oficial Yi. Ele não conseguia se juntar a mim, mas também não conseguia sair de perto. No instante em que meus olhos encontraram os dele, o oficial baixou a cabeça para evitar meu olhar. Seus olhos estavam bastante injetados. De repente, pensei na forma como falei que não era irmã de Yunsu. Parei em frente à parede e chorei. Chorei como Pedro depois de negar três vezes que conhecia Jesus. Eram dez horas.

Desejaria eu, de qualquer maneira, a morte do ímpio?, diz o senhor DEUS. Não desejo antes que se converta dos seus caminhos, e viva?

— Ezequiel 18:23

Anotação Azul 18

Antes de eu começar a escrever estas anotações, mandei uma carta para o meu cúmplice na prisão em Wonju. Falei para ele que o perdoava. Eu o perdoava por trocar as histórias, contratar um advogado e fazer com que eu me tornasse o principal culpado. E eu perdoava a polícia por não ter investigado o caso de forma correta e por ter me acusado erroneamente de estupro e assassinato, perdoava o defensor público, que só veio conversar comigo duas vezes em oito meses enquanto meus três julgamentos estavam correndo, o promotor, que me tratou como um inseto, e não como um ser humano, e o juiz, que fingia ser frio, tão objetivo quanto um deus, mesmo sentindo raiva de mim por ter tirado a vida de alguém. Escrevi que perdoava todos eles. Perdoei meu pai, que acabou com a própria vida, como um animal indefeso. E, diante do Senhor misericordioso, perdoei a mim mesmo. Disse a Ele que me perdoava por bater em meu irmãozinho Eunsu, por não cantar o hino nacional para ele, apesar de esse ter sido seu último pedido, e por xingá-lo e ir embora quando ele estava doente. E por participar do assassinato de três pessoas inocentes. Só então eu estava finalmente pronto para me ajoelhar e implorar o perdão das duas mulheres e da adolescente indefesa que morreram por minha causa. Estava pronto para beijar a terra e exclamar: não sou um ser humano. Sou um assassino.

E consegui fazer isso porque, após vir para o centro de detenção, pela primeira vez na vida, fui tratado como um ser humano. Pela primeira vez, entendo o que significa ser humano e o que significa amar. Finalmente sei como as pessoas podem falar umas com as outras e se tratar com respeito, e amar umas às outras com todo o coração. Se eu nunca tivesse assassinado ninguém e acabado aqui, poderia ter sido capaz de estender minha vida física, mas minha alma teria vagado para sempre por esgotos infestados de larvas. Eu nem sequer teria sabido que eram larvas e que eu estava no esgoto. Depois de vir para cá, me senti feliz pela primeira vez. A espera, a animação por encontrar alguém, ter conversas verdadeiras com outro ser humano, orar por alguém, os encontros sem pretensão — agora entendo o que tudo isso significa.

Só alguém que tenha sido amado pode amar. Só alguém que tenha sido perdoado pode perdoar. Compreendo isso.

Provavelmente só vão encontrar este caderno depois que eu estiver morto. Se o presidente que estava no corredor da morte der um basta em novas execuções como prometeu, então terei de dizer tudo isto pessoalmente, apesar de até agora as palavras terem se recusado a sair da minha boca. No entanto, se eu realmente morrer, então, por favor, quem quer que esteja lendo isto, entregue este caderno à sobrinha da irmã Monica, Mun Yujeong. Queria ter lhe contado tudo e tido mais conversas verdadeiras com ela, mas não consegui.

Tive medo de que ela ficasse desapontada comigo. Tive medo de que ela ficasse decepcionada e fosse embora, como todas as outras pessoas em minha vida. Se ela se recusar a ficar com este caderno, então, por favor, deem um recado a ela: os momentos que passamos juntos, os cafés instantâneos que bebemos, os docinhos que dividimos — aquelas poucas horas a cada semana me fizeram ser capaz de suportar qualquer afronta, de resistir a qualquer dor, de perdoar qualquer ressentimento e de realmente me arrepender por meus pecados. Digam que, por causa dela, tive momentos ternos, preciosos e felizes. E falem que, se ela me permitisse, eu faria o que fosse preciso para confortar sua alma ferida. Finalmente, se Deus me permitir antes de morrer, quero dizer a ela as palavras que nunca disse antes para ninguém em minha vida: Eu te amo.

Capítulo 18

O cemitério de Gwangtan-ri estava gelado. Durante a missa, fiquei mais afastada e não participei. Eu tinha rezado com todo o meu coração duas vezes na vida. Ambas foram para pedir que a vida de alguém fosse salva. Deus deveria ter ouvido ao menos uma dessas preces. Mas não ouviu. A mulher que morreu pelas mãos de Yunsu deve ter rezado também. Qual o propósito de uma missa depois que alguém foi ferido e já estava morto? Não era apenas para que os vivos pudessem confortar a si mesmos? Yunsu tinha me pedido que confiasse nele e tentasse acreditar em Cristo. Será que eu deveria acreditar em um deus que provavelmente nunca tinha escutado as preces de Yunsu? Olhei para o lugar onde ele seria enterrado.

Parque do Cemitério Católico de Gwangtan-ri. Um padre liberal tinha doado um pedaço de terra que se tornou o lugar onde criminosos executados eram enterrados. Não era um local quente e ensolarado, e sim o declive escuro da parte norte do morro, onde até a luz do sol evitava bater. Yunsu tinha passado a vida no frio e, agora que estava morto, também seria enterrado no frio. Havia estátuas da Virgem Maria e de um anjo perto de sua sepultura. Perguntei à tia Monica:

— Por que as estátuas de Maria e dos anjos sempre estão tão sujas nos lugares onde pessoas pobres são enterradas? Alguém deveria limpá-las. Aquelas estátuas estão imundas. Isso me deixa com tanta raiva.

Mas tudo o que tia Monica fez foi chorar.

O padre Kim, que esteve presente durante os últimos momentos de Yunsu, tinha ido nos ver logo após a execução. Seu cabelo havia caído por causa da quimioterapia, e ele estava usando uma boina preta para cobrir a calvície. Ele parecia não ter processado totalmente o medo e o pavor que se abate sobre alguém que testemunhou uma morte. Tia Monica foi até ele e o chamou:

— Padre?

Ele levantou a cabeça, mas eu não poderia dizer se estava olhando para ela. Nunca antes em minha vida eu tinha visto uma expressão tão perturbada no rosto de um homem.

— Ele morreu em paz. — O padre Kim lutou para pronunciar as palavras àqueles de nós que havíamos ficado esperando. — Quando entrei na sala, estava tremendo. Yunsu me disse: "Se tremer assim, a irmã Monica vai ficar brava com o senhor." Ele me pediu que fosse homem.

Tia Monica cambaleou para trás. Eu a segurei.

— Eu orei, dei a ele a comunhão e perguntei se queria dizer suas últimas palavras, e Yunsu falou que primeiro queria oferecer uma desculpa final sincera àqueles que tinham perdido a vida por sua causa. Ele se desculpou com as famílias das vítimas também. Então pediu desculpas à mãe da empregada. Disse que era grato a ela e que sua coragem tornou possível que ele renascesse. Então disse que perdoava a mãe dele. Mas então mudou de ideia e me pediu que dissesse a ela, em vez disso, que sentia muito a sua falta, que sempre havia sentido sua falta, e que só queria vê-la uma última vez antes de morrer. Ele me pediu que passasse adiante essa mensagem.

As mulheres que eram voluntárias no centro de detenção havia algum tempo começaram a chorar ainda mais alto.

— Então Yunsu sussurrou: "Padre, era tão simples, tudo o que eu tinha que fazer era amar." Ele disse que só se deu conta disso tarde demais. Perguntei a ele se queria cantar, como os presidiários das outras religiões estão autorizados a fazer, e quis saber se ele conhecia algum hino. Ele falou que, como tinha sido batizado há pouco tempo, ainda não sabia nenhum. Então disse que cantaria o hino nacional.

Eu não conseguia ouvir mais nada daquilo. Tia Monica apertou minha mão.

— E aí ele cantou. O hino nacional.

O padre Kim fez uma pausa, com os olhos marejados, como se fosse difícil continuar.

— Quando os oficiais de justiça mandaram que ele se ajoelhasse, ele...

Todos estávamos encarando o padre Kim.

— Ele começou a lutar. O último olhar em seus olhos era de medo. Os oficiais se apressaram para cobrir o rosto dele com o capuz, e Yunsu gritou: "Padre, me salve, estou com medo. Ainda estou assustado, mesmo depois do hino." Não pude mais olhar para ele.

O padre Kim estava tão pálido que parecia ter sido ele que estava pendurado pela corda.

Descemos ao porão para ver o corpo. As órbitas de Yunsu estavam vazias — uma ambulância ficara de prontidão para levar seus olhos imediatamente após a execução. Na morte,

Yunsu tinha ficado tão cego quanto seu irmão. Mas nos confortamos uma à outra dizendo que suas córneas permitiriam que uma criança cega como Eunsu enxergasse. Tia Monica correu até o corpo de Yunsu, que ainda não tinha ficado rígido, e o abraçou. Acariciou o pescoço dele. Havia uma marca preta, como uma marca de derrapagem no asfalto, em volta da garganta dele. Ela afagou o pescoço como se ele ainda estivesse vivo, esfregou as bochechas dele e rezou em silêncio.

    Fiquei ao lado dela e segurei a mão de Yunsu — que só ficou sem algemas depois de morto. A pele estava fria como a cera de uma vela. Lembrei que sua mão tinha roçado na minha, ainda que apenas por um instante, quando ele me deu o colar com a cruz que tinha feito. Senti a pele dele tão quente naquele momento. Por que não sorri e peguei a mão dele? Por que não disse a ele que o amava? Como Yunsu falou, era tão simples. Tudo o que tínhamos de fazer era amar uns aos outros. E agora aquele calor não estava mais ali. Se o desaparecimento do calor significa a morte, então o momento em que perdemos o calor em nossos corações... esse momento deve ser uma espécie de morte. Houve um tempo em que nós dois estávamos cegos para esse conhecimento e só queríamos morrer. Talvez isso também já fosse uma espécie de morte.

* * *

Depois da missa, tia Monica e eu partimos para Gangneung. Ela dormiu enquanto eu dirigia. Apesar de fazer dois dias que eu não comia ou dormia, não me sentia cansada. Uma estranha sensação me assaltou enquanto estava dirigindo. Minhas costas ficaram quentes, então eu me virei para olhar. O banco de trás estava vazio. Mas algo definitivamente parecia diferente. Yunsu nunca tinha estado em meu carro. Yunsu? Chamei seu nome baixinho. Não houve resposta.

Chegamos à praia. Como era fim de ano, o hotel estava lotado. O diretor da escola em Taebaek tinha chegado com oito alunos. As crianças tagarelaram e correram empolgadas quando viram o mar pela primeira vez. Percebi que tinha me esquecido de levar a câmera que minha cunhada me emprestara. Mas acabei me dando conta que não precisava mais dela. Yunsu tinha dito que queria ver a praia; talvez a estivesse vendo agora. Era nisso que eu queria acreditar. O céu estava nublado. O mar parecia triste. Mas não havia como prever como o tempo estaria amanhã. Ninguém sabia.

Um homem baixo e magro se dirigiu até onde tia Monica e eu estávamos e se apresentou como o diretor da Escola de Taebaek. Ele nos agradeceu por termos organizado a viagem e então coçou a cabeça, confuso.

— Recebi um telefonema do Centro de Detenção de Seul hoje — comentou ele. — Disseram que Jeong Yunsu estava me mandando dinheiro. Falei que tinha ficado sabendo que ele foi executado ontem, e me disseram que ele tinha pedido com antecedência ao guarda da prisão que nos enviasse qualquer dinheiro que tivesse sobrado em sua conta, caso fosse executado repentinamente. Não quero usar esse dinheiro precioso de forma insensata, então gostaria de pedir o conselho das senhoras.

O diretor tirou uma caderneta bancária do bolso do casaco e nos mostrou. Era uma quantia muito pequena.

— No momento, estamos instalando uma cobertura permanente ao lado do pátio da escola. Se as senhoras concordarem, estamos pensando em aplicar o dinheiro nessa obra. As salas de aula têm espaço suficiente para nós, mas, quando as crianças estão brincando no pátio, não há como se abrigar da chuva e, no verão, não existe uma sombra onde possam simplesmente ler um livro ou relaxar. Tem sido difícil para elas. Então gostaríamos de perguntar o que acham de investirmos o dinheiro na cobertura.

Tia Monica sussurrou:

— Ó Senhor.

Nós duas estávamos pensando no diário de Yunsu, que havíamos lido juntas na noite anterior, quando não conseguíamos dormir. Ambas imaginávamos o pequeno Eunsu chorando na chuva como um passarinho desabrigado, esperando pelo irmão, que estava na escola. Tia Monica fez o sinal da cruz.

— Desculpem — pediu o diretor. — Se não for uma boa ideia, podemos usar o dinheiro para outra finalidade.

Ele parecia confuso com nossas expressões. Chorávamos como se estivéssemos em choque, então ele provavelmente pensou que não concordávamos com a ideia.

— Ah, não, vocês têm que usar o dinheiro para isso — afirmou tia Monica. — Não o use para nada mais além disso. Por favor, levantem a cobertura para que as crianças possam permanecer secas quando estiver chovendo e ficarem protegidas do sol quando fizer calor. Dessa forma, se algum dia houver uma criança menor esperando pelo irmão mais velho lá fora, ela não vai ficar molhada na chuva, e seu irmão mais velho não vai se sentir triste ao ver... — Ela não conseguiu continuar. Voltou a chorar.

Levei tia Monica, que estava fraca por não ter comido ou dormido por vários dias, de volta ao hotel. Estava começando a escurecer. Tia Monica sugeriu que deitássemos cedo para que pudéssemos levantar de madrugada com as crianças. Perguntei a ela:

— Será que o sol vai nascer amanhã?

— Ele vai nascer. Com certeza — afirmou ela.

No caminho até o prédio, parei de repente e olhei para trás. A primeira frase da canção que Yunsu e Eunsu tanto gostavam, o hino nacional, começava com aquele mar. *Até que o mar do Leste seque e o monte Baekdu fique plano, Deus nos guarde e proteja nosso país...* Sabia que era apenas o som das ondas, mas, de algum lugar lá longe, além de toda aquela água, pensei ouvir, bem fraquinho, dois jovens irmãos cantando ao lado de uma lata de lixo em um beco. *É um país maravilhoso, não é? Sempre que canto essa música, é como se fôssemos boas pessoas.* A voz sussurrada de Eunsu cego parecia acompanhar as ondas, mal alcançando meus ouvidos. Bem depois das crianças correndo, o mar cinzento brilhava sobre a terra como lágrimas que transbordavam.

Gostaria de dizer apenas uma coisa (é praticamente a única coisa que sei com certeza até agora) —, que devemos sempre nos aferrar ao que é difícil; essa é nossa obrigação.

— Rainer Maria Rilke, *Cartas a um jovem poeta*.

Anotação Azul 19

P.S.: Por favor, entreguem esta mensagem à irmã Monica e ao padre Kim: Obrigado, me desculpem, amo vocês. Eles me lembram aquele poema sobre alguém que faz um bolo com suas lágrimas. Eles sempre souberam exatamente quando virar os bolos para evitar que queimassem, dividiram esses bolos mornos conosco e, no fim, nos ensinaram benevolência a todos.

Capítulo 19

Várias pessoas já estavam no quarto de hospital. O padre Kim me cumprimentou quando entrei. Ele tinha ganhado bastante peso desde a última vez em que o vira, e o cabelo havia crescido novamente.

— O senhor cresceu — comentei.

Ele riu, deu tapinhas na barriga e disse:

— Realmente, estou cada vez mais gordo.

As coisas mudam quando estamos vivos. Em algumas vezes, ficam piores; em outras, melhores. Nos sete anos que se passaram desde a morte de Yunsu, eu conheci muitos outros Yunsus. Não acho que tenha sido só a minha imaginação. Não importa se você é um juiz dirigindo um sedã preto chique ou um assassino perverso, todos somos igualmente dignos de pena e devedores na vida do ponto de vista do maior juiz. Nenhum ser humano é fundamentalmente bom ou ruim. Todos nos esforçamos para enfrentar cada dia. Se há uma verdade fundamental é que todos lutamos contra a morte. Esse é nosso ponto em comum, patético e eterno, e não pode ser mudado.

Tia Monica estava usando um gorro branco em vez de seu véu usual. Era um gorro rendado de dormir, como se fosse uma peça de figurino de filme. Não estava certa de que era por causa do gorro, mas o corpo de tia Monica estava tão pequeno que ela parecia um bebê em um berço. Se seu rosto não fosse tão velho, poderíamos estar ali para celebrar um novo nascimento. Ela estava falando com o padre Kim antes de eu entrar. Fez um gesto para que eu me sentasse e se virou novamente para ele.

— Então, como eu estava dizendo, ele me pediu uma Bíblia. Isso significa que ele concordou em se encontrar com o Senhor, certo? Como ele estava quando o viu?

Pensei naquele dia de neve em que fui correndo para o centro de detenção porque tia Monica havia escorregado e se machucado e a encontrei sentada com um lenço floral cor-de-rosa enrolado em volta da cabeça. Naquele dia, tinha olhado para ela e pensado *Você venceu*. Senti-me da mesma forma hoje.

Tia Monica e o padre Kim estavam falando sobre um serial killer que tinha acabado de ser condenado à morte.

— Bem, ele não tinha muito a dizer — comentou o padre Kim. — Deve ter tido alguma experiência com o cristianismo quando jovem. Contou que matava suas vítimas em frente a uma janela da qual a cruz de uma igreja era facilmente visível. Também falou que vê a si mesmo como um homem mau e que tem medo de parar de pensar dessa forma. Mas, quando eu o conheci, era apenas uma pessoa comum.

O padre Kim riu amargamente. Tia Monica fechou os olhos, como se estivesse esgotada.

Em 2004, não havia uma alma na Coreia que não tivesse ouvido falar daquele assassino. Por causa dele, vozes pedindo pela volta da pena de morte — que tinha sido abolida depois de dezembro de 1997, de acordo com a promessa de campanha do presidente — estavam ganhando força, e o compadecimento das pessoas pelos condenados no corredor da morte estava se esgotando. Até os próprios prisioneiros no corredor da morte que conheci depois que Yunsu se foi disseram que tinham lido sobre esse homem no jornal e se pegaram pensando *Ele deveria morrer*. E riram, apesar de tudo.

Tia Monica estava no meio da conversa sobre o assassino com o padre Kim quando entrei no quarto.

— Não temos o direito de desistir de alguém — declarou tia Monica —, não importa quão horrendos sejam seus crimes, mesmo que ele seja o diabo encarnado. Nenhum de nós é totalmente bom. Ninguém é completamente inocente. Algumas pessoas são apenas um pouco melhores, e outras, um pouco piores. A vida nos dá a oportunidade de decidir se vamos redimir nossos pecados ou continuar cometendo-os; sendo assim, não temos o direito de impedir que isso aconteça. O senhor tem uma tarefa difícil pela frente, padre Kim. Gostaria de poder ajudar, mas creio que meu tempo aqui já está quase acabando.

Tia Monica soava calma. Quando ela falou isso, o padre Kim pareceu prestes a oferecer algumas palavras clichês de conforto, mas se conteve. Tia Monica se virou para mim, a mesma expressão de sempre nos olhos. Aquele olhar brincalhão ainda brilhava de vez em quando, mas, por um bom tempo, foi mais difícil para ela fazer brincadeiras. Depois que o padre Kim saiu, sentei-me ao seu lado.

— O Dr. Noh ligou para você?

Assenti e afaguei carinhosamente o rosto dela, da mesma forma que ela fez comigo em um inverno muito tempo atrás. Ela também devia estar pensando naquela época, porque sorriu.

— Então — perguntou ela —, agora que você chegou até aqui viva, como se sente?

— Acho que sinto que tenho mais pra viver.

Eu queria chorar. Tia Monica parecia um pavio prestes a se apagar. Mais uma vez, pensei *O que vou fazer sem ela?* Eu vinha me perguntando isso havia um bom tempo. Mas agora estava certa de uma coisa: eu continuaria vivendo, mesmo que sentisse vontade de morrer. Eu sabia que dizer coisas como *Estou com vontade de morrer* ou *Isso não é viver* eram, na verdade, declarações sobre a vida. O mesmo valia para *Está tão quente que acho que vou morrer* e *Estou morrendo de fome* e *Quero morrer*. Só era possível ter vontade de morrer se você estivesse vivo, e, portanto, fosse parte da vida. Então, em vez de dizer que eu queria morrer, não tinha escolha a não ser mudar o discurso para *Quero viver bem*.

— Como está sua mãe? — perguntou tia Monica.

Contei que ela estava bem de saúde, e ambas sorrimos.

— Encontrei a mãe de Yunsu — disse ela.

No momento em que ouvi o nome dele, minha garganta se fechou, e não consegui responder.

— Descobri que ela está morando aqui perto — continuou ela. — Uma das irmãs do convento estava ajudando os idosos que não têm quem tome conta deles, e lá estava ela. Quem pode saber o que aconteceu com essa mulher durante esses anos todos? A irmã acha que ela pode ter Alzheimer. Ela me contatou depois de verificar a documentação.

Segurei a mão de tia Monica sem dizer uma palavra. Ela pegou uma cruz que tinha colocado perto da cama, com a mão tremendo, e a passou para mim. Era a cruz que Yunsu havia moldado com pasta de arroz antes de morrer.

— Por favor, leve isso até lá e entregue a ela. As irmãs disseram que, quando não está muito frio, ela passa o dia inteiro sentada do lado de fora esperando alguém. Perguntaram a ela quem ela tanto espera, e ela disse que era seu filho. A irmã quis saber o nome dele, e ela respondeu "Unsu".

Tentei repetir o nome "Unsu" depois de tia Monica e senti um nó na garganta. Parecia uma mistura de Eunsu e Yunsu. Peguei a cruz. Tia Monica estava tão fraca que fechou os olhos novamente.

— Você vai rezar para que eu morra logo? Estou sentindo um pouco de dor... Na verdade, estou sentindo muita dor. Nem a morfina está ajudando.

Eu disse que iria.

— É estranho. Antes de você chegar, sonhei que todos aqueles rapazes que vi sendo executados estavam aqui no quarto comigo. Yunsu também. Todos usavam roupas brancas. Estavam sorrindo, tão radiantes, mas tinham marcas pretas de corda em volta dos pescoços. Acho que, mesmo na morte, as marcas não desaparecem. Foi apenas um sonho, mas partiu meu coração.

Não conseguia mais me segurar e explodi em lágrimas.

— Não chore, minha linda Yujeong. Quando você sobreviveu, quando foi ao centro de detenção pela primeira vez comigo, quando se esforçou para entender Yunsu, quando eu soube que foi pedir ao seu irmão que o salvasse... fiquei tão orgulhosa. A verdade é que, em segredo, eu sempre estive de olho em você, sempre com o coração na boca. Você tem tanta paixão dentro de si, e pessoas passionais sempre se machucam mais. Mas isso nunca é algo do qual se envergonhar.

Segurei o rosto de tia Monica em minhas mãos. Ele era muito pequeno e estava coberto de rugas. Queria dizer que eu sentia muito. Queria dizer o quão assustada eu estava e que não sabia como poderia continuar vivendo. Exatamente como Yunsu, eu havia percebido tudo tarde demais. Pela primeira vez na vida, tive vontade de dizer aquelas palavras que eu nunca tinha sido capaz de dizer antes, as palavras que não podiam ser substituídas por nenhuma outra.

— Desculpe, tia Monica. Desculpe por ter magoado a senhora.

Ela sorriu brevemente e afagou minhas mãos.

— Fico tão feliz por ver nossa Yujeong toda crescida — declarou ela.

Tia Monica sorriu, mas a dor deve ter sido grande, porque o sorriso rapidamente se transformou em uma careta.

— Reze. Por favor, reze. Não apenas por aqueles no corredor da morte, não apenas pelos criminosos. Reze por aqueles que acham que não têm pecados, por aqueles que acham que estão certos, por aqueles que creem que sabem tudo e por aqueles que acham que está tudo bem. Reze por essas pessoas.

Enxuguei o suor da testa de tia Monica e assenti com a cabeça — Deus nunca ouviu as minhas preces, e desta vez provavelmente não seria diferente. Mas como Yunsu tinha me falado para confiar nele e tia Monica estava me pedindo que rezasse mais uma vez, queria dizer que o faria, mas não conseguia abrir a boca. Parecia que, se falasse, eu me partiria em pedaços. Se isso acontecesse, tia Monica ficaria magoada, por isso estava tentando me controlar. Eu tinha aprendido com Yunsu que o amor significa resistir alegremente por outra pessoa, e que, algumas vezes, quer dizer ter a coragem para mudar a si mesmo.

Tia Monica sorriu e pegou minha mão. A mão dela era tão áspera quanto uma vassoura de gravetos que havia passado toda uma existência limpando um pátio. Ela sorriu uma vez mais e então fechou os olhos. Parecia estar dormindo. Ajeitei o cobertor para que ela não ficasse com frio, e seus pés minúsculos ficaram expostos. Protegidos por meias brancas, eram tão pequenos quanto os de uma criança. Ela deve ter ido a tantos lugares com aqueles pés. Em sua vida de quase 80 anos, deve ter visto inúmeros becos escuros e bosques abandonados para os quais o restante de nós teria simplesmente virado as costas, vales de medo e desertos da verdade, rios orgulhosos e impiedosos. Ela deve ter percebido que todos esses rios começavam como pequenas correntes, cada um com o próprio nome, e corriam até que alcançassem o mar que tinha apenas um nome, sem ninguém para impedir que essas águas alcançassem seus destinos. Ajeitei o cobertor de tia Monica e beijei sua testa sofrida. Pensei sobre o desejo que tinha passado por mim quando peguei a câmera com minha cunhada no dia anterior à morte de Yunsu. O desejo de ter um filho. Mas tia Monica tinha descartado todos os seus desejos para se tornar uma mãe para aqueles que haviam perdido suas próprias mães. Silenciosamente, sussurrei *Descanse agora. Amo você, minha querida mãe...*

Este livro foi composto na tipologia Palatino
LT Std, em corpo 11,5/16, e impresso em
papel off-white no Sistema Cameron da
Divisão Gráfica da Distribuidora Record.